무서운
이야기 2

무서운 이야기 2

김성호, 김휘, 정범식, 민규동 각본
이상민 소설

가연

목 차

프롤로그

그 가게는, 늘 그곳에 있다.

열정으로 가득했던, 학창 시절의 추억을 고스란히 간직하고 있는 곳. 찾아가는 길은 그리 어렵지 않다. 홍대 산울림 소극장 맞은편에 보이는 내리막길로 들어서면 좌우로 크고 작은 고기집들이 줄을 잇는다. 최근에는 유행이라 그런지 정종과 꼬치구이를 파는 일본식 선술집들에게 하나둘씩 자리를 내주곤 있지만 여전히 터줏대감 행세를 하는 집들이 꽤 많다. 그런 가게들은 공통적인 특징이 있는데 바로 간판에 '원조'라는 단어가 빠짐없이 들어가 있다는 것이다.

하지만 나에게 진짜 원조집은 바로 그 가게 하나뿐이다. 어디까지나 내 사견에 불과하지만, 20여 년이 지나도록 한결같은 맛과 친근한 분위기야말로 '원조'라고 내세울 수 있는 필요조건이 아닐까?

아무튼 그 가게는 그 골목 한 귀퉁이를 차지하고 있다.

오늘은 그곳에서 오랜만에 만나는 친구들과 술잔을 기울이기로 했다. 퇴근 시간이 가까워질수록 입안에 군침이 돌면서 마음은 이미 그 가게에 가 있었다. 하지만 갑작스러운 조 전무의 호출에 발목이 잡혀 약속 시간보다 30분이나 늦어버렸다. 간신히 조 전무에게서 벗어난 나는 부랴부랴 택시를 타고 산울림 소극장 앞에서 내리자마자 정신없이 뛰었다. 얼마 지나지 않아 곧 눈에 익은 간판이 들어왔다.

〈신촌 원조 연탄구이〉.

마지막으로 찾은 게 벌써 수년 전의 일이다. 그사이에 꽤 세월이 흘렀는데도 정말 변한 게 없다. 가게가 꽤 작아서 열 평 남짓한 실내는 늘 그렇듯 단골손님들로 북적거렸고, 인심 좋은 주인 부부의 따뜻한 미소도 여전했다. 두 내외가 바쁜 와중에도 나를 알아보고는 반갑게 인사를 건넨다. 나도 미소로 화답하고 얼른 가게 안으로 들어갔다.

이곳은 드럼통으로 만든 테이블을 쓰고, 의자도 등받이 없는 간이의자를 쓴다. 익숙하지 않은 사람에겐 꽤 불편한 환경이긴 하다. 고기는 주인아저씨가 직접 축산시장에서 공수해오는 질 좋은 생고기만을 쓰고, 가게 이름처럼 오로지 연탄불로만 고기를 굽는다. 때문에 고기 익는 냄새와 함께 자욱한 연기가 농염하게 피어올라 천장과 벽에 검게 그을음을 만든다. 이쯤 되면 눈이 매울 만한데도 누구 하나 얼굴을 붉히는 일이 없이 술자리를 즐긴다. 사실 이곳의 고기 맛이 특별히 뛰어난 것도 아니다. 인테리어도 솔직히 내세울 게 못 된다. 그런데도 늘 손님으로 북적댄다. 어떻게 설명하면 좋을까. 사람 냄새가 나는 분위기라고 해야 하나. 확실히 이 가게만이 가지고 있는 그런 독특한 분위기가 사람을 끌어당기는 것 같다. 아마도 다른 사람들도 같은 이유로 이곳을 찾아오리라. 술에 취하고, 사람에 취하고, 분위기에 취하고.. 그리고 나 역시 그 분위기에 취하려고 찾아왔다.

안개 같은 연기 속을 헤치며 가게 안으로 들어서니 가장 구석진 자리에 친구들이 보였다. 학창 시절부터 늘 우리가 차지했던 지정석. 새삼 옛 추억이 떠올라 나도 모르게 입가에 미소가 걸렸다. 내가 왔다는 사실을 알리기 위해 낮게 헛기침을 하고 그쪽으로 걸음을 옮겼다.

술잔을 부딪치던 친구들은 그때서야 나를 발견하고는 누가 먼저랄 것도 없이 손을 흔들어 보였다. 그립고 반가운 얼굴들이다. 아무래도 내가 가장 늦은 듯싶었다. 나는 가볍게 손을 흔들어 보이며 친구들에게 다가갔다.

"왔냐?"

조금 더 들어가자 가장 안쪽에 앉은 친구가 뒤늦게 나를 보더니 악수를 청했다. 일일이 인사를 받는 것은 번거로운 일이긴 하지만 이것 또한 하나의 즐거움이려니 생각하고 반갑게 친구의 손을 잡고 흔들었다. 그런데 누구더라? 이상하게 이 친구 이름이 생각나질 않는다. 정말 당혹스럽다. 일단 의사를 끌어딩기 않고는 다른 친구에게 물어볼 요량으로 고개를 돌렸다.

"……"

순간, 나는 말문이 막혀버렸다.

갑자기 조금 전까지 왁자지껄 떠들던 친구들이 수다를 멈추더니 싸늘한 표정으로 나를 노려봤기 때문이다. 뿐만 아니라 다른 테이블의 손님들도 마치 약속이라도 한 듯 일제히 고개를 돌리더니 무표정한 얼굴로 나만 쳐다보았다. 반갑게 나를 맞아주었던 주인 내외도 예외는 아니었다. 고기를 손질하던 주인아저씨는 오른손에 칼을 쥔 채 잡아먹을 듯이 나를 노려보았고, 주인아주머니도 야채를 씻다말고 고개만 돌려 나를 노려보았다. 동시에 가게 안엔 숨 막히는 정적이 찾아왔다. 거짓말처럼 아무소리도 들리지 않았고, 심지어 공기 중에 퍼져가던 고기 굽는 연기도 정지화면처럼 그대로 멎어

있었다.

이 말로 표현할 수 없는 위화감에 나는 등골이 오싹해져서 그만 벌떡 일어서고 말았다.

“뭐야, 왜들 그래. 왜들 그렇게 쳐다보는 거야?”

친구들은 여전히 움찔도 하지 않고 나를 노려만 보았다.

씨발, 대체 무슨 일이지.

영문을 모르겠지만 서둘러 이곳을 나가야한다는 생각이 들었다. 조금이라도 지체해선 안 될 것 같았다. 허둥대며 걸음을 떼려다가 무심코 친구들의 얼굴을 다시 보았다. 그리고 정말 말도 안 되는 사실을 깨달았다. 정말이지 말도 안 되는······.

“가만, 너희들은······.”

어떻게 이럴 수가 있지?

그렇다. 내가 친구들이라고 여겼던 이 작자들은 결코 ‘내 친구들’이 아니었다. 하지만 분명히 아는 얼굴들이었다. 다른 테이블의 손님들도 마찬가지다. 모두 아는 얼굴이다. 가게 주인 내외라고 생각하고 인사를 나눴던 노부부 또한 그랬다. 이곳에 있는 사람들, 전부가 구면이었다. 하지만 이들은 결코 여기에 있으면 안 되는 사람들이다. 그건 불가능한 일이다.

왜냐면 이들은 모두 죽은 사람들이기 때문이다.

그것도 내가 관리하던 사망보험의 피보험자들.

나는 그대로 얼어붙었다.

이빨이 딱딱 부딪혔다.

아무 생각도 나지 않았다. 그저 여길 벗어나고 싶다는 마음뿐.

주춤거리며 뒤로 물러서는데 뭔가 등에 닿았다.

깜짝 놀라 고개를 돌리니, 내게 악수를 청했던 남자가 얼굴을 바싹 들이밀며 내 어깨를 움켜쥐었다. 미처 비명을 지를 새도 없이 그가 낮은 목소리로 속삭였다.

"명심해. 이번에는 네 차례니까."

보는 여자 1

"허억!"

박 부장은 비명을 지르며 벌떡 일어섰다. 꼴사납게 두 손 번쩍 들며 만세까지 불렀지만 다행히 모두 퇴근하고 사무실엔 혼자뿐이라 놀림당할 일은 없었다. 박 부장은 안도감에 한숨을 내쉬며 다시 자리에 앉았다. 악몽을 꾼 것이다. 꿈이라고 하기엔 너무나 생생해서 몸을 한차례 부르르 떨었다. 마음을 추스르고 모니터를 보니 여러 개의 이미지 파일이 잔뜩 펼쳐져 있었다. 피보험자들과 관련된 사진이었는데, 대부분 끔찍한 사고나, 혹은 시신의 모습을 담고 있었다.

야심한 시각에 이런 것들을 봤으니 악몽을 꿀 수밖에.

박 부장은 자책하듯 혀를 차며 재빨리 이미지 파일들을 닫았다. 그러자 문서 파일만 하나 남았다.

"이세영……."

보험사기 조사1팀에 근무하는 이세영 대리의 인사파일이었다. 바로 밤늦도록 박 부장을 사무실에 묶어둔 장본인이기도 했다.

며칠 전의 일이었다. 모처럼 조 전무와 저녁식사를 같이 했던 날이다. 늘 그렇듯 식사 제의를 한 사람은 조 전무였다. 그것은 단지 밥을 같이 먹자는 의미가 아니었다. 뭔가 박 부장에게 구린 일을 맡기겠다는 일종의 시그널이었다. 박 부장에겐 저녁식사 자리를 거부할 권한이 없었다. 또 그럴 마음을 먹은 적도 없었다. 언제나 모든 일에는 대가가 따르기 마련이다. 입사 이후로 줄곧 박 부장이 승승장구할 수 있었던 비결은, 윗사람이 무엇을 원하는지 잘 파악하고 그것을 백퍼센트 수행하는 데 있었다. 그리고 박 부장은 지금껏 단 한 번도 윗사람들을 실망시킨 적이 없었다.

그런데 이번 '저녁만찬'은 뭔가 께름칙했다. 조 전무가 한낱 이런 말단 직원을 견제하는 이유를 아무리 생각해도 알 수 없었다. 조 전무가 누구인가. 그는 명실상부한 이 보험회사의 실세 중 실세였다. 부친은 이사회를 맘대로 주무르는 대주주 중 한 사람이고, 부인은 회사 설립자의 무남독녀다. 사내에선 그를 견제할 만한 인물이 딱히 없었다. 그마나 고작해야 박 상무가 대항마인데, 안타깝게도 몇 해 전부터 만성신부전증을 앓고 있어서 슬슬 은퇴를 고려하고 있었다. 그러니 사실상 차기 회장이나 다름없는 인물이었다. 그런 대단한 양반이 어째서 이런 말단 직원을 껄끄럽게 생각하는지, 그 이유가 몹시 궁금했다. 이전에는 '지시'를 받으면 이유 따위는 묻지 않고 일을 처리했는데 이번만큼은 예외였다. 무시하려고 해도 자꾸만 호기심이 일었다. 그래서 결국 궁금증을 풀어보기로 맘먹었다.

'이세영, 27세. 2009년에 입사……'

하지만 아무리 인사파일을 꼼꼼히 훑어봐도 의심스러운 부분을 찾아볼 수가 없었다. 더욱이 인사고과 평가도 훌륭한 편이었다. 실적도 매우 뛰어났다. 회사 차원에서 본다면 내치기는커녕, 다른 회사에 뺏기지 않도록 보호해야할 인재였다. 역시 직접 대화를 나눠보지 않으면 안 될 것 같았다.

"야, 이년아! 그래서 지금 돈을 못 주겠단 거야? 너 내 손에 죽고 싶어."

"꺄아아악!"

복도에 들리는 목소리였다.

박 부장은 시계를 보았다. 벌써 11시가 넘은 시각이었다.

영업시간이라면 모를까. 이렇게 늦은 시각에는 보안상의 문제 때문에 외부인이 함부로 출입할 수 없었다. 누가 소란을 피우는지 나가서 확인해볼 필요가 있었다.

박 부장은 넥타이를 고쳐 매고 복도로 나갔다.

"당장 돈을 내놓으란 말이야, 이년아!"

"그게 아직 의심쩍은 부분이 있어서 지급 보류를……."

"뭐? 의심? 이것들이 넙죽넙죽 돈을 받아 처먹을 때는 언제고, 내가 내 돈을 달라는데 무슨 의심 타령이야!"

복도에는, 험상궂은 인상의 50대 사내가 야구배트를 흔들며 젊은 여자를 겁박하고 있었다. 그런데 그 젊은 여자가 바로 문제의 이세영 대리였다. 사실 진즉에 퇴근했어야 하는데, 박 부장이 따로 시킬 일이 있다는 핑계로 지금까지 잡아두고 있는 것이었다. 박 부장은 잠자코 보고 있다가, 남자가 야구배트를 들고 설치는 것을 보고서야 낮게 헛기침을 하며 자기 존재를 알렸다.

"뭡니까, 거기."

박 부장은 회사 간부로서 품위와 권위를 유지하려는 듯, 느릿느릿 다소 거만한 걸음으로 두 사람에게 다가갔다.

"당신은 또 뭐야?"

사내가 야구배트만 믿고 거칠게 물었다.

"어허, 그러다가 다칩니다."

박 부장은 이런 일에 익숙하다는 듯이 피식 웃더니 재빠른 동작으로 야구배트를 뺏어들었다. 야구배트를 빼앗긴 남자는 짐짓 당황하며 이번에는 라이터를 꺼내들었다. 하지만 그걸로는 아무런 위협을 주지 못했다. 본인도 그 사실을 잘 아는지 다소 기가 죽은 얼굴로 박 부장의 눈치를 살피다가 쭈뼛대며 입을 열었다.

"당신, 뭐야. 이년 상사야?"

"뭐, 일단은 그렇습니다. 무슨 일로 찾아오셨는지는 모르지만 말로 하세요, 말로. 점잖은 분이 그러시면 됩니까?"

박 부장이 타이르듯이 말했다.

"말로? 내가 해결될 일이었으면 진즉에 해결 봤겠지. 내가 이런 시각에 뭣 하러 여기까지 왔겠어! 야, 이놈들아, 빨리 내 돈 내놓으라고. 안 그러면 여기 다 불 싸질러버리겠어."

그렇게 으름장을 놓더니 사내는 정말로 불이라도 지르겠다는 듯이 라이터를 켰다. 그러자 그때까지 뒤로 물러나서 눈치만 살피던 세영이 눈을 빛냈다.

"여보, 뜨거워! 문 좀 열어줘. 제발, 제발 꺼내줘, 여보……."

세영이 연기를 하듯 알 수 없는 말을 내뱉었다. 그런데 흉내를 낸 것치고는 정말 그럴싸해서 완전히 다른 사람의 목소리처럼 들렸다. 박 부장이 속으로 감탄하며 쳐다보는데, 으르렁거리던 사내는 갑자기 사시나무 떨 듯 바들바들 몸을 떨면서 뒷걸음질을 쳤다.

"뭐, 뭐야. 네가 그걸 어떻게……."

"확신이 없어서 망설였는데, 진짜 오셨네."

세영은 계속 알 수 없는 말들을 내뱉었다. 이제 사내는 완전히 얼어붙어서 세영과는 눈도 마주치지 않으려고 했다.

"굳이 경찰까지 부르고 싶진 않았지만 정 그러시다면 우리 법에 맡겨보도록 하죠. 정의사회 구현을 위해서."

그러면서 세영이 비튼을 누르자, 사내는 얼굴이 벌게져서 고래고래 소리를 지르며 뒷걸음을 치다가 냅다 계단으로 도망쳤다. 세영은 사내가 사라진 쪽을 물끄러미 바라보다가 코웃음을 치고는 뒤늦게나마 박 부장에게 도와줘서 고맙다는 듯 고개를 숙여보였다. 동시에 그만 퇴근하겠다는 의사표현이기도 했다.

"아, 이세영 씨. 아직 괜찮으면 나 좀 볼까?"

세영은 잠시 망설이더니 박 부장의 표정에서 뭔가를 읽었는지 나직이 한숨을 내쉬었다. 그것은 알겠다는 의사표현이기도 했다.

"고마워, 잠깐이면 돼."

박 부장은 회심의 미소를 지었다.

잠시 후, 두 사람은 각자 서류박스를 하나씩 끌어안고 건물 지하에 있는 문서보관실로 이동했다. 박 부장은 세영에게 고작 서류박스를 같이 옮기자는 조악한 핑계를 대며 그녀를 그곳으로 유인한 것이다. 물론 꿍꿍이는 따로 있었다. 그리고 세영도 어느 정도 눈치를 챈 것 같았다. 군말 없이 박 부장을 따라갔다.

문서보관실에는 철제빔으로 만든 선반들이 가득했다. 그리고 그 선반마다 수십, 수백 개의 서류박스가 빽빽하게 놓여있었고, 박스 겉면에는 일련번호가 적혀 있었다.

"그건, 거기에 내려놔."

박 부장은 자신이 들고 있던 바닥에 박스를 내려놓더니 구석의 선반을 가리키며 말했다. 애초에 그 박스에는 서류가 아니라 잡동사니가 들어있었다.

"여기에요?"

세영은 박 부장에게 다시 위치를 확인받고 나서 힘겹게 박스를 내려놓았다. 그 순간, 거뭇한 그림자가 박스를 휘감다가 선반 안쪽 그늘 속으로 스르륵 사라져버렸다. 세영은 전혀 두려워하는 기색 없이 오히려 지겹다는 듯이 나직이 한숨을 내쉬며 흘끔 박 부장을 쳐다보았다. 하지만 박 부장은 아무것도 보지 못했는지 일련번호가 '2011'로 시작하는 박스들 사이에서 뭔가를 열심히 찾고 있었다.

"아까 말이야. 그거 어떻게 한 거야?"

박 부장은 여전히 뭔가를 찾으면서 슬쩍 운을 띄었다.

"예? 뭐가요. 무슨 말씀인지 저는 전혀……."

세영은 새초롬한 얼굴로 시치미를 뗐다. 하지만 박 부장은 그녀를 이곳으로 데려오는 순간부터 작정했기 때문에 쉽게 포기하지 않았다.

"에이, 왜 그래. 선수끼리. 아까 그 양반, 아주 사색이 되던데? 어떻게 한 거야."

"아, 그냥 찍었어요. 추측……."

세영은 이께를 으쓱거렸다.

"추측? 설마, 그냥 찍었는데 사람이 그렇게 얼이 빠져?"

박 부장이 미심쩍다는 듯이 물었다. 세영은 자기도 모르겠다는 듯이 시선을 피했다. 그때 박 부장은 알아차렸다. 세영이 뭔가 숨기고 있다는 것을. 박 부장은 이대로 밀어붙여야겠다고 마음먹었다.

"뭐, 좋아. 그런데 말이야. 그렇게 잘 찍으면 이것도 혹시 알 수 있을까? 재작년에 있었던 보험금 지급 건수인데 뭐랄까. 꼭 똥 누고 뒤를 안 닦은 기분이란 말이야. 뭔가 계속 찜찜해. 어때, 한번 볼래?"

그러면서 서류철 하나를 건넸다.

세영은 잠시 망설이다가 어떻게 해도 피할 수 없다고 여겼는지 마지못해 서류철을 받아들었다.

"이번에도 한번 잘 찍어봐, 응?"

박 부장이 놀리듯이 말했다. 그 말투가 거슬렸는지 세영은 박 부장을 한번 쳐다보더니 입술을 삐죽거리며 서류철을 열었다. 서류철 안에서 투명한 밀봉지에 든 만 원짜리 지폐가 나왔다. 지폐 앞면에는 피로 썼는지 갈색으로 변색된 '절벽조난/SOS'란 문구가 적혀있었다. 세영은 손가락으로 지폐 위를 더듬어보며 뭔가를 골똘히 생각했다. 순간, 그녀의 눈동자가 이채롭게 빛났지만 이번에도 박 부장은 보지 못한 눈치였다. 능글맞게 웃으며 세영에게 다가와 슬쩍 지나가는 투로 물었다.

"어떻게 된 걸까? 뭔가 느낌이 오나?"

"뭐, 제대로 지급한 거 같은데요."

"허, 어째서? 난 왠지 자작극 냄새가 나던데……."

"확실히 오해 살만한 부분도 있긴 한데……."

세영은 말끝을 살짝 흐렸다. 그런 태도가 박 부장의 호기심을 자극했다. 박 부장은 입술을 핥으며 계속 이야기해보라고 재촉했다.

"그래서?"

"그게 그러니까 두 남자가 산에 가기로 한 건, 예전부터 벼르고 벼르던 일이었거든요. 그런데 그날……."

세영은 차분한 목소리로 이야기를 시작했다.

 절벽

1

그래, 돌이켜보면 시작은 그렇게 나쁘지 않았다.

효악산.

등산에 취미를 두고 있는 사람이라면 누구나 한번쯤 등정하고 싶은 산이다. 산세가 워낙 험하고 사고도 많이 발생하지만 또 그렇기 때문에 정복하고 싶은 욕구도 크다. 거기다가 계절마다 모습을 바꾸는 수려한 경관 때문에 내륙의 설악이라는 별명까지 붙여진 산이다. 예전부터, 아니 등산을 시작한 이후로 언젠가 꼭 오르고 싶었다. 그래서 성균이가 산행을 제안했을 때 조금도 고민하지 않고 냉큼 수락했다.

사실 효악산도 효악산이지만 한편으로는 다른 이유도 있었다.

요즘 나는 도무지 되는 일이 없었다. 작년에 대학을 졸업하고 나서 일 년을 넘게 취직에만 매달렸지만 번번이 실패를 맛보았다. 서류전형에 합격하면 면접에서 미끄러지고, 조금 규모가 큰 회사다 싶으면 아예 서류전형에서 광속으로 탈락했다. 애초에 지방대학 비인기 학과를 졸업한 스펙으로 대기업에 입사지원을 한다는 것 자체가 무리였다. 그렇더라도 이 정도로 취업하기 어려울 줄은 미처 몰랐다. 토익 점수도 양호한 편이고, 고교시절부터 줄곧 산악부 캡틴을 도맡았던 만큼 체력 하나는 자신 있었다. 하지만 면접을 보는 와중에 넘치는 내 체력을 과시할 만한 퍼포먼스를 할 수도 없는 노릇이고, 면접관들은 언제나 매의 눈으로 이력서를 훑으며 내가 얼마나 청춘을 낭비하고 살았는지 날카롭게 지적해주었다. 뭐, 듣기엔 피가 되고 살이 되는 이야기들이지만 그런 훈계도 취업이 되었을 때나 감내할 수 있지, 면접에서 떨어지는 마당에 잔소리까지 들으면 그렇게 유쾌한 일은 결코 아니다. 엎친 데 덮친 격으로, 그렇게 일 년이 넘도록 취업을 못하자 대학 신입생 때부터 사귄 여자 친구마저 절교를 선언하고 다른 놈의 품으로 떠나버렸다. 다른 사람은 몰라도 여자 친구

　　　　　　　　　　　　　　　　　무서운 이야기 2

는 평생 나를 믿어주고 내 편이 되어줄 거라고 믿었는데, 그 일로 내가 입은 데미지는 상상 이상으로 심각했다. 덕분에 나는 한동안 자취방에 처박혀 폐인처럼 지냈다.

그러던 차에 대학동기인 성균이가 자취방으로 나를 찾아와 산행을 제안했다. 나로서는 뭐든 이 난국을 타개할 돌파구가 필요했던 터라 분위기 전환을 하는 차원에서도 나쁘지 않은 제안이었다. 물론 졸업하고 일 년 가까이 산을 오르지 않아서 소금 염려되는 부분도 있었지만, 막상 산행을 시작하면 예전의 감각이 돌아올 거라고 믿었다. 그리고 성균이 역시 나 못지않은 산악인이었기 때문에 같이 산행하는 데 더없이 좋은 일행이었다.

산행 당일은 평일인데다가 단풍 시즌도 진즉에 끝난 후라 그런지 효악산을 찾는 등산객은 그리 많지 않았다. 오히려 한산해서 좋았다. 취직시험에서 계속 미끄러진 뒤로는 이상하게 자신감도 떨어져서 나도 모르게 약간 대인기피증 같은 것이 생겼다. 그리 심각한 수준은 아니지만 그래도 사람들 시선이 의식되는 건 어쩔 수 없었는데 정말 잘 되었다 싶었다.

우리는 두런두런 이야기를 나누며 빠르진 않지만 꾸준한 페이스로 산을 올라갔다.

과연 듣던 대로 효악산의 산세는 무척 험준했다.

일 년 만에 산행이라 그런지 처음에는 호흡도 가빠지고 힘에 부치는 느낌이었는데 시간이 지날수록 조금씩 예전의 리듬이 돌아오면서 차츰차츰 산행에 적응했다.

"성희가 시집을?"

정상까지 절반쯤 남겨두었을 때, 성균이 불쑥 동생 이야기를 꺼냈다. 그것이 이번 산행을 제안한 진짜 이유였다. 아마도 고민을 토로할 상대가 필요했던 모양이다. 성균이에겐 성희라고 한 살 터울인 여동생이 하나 있다. 성희는 부모님으로부터 우성유전자만 물려받았는지 우중충한 자기 오빠와는 달리 얼굴도 예쁜데다가 머리까지 좋아서 명문여대를 나와 대기업 계열의 증권회사에 다니고 있는 잘 나가는 캐리어우먼이다. 성균이의 말로는 작년 겨울엔가 회사 동료의 주선으로 소개팅을 했는데 그 남자가 꽤 마음에 든 모양인지 벌써 혼담이 오간다는 것이다. 그런데 아직 오빠가 장가를 안 갔으니 여동생 입장에선 무척 마음에 걸리는 모양이었다. 하기야 나보다 크게 나을 게 없는 성균이도 장가는커녕 아직 취업도 하지 못한 백수 신세다. 성희도 성희지만 성균이도 나름 이래저래 고민이 되는 모양이었다. 하나뿐인 동생이 시집을 가는데 오빠가 되어서 아무것도 해줄 수 없다는 게 무척 마음에 걸리는 듯했다. 무엇보다 남자 집안에선 성희를 무척 마음에 들었는지 혼사를 서두르고 싶어 하는데 성희가 오빠

　　　　　　　　　　　　무서운 이야기 2

눈치를 보느라 여태 상견례를 못하고 있다고 했다.

"이야, 성희가 벌써 시집을 가는구나. 하긴 나랑 나이 차도 얼마 안 나지. 그럼 뭐 시집갈 때도 되었네. 아니, 오히려 좀 늦은 건가."

"늦기는, 요즘엔 그 정도면 빠른 거지."

누가 친오빠 아니랄까봐 성균이가 어눌한 말투로 동생을 두둔했다.

"그런데 뭐가 고민이냐? 상대 남자가 별로라서 그러냐."

"아니, 전혀 그렇지 않아. 괜찮은 사람이던데? 우리보다 두 살인가 많고. 직장도 좋고, 그쪽 집안도 상당히 좋더라고. 부모님이 모두 교육자라고 했나."

"그래? 그럼 정말 괜찮네. 근데 왜 네가 고민을 하냐. 시집은 성희가 가는 거지, 네가 가냐."

"그냥. 뭐라고 해야 하나. 자격지심? 오빠가 돼서 변변찮은 직장 하나 못 구해서 여태 백수로 지내니까. 상견례를 해도 무척 창피할 거 아냐. 그리고 결혼선물을 해주고 싶어도 딱히 수중에 돈이 있는 것도 아니고. 이래저래 그냥 우울하다."

"야야, 요즘 세상에 그런 게 어디 있어. 둘만 좋으면 그냥 하는 거지. 설마, 너 동생 결혼을 반대하는 입장은 아니지?"

"내가? 무슨 소릴. 나야 쌍수를 들고 환영하지."

"그럼 뭐 답이 나왔네. 고민할 것도 없잖아. 성희한테 너 신경 쓰지 말고 하고 싶은 대로 하라고 그래."

"역시, 그게 좋겠지?"

"두말하면 잔소리지."

"역시 너랑 오길 잘한 것 같다. 이렇게 속에 있는 이야길 다 하고 나니까 막혔던 가슴이 뻥 뚫린다. 아, 정말로 후련하다."

"자식, 이 형님한테 고마우면 내려가서 거하게 술 한 잔 쏴."

"그래, 쏜다. 아주 시원하게 쏴주마."

성균이가 산행을 시작하고 처음으로 미소를 보였다.

"근데 동욱아 웃긴 게 뭔지 아냐?"

"웃겨? 뭐가?"

"성희 말이야. 그렇게 등산을 질색하던 아이였잖아. 그런데 지금 성희가 만나는 남자 취미가 뭔지 아냐?"

"뭔데?"

"암벽등반. 거기다가 아마추어 철인3종 경기 선수란다."

"대박."

"그렇지? 아무리 내 친동생이지만 진짜 여자애들 심리는 알 수 없어."

"다 그런 거 아니겠냐? 여자든 남자든 눈에 콩깍지가 씌우면 별 수 없는 거야.”

“하긴.”

“야, 그건 그렇고 우리가 묶기로 한 곳이 어디라고? 무인
산장? 맞나.”

“어, 맞아. 무인산장.”

“산장 이름이 포스가 있네. 무인산장…….”

그때였다. 무심코 고개를 돌리는데 샛길이 보였다. 뭔가
그길로 지나나닌 흔적이 있었다. 사람은 아니고 고라니처럼
덩치가 제법 있는 동물이 지나다닌 것 같다. 그렇다는 건 아
주 막다른 길은 아니란 이야기다. 갑자기 호기심이 생겼다.

“성균아, 우리 기분도 그런데 저쪽으로 한번 가볼까? 이
거 등산로만 계속 따라 가려니까 뭔가 심심하고 익사이팅한
맛이 없어. 그래도 우리가 명색이 산악부 아니었냐. 남들 다
가는 길 말고 새로운 등산로를 개척하는 기분, 너도 기억하
지?”

“너, 괜찮겠어? 아까 보니까 헉헉거리던데. 아무리 봐도
예전만 못한 것 같아. 이제 보니까 군살도 많아 보여.”

성균이가 짐짓 걱정스럽다는 투로 말했다. 물론 반은 농담
조였다. 나는 장난으로 눈을 부라리면서 주먹으로 성균의 가
슴을 가볍게 쳤다.

“뭐야, 너 지금 날 무시 하냐. 왜 이래, 나 왕년에 산악부

캡틴이었어. 설마, 벌써 잊은 거냐? 전 산악부, 부. 캡. 틴?"

"아, 예. 알아 모시겠습니다."

성균이가 과장된 몸짓으로 두 손을 가지런히 모아 합장하며 고개를 숙여보였다.

"그럼 동의한 거다?"

나는 성균이의 어깨를 툭 치며 말했다.

"알았어. 맘 바뀌기 전에 얼른 가자. 네가 앞장서라, 예전처럼."

그렇게 우리는 등산로를 벗어나 오솔길로 들어갔다. 정말 오랜만에 옛날로 돌아간 기분이었다. 우리는 산악부 시절의 추억을 떠올리며 부지런히 산을 올라갔다. 지치기는커녕 오히려 기운이 넘쳤다. 우리가 택한 루트는 등산로보다 가파르고 험하긴 했지만 정상까지는 더 빨리 도착할 것 같았다. 마치 신대륙을 발견한 모험가처럼 괜히 우쭐해졌다. 이런 기분이 얼마만인지 모르겠다. 흥에 겨운 나머지 콧노래가 저절로 나왔다. 역시 등산은 이런 맛에 하는 것이다.

"동욱아, 저기 봐."

나는 성균이가 가리키는 방향으로 고개를 돌렸다가 무심결에 탄성을 내뱉었다.

그곳엔 가파른 낭떠러지가 있었다. 그리고 그 앞에는 말로는 표현할 수 없는 절경이 펼쳐져 있었다.

그야말로 환상적이었다.

우리는 누가 먼저랄 것도 없이 그 절벽으로 걸어갔다. 그냥 눈으로만 보기엔 너무나 아까운 장관이었다. 나는 배낭에서 디지털카메라를 꺼내서 그 절경을 최대한 많이 사진에 담았다. 그러고는 그곳을 배경으로 돌아가면서 독사진을 찍었다.

"이번엔 둘이 같이 찍자. 여기까지 왔는데 기념사진 한 장은 남겨야지 않겠냐?"

내 제안에 성균이가 흔쾌히 응했다.

"좋아. 삼각대는 가지고 있냐?"

"물론이지."

나는 재빨리 삼각대를 설치하고 카메라를 고정시켰다. 그 사이에 성균이는 벼랑 끝으로 가서 자세를 잡았다. 나는 뷰파인더를 보면서 카메라앵글을 조정했다. 나는 성균이에게 조금만 더 물러서라고 했다. 그러자 성균이는 벼랑 아래를 보더니 소극적인 자세를 보였다. 그도 그럴 것이 워낙 높아서 자칫 떨어지기라도 하면 그대로 황천길이었다. 그 정도로 아득한 높이였다. 하지만 나는 조금만 더 물러서라고 했다. 욕심이라고 해도 좋고, 젊은 객기라도 해도 좋았다. 이왕이면 이 멋진 절경을 제대로 담고 싶었다.

"어때, 이쯤이면 나오겠냐?"

"조금 더 뒤로 가자. 그래야 이 죽이는 배경이 다 나올 것 같아. 지금은, 쬐끔 모자라. 우리 간만에 예술사진 찍어보자, 응? 한 걸음만 더 물러서봐라."

"한 걸음 더? 이만큼?"

성균이가 못마땅한 표정을 짓더니 뒤를 흘끔흘끔 뒤를 보며 마지못해 한 걸음 물러섰다. 나는 고개를 저었다.

"아니, 조금만 더."

"더? 지금도 좀 아슬아슬한데……."

성균이는 중얼거리며 다시 물러섰다.

"오케이, 딱 좋다."

나는 흡족하게 웃어주었다. 그러고는 타이머를 조정하고 성균이에게 다가갔다. 뷰파인더로 봤을 때는 몰랐는데 성균이가 카메라에서 꽤 멀리 떨어져 있었다. 나는 타이머를 의식해서 걷다 말고 뛰어갔다.

"야, 인마! 위험해. 뛰지 마."

"손 치워, 자식아."

"위, 위험하다고……."

성균이는 내가 달려가자 깜짝 놀라며 손을 흔들었다. 덩달아 나도 마음이 급해져서 걸음을 멈추려고 했지만 관성 때문에 중심을 잃었다. 때마침 골짜기에서 바람이 불어왔다. 몸이 흔들릴 정도로 매서운 강풍은 아니었지만 우리는 휘청거렸다.

"어어어어……."

다음 순간, 카메라 셔터 소리가 들렸다. 나는 흠칫 놀라 고개를 들었고 성균이도 움찔했다. 우리는 중심을 잡으려고 다리에 힘을 주었는데 도리어 그게 화근이었다. 발아래에 암반 일부분이 부서지더니 누가 먼저랄 것도 없이 우리는 동시에 밑으로 쑥 미끄러졌다. 그야말로 순식간에 벌어진 일이어서 어찌해볼 틈도 없이 그대로 떨어지고 말았다.

"으아아악!"

우리는 비명을 지르며 속절없이 벼랑 아래로 추락했다. 이때만 하더라도 나는 꼼짝없이 죽는구나 싶었다.

2

운이 좋았다. 아직 죽을 팔자는 아닌 모양이었다. 낭떠러지 밑으로 추락하던 우리는 정말로 운 좋게도 절벽 중간쯤에 툭 튀어나온 암봉 위로 떨어지는 바람에 기적처럼 목숨을 건졌다. 크게 다친 곳도 없고 경미한 타박상과 찰과상만 입었을 뿐이다. 이만하면 정말 기적이라고 할 수 있었다.

하지만 운은 거기까지였다.

등산로를 한참이나 벗어난 탓에 아무도 우리가 여기에 조난당한 사실을 몰랐다. 처음에는 소리도 고래고래 질러보았지만 돌아오는 건 공허한 메아리뿐이었다. 핸드폰을 가지고 있었지만 아무리 애를 써 봐도 통화권 이탈지역이란 절망적인 메시지만 떴다. 더욱이 배낭도 절벽 위에 두고 왔기 때문에 먹을 것은커녕 물도 마시지 못했다.

그사이에 벌써 사흘이나 흘러버렸다.

낮에는 따가운 가을볕과 싸워야했고 밤이면 11월의 시린 냉기 속에서 벌벌 떨어야했다. 성냥이나 라이터가 없으니 불을 피울 수도 없고, 용변도 제대로 보지 못했다. 춥고 배고프고 지옥이 따로 없었다. 그나마 지금 내 수중에는 집을 나설 때 아무 생각 없이 챙겼던 초코바 하나가 전부였다. 하지만 언제 구조될지도 모르는데 유일한 식량을 허무하게 먹어치울 수는 없단 생각에 사흘을 쫄쫄 굶으며 버텼다.

"동욱아."

성균이가 갈라지는 목소리로 나를 불렀다.

나는 대답할 기운도 없이 슬쩍 고개만 돌렸다.

"……"

성균이는 무슨 말을 하려는지 한참이나 뜸들이더니 침을 꿀꺽 삼키고 나서 조심스럽게 말을 꺼냈다.

"너, 그 초코바…… 그거…… 지금 나눠 먹으면 안 되냐?"

어이가 없어졌다. 온종일 말이 없더니 고작 한다는 이야기가 고작 이런 헛소리라니. 이 자식은 아직도 사태의 심각성을 잘 모르는 것 같다. 한심한 새끼.

"뭐라고? 너, 미쳤냐. 우리가 언제 구조될 줄 알고…… 바보 같은 소리 좀 하지 마. 이건 우리에게 남은 유일한 식량이야. 유일한 생명줄이라고!"

"미……미안하다. 내가, 실언을 했다."

내가 쏘아붙이자 성균이는 시선을 피하며 웅얼거리는 목소리로 사과했다.

"후우, 정신 똑바로 차려야 돼, 우린. 정말 이러다가……."

바로, 그때였다.

타타타타타타.

처음엔 잘못 들은 게 아닌가 귀를 의심했다. 하지만 그 소리는 더욱 선명하게 들렸다. 그것은 분명히 헬기 소리였다.

"이 소리는……."

우리는 펄쩍 일어나 소리가 들리는 쪽으로 고개를 돌렸다.

저만치 하늘 위에서 작은 점이 날아오고 있었다.

"헤, 헬기다!"

성균이가 더듬거리며 말했다.

나는 고개를 번쩍 들었다.

맞다. 정말로 헬기였다.

"사람 살려! 살려주세요!"

조금 전까지만 해도 기운이 없어보였던 성균이는 아예 껑충껑충 뛰면서 두 팔을 크게 흔들었다.

"이봐요! 여기 좀 봐요! 야, 여기 좀 보라고!"

나도 목이 터져라 소리를 질렀다.

"여기 사람이 있어요! 이봐요, 여기 좀 보라고요!"

"도와주세요!"

혹시, 우리를 발견한 것일까. 멀어져가던 헬기가 급격히 선회하더니 이쪽으로 방향을 틀었다.

"우리를 봐, 봤나봐! 동욱아, 우리 집이나 너희 가족 중에 누가 실종신고를 해준 모양이야. 헬기가, 헬기가 이쪽으로 오고 있어. 보라고! 우린 살았어. 우리 이젠 살았다고! 와하하하! 살았어!"

성균이가 흥분한 목소리로 말했다.

"아, 이젠 살았다."

나는 너무 감격해서 목소리가 나오질 않았다.

"하하하하! 살았다. 우린 살았어."

"이봐요, 여깁니다. 이쪽이에요!"

우리는 환호하며 맹렬하게 손을 흔들었다.

헬기가 점점 가까워졌다.

점점 더.

점점.

아!

우리는 이제 집으로 돌아갈 수…….

"에?"

옆에서 만세를 부르던 성균이가 멈칫하더니 고개를 갸웃했다.

"야! 어딜 가는 거야! 이 새끼야. 우린 여기 있단 말이야. 아, 개세끼야!"

이게 무슨 일인가.

헬기가 다시 멀어져갔다. 우릴 발견한 게 아닌 모양이었다. 헬기는 다가올 때보다도 훨씬 빠르게 멀어졌다.

"야, 어딜 가! 돌아와, 돌아오라고!"

"안 돼!"

성균이가 허탈해하며 털썩 주저앉았다.

나도 있는 대로 소리를 지르느라 기운이 빠져서 땅바닥에 앉았다. 실낱같던 희망이 눈앞까지 왔다가 사라져버렸다. 너무 안타깝고 분하기까지 했다. 갑자기 감정이 걷잡을 수 없을 만큼 격해졌다. 무릎을 감싸 안으며 심호흡을 해봐도 좀처럼 추스를 수가 없었다. 잠도 제대로 자지 못하고 너무 굶주려서 신경이 날카로워진 탓이다.

우리는 한동안 서로 말도 섞지 않았다. 허탈해져서 그럴

기력조차 없었다. 실망이 너무 컸기 때문이다.

"이젠 살았구나 싶었는데……."

내가 먼저 침묵을 깼다. 나는 나직이 중얼거리며 흘끔 성균이를 쳐다보았다. 성균이는 나뭇가지를 하나 주워 신경질적으로 바닥을 파헤치고 있었다. 그러다가 그것도 지겨워졌는지 나뭇가지를 패대기치고는 짧게 한숨을 내쉬었다.

"동욱이 넌, 없어졌다고 신고할 만한 사람 없냐?"

성균이가 자갈을 주워 멀리 내던지며 지나가는 투로 물었다. 분명히 다른 의도는 없었을 것이다. 평소라면 대수롭지 않게 여겼을 말이다. 하지만 그 순간만큼은 나도 어쩔 수가 없었다. 가까스로 억누르고 있던 감정을 그대로 폭발시켰다. 어쩌면 진작 그러고 싶었는데 마땅한 구실이 없어 참고 있었는지도 모른다.

"왜, 난 너 아니면 친구도 없는 왕따 새끼인 거 같냐?"

나는 짜증 섞인 목소리로 내뱉었다.

"뭐? 야, 그런 뜻이 아니잖아."

성균이도 발끈해서 내게 눈을 흘겼다.

"씨발. 너 따라서 산에 오는 게 아니었어. 그랬으면 이런 고생도 하지 않잖아."

딱히 성균이를 비난할 의도는 없었다. 그냥 나도 모르게 튀어나오는 말이었다. 내뱉자마자 아차 싶었지만 주워 담기엔 이미 늦어버렸다.

"너…… 지금 내 탓 하는 거냐. 이게 다 나 때문에 벌어진 일이라고 생각하는 거야? 참나. 거기서 먼저 사진 찍자던 사람이 누구더라. 너, 아니었냐?"

성균이가 어이없다는 듯 나를 쳐다보았다.

"뭐라고?"

이 새끼, 지금 내 잘못이라고 말하고 싶은 건가. 성균이의 태도에 사과힐 미음이 싹 사라져버렸다.

"씨발, 그래. 말은 내가 먼저 꺼냈다. 하지만 너도 좋아했잖아. 안 그래? 카메라 앞에서 온갖 똥폼을 잡으며 신나했던 게 누구였지? 근데 이제 와서 나한테 덤탱이를 씌우려고? 애초에 씨발 여길 오지 않았으면 좋았잖아!"

나는 눈을 부라리며 언성을 높였다.

성균이가 황당하다는 얼굴로 나를 쳐다보았다.

"아, 정말 어이가 없다. 내가 이 말은 안하려고 했는데…… 그때 떨어지면서……."

"떨어지면서 뭐?"

내가 눈을 치켜뜨며 반문하자, 성균이는 뭔가 더 말을 하려다가 고개를 흔들었다.

"됐다. 그만하자."

그러더니 성균이는 등을 돌려버렸다.

그리고 그 이후로 한동안 서로 말을 섞지 않았다. 화해를 할 새도 없었고, 그럴 필요도 느끼지 못했다. 무엇보다 우리에겐 싸울 기력이 없었다. 싸우기는커녕 의식이 몽롱해서 눈을 제대로 뜨는 것도 쉽지 않았다. 거기다가 굶주림 속에서 하루하루를 보내다보니 늘 비몽사몽이라 시간개념이 희박해졌다. 꾸벅꾸벅 졸다가 눈을 뜨면 해가 뜨고, 다시 어느 틈에 졸다가 정신을 차려보면 어두운 밤이었다. 그렇게 매시간을 아무것도 하지 않고 무기력하게 보냈다. 아니 아무것도 할 수가 없었다.

그리고 다시 이틀이 지났다.

그날은 아침부터 날씨가 흐려서인지 유난히 기분이 우울했다. 여전히 배는 고팠고 상황은 전혀 나아지지 않았다.

낮 동안에는 신경을 곤두세우며 혹시 등산객이나 헬기가 지나가진 않는지 주위를 살폈더니 몹시 피로해졌다.

그리고 밤이 되자 걷잡을 수 없이 졸음이 쏟아졌다. 밤에는 기온이 많이 떨어져서 자칫 졸다가 저체온으로 비명횡사할 수도 있어서 가급적이면 잠을 자지 않으려고 노력했지만 그날은 버틸 재간이 없었다. 결국 버티고 버티다가 어느 틈엔가 나도 모르게 잠이 들고 말았다.

그렇게 잠이 들고 얼마쯤 시간이 지났을까.

문득 잠결에 희미하게 인기척을 느꼈다. 나지막한 발소리였다. 아주 신중히, 조심스럽게 내게 다가오고 있었다. 신경이 곤두서면서 자연히 졸음도 달아나버렸다. 하지만 잠에서 깬 후에도 눈을 뜨지 않았다. 일부러 자는 시늉을 했다. 그러면서 조용히 귀를 기울였다. 발소리가 계속 들렸다.

산짐승은 분명히 아니었다. 그러기엔 그림자가 너무 컸다. 그림자만 보면 사람처럼 보였다. 하지만 누구지?

혹시 성균인가?

아니다. 성균이라면 저렇게 조용히 다가올 리가 없다. 대체 무엇 때문에? 그럴 이유가 없지 않은가. 그냥 나를 불러도 될 일이다. 그러면 성균이도 아니란 이야기인가? 그럼 누구지. 이런 절벽에 우리 말고 누가 또 있단 말이지.

설마, 귀신?

성균이마저 아니란 생각이 들자 갑자기 무서워졌다. 결국 나는 실눈을 뜨고 바닥을 보았다. 검은 그림자가 손을 뻗으며 서서히 거리를 좁혀오고 있었다. 나는 두려움에 마른침을 꿀꺽 삼켰다.

심장이 쿵쾅거렸다.

그사이에도 그림자는 조금씩, 조금씩 가까워졌다.

어느덧 바로 옆으로 다가왔다.

그리고……

3

"누, 누구야!"

나는 소리를 지르며 벌떡 일어났다.

"왜, 왜 그래, 인마. 나야, 나라고."

씨발. 도둑고양이처럼 발소리를 죽이며 다가왔던 건 바로 성균이었다. 긴장이 풀려 다리가 후들거렸다.

"새끼야, 지금 너 뭔 짓을 하려고 그랬어!"

나는 이를 악물고 잇새로 내뱉었다. 방금 전을 생각하면 좀처럼 화를 누그러뜨릴 수가 없었다.

"내가 뭘 어쨌다고 그래. 나는 말이야. 그냥 네가……."

성균이는 억울하다는 듯 항변했다. 하지만 무슨 까닭에선지 내 눈빛을 피하고 있었다. 뭔가 구린 구석이 있는 게 분명했다.

"닥쳐, 새끼야. 지금 발소리도 내지 않고 다가왔잖아! 무슨 수작이야, 대체."

나는 성질을 부리며 계속 추궁했다.

"오해야, 그건. 난 네가 아까부터 꿈쩍도 안 하니까 걱정이 돼서……."

성균이는 완강하게 부인했다.

나는 성균이의 눈을 똑바로 쳐다보았다.

이 새끼, 뭔가 꿍꿍이가 있는 게 분명하다. 뭔지 모르지만 분명히 있다. 나한테서 노리는 게……

그래, 맞아. 초코바!

나는 황급히 점퍼주머니에 손을 넣었다.

"어…… 없어! 씨발, 없어졌다고!"

"응?"

성균이가 당황한 얼굴로 나를 쳐다보았다.

"초코바 말이야, 새끼야. 없어졌다고."

나는 성균이를 사납게 노려보며 한 발짝 다가갔다.

"씨발, 너지? 네가 가져갔지, 그치?"

"아, 아냐. 난 정말 아냐. 난 건드리지도 않았어!"

성균이가 필사적으로 부인했다.

"그럼 누군데? 여기 너랑 나 말고 또 누가 있어! 솔직히 말해봐. 방금 꺼내간 거 아니냐. 너, 그걸 노리고 살금살금 다가온 거지? 말해봐, 새끼야."

"맹세코 절대 아니야! 그런 생각 해 본 적도 없다고! 너야말로 잘 생각해봐. 네……네가 소변 볼 때 실수로 떨어뜨렸을 수도 있는 거고. 며칠 전에 헬기 지나갔을 때, 너도 소리를 지르면서 방방 뛰었잖아. 그때 너도 모르는 새 떨어뜨렸을 수도 있는 거 아니야?"

나는 할 말을 잃었다. 성균이의 말도 일리가 있었다.

"동욱이 너, 그렇게 친구를 무턱대고 의심해도 되는 거냐? 내…… 내가 그 정도 놈으로 밖에 안 보였어?"

"미안하다. 정말 미안해. 너무 굶어서 그런가보다. 잠시 정신이 어떻게 된 모양이야. 진짜 미안하다. 성균아."

나는 고개를 숙이며 사과했다.

"됐어, 괜찮아. 그럴 수도 있지. 이해해. 후우, 그러게 잘 좀 간수하지 그랬어. 네 말처럼 유일한 식량이었는데……."

성균이는 한숨을 길게 내쉬고는 착잡한 얼굴로 다시 말을 이었다.

"그만 앉자. 서……서 있기도 힘들다."

성균이는 자리에 앉자마자 거칠게 기침을 토해냈다. 안색도 눈에 띄게 나빠졌다.

나도 조금 떨어진 자리에 쪼그리고 앉았다. 흘끔 보니 성균이는 계속 기침을 해댔다. 나는 곁눈질로 성균이를 살피면서 엉덩이로 깔고 앉은 돌무더기 속으로 손을 넣어보았다. 손끝에 느껴지는 비닐포장지의 감촉. 나도 모르게 슬며시 미소가 나왔다.

이걸로 됐다.

이제 나 혼자서 초코바를 독차지할 수 있다!

으흐흐흐.

너무 기쁜 나머지 참으려고 해도 자꾸만 웃음이 나왔다.

　　　　　　　　　　　　무서운 이야기 2

나는 얼굴을 무릎에 묻고 가까스로 웃음을 참았다. 혹시라도 눈치 챘을까 싶어 고개를 돌려보니 성균이는 기침을 하느라 이쪽은 전혀 신경 쓰지 못하고 있었다. 나는 몰래 돌멩이를 하나 집어 돌무더기 틈을 마저 메웠다. 그러고는 성균이가 잠들 때까지 조용히 기다렸다.

시간이 얼마쯤 지났을까.

기다리는 동안 나도 깜빡 잠이 들었던 모양이다. 서늘한 한기가 느껴져 눈을 뜨니 사방에 안개가 자욱했다. 조용히 고개를 돌리니 죽은 듯 잠들어있는 성균이의 모습이 보였다. 어쩌면 잠든 척을 하고 있는지 몰라 잠시 기다려보았다. 가만히 귀를 기울여보니 희미하게 코를 고는 소리가 들렸다.

나는 그제야 안심하고 엉덩이로 깔고 앉았던 돌무더기에서 조심스럽게 초코바를 꺼냈다. 소리가 나지 않도록 아주 천천히.

성균이가 깨어나면 곤란하니까 초코바를 정성스레 두 손으로 끌어안고 느릿느릿 암붕 끝으로 걸어갔다. 다행히 깊이 잠들었는지 성균이는 꿈쩍도 하지 않았다. 나는 살며시 앉은 다음, 초코바의 포장지를 천천히 벗겼다. 거뭇한 속살이 드러나자 나도 모르게 입안에 침이 고였다. 긴장한 탓인지 손이 떨렸다. 심호흡을 하고 초코바를 한입 베어 물었다. 그러고는 천천히 입안에서 녹여가며 우물우물 씹었다.

와! 이렇게 맛있을 수가! 지금까지 먹어본 것 중에 최고로 맛있었다. 마치 온몸에 짜릿한 전기가 흐르는 것처럼 환상적인 맛이었다. 몇 번 씹지도 않았는데 초코바는 순식간에 뱃속으로 사라졌다. 이걸로는 성이 차지 않았다. 더 먹고 싶은 충동이 일었지만 나중을 위해서 아껴둘 필요가 있다. 아니, 살아남기 위해서.

나는 아쉬움을 뒤로 하며 조심스럽게 초코바를 포장지로 감쌌다. 그리고 아주 천천히 일어섰다. 조심하면서, 느릿하게……

"반만 줘……."

헉!

성균이의 목소리였다.

안자고 깨어있었던 걸까?

그만 깜짝 놀라 뒤를 돌아보는데 손에서 초코바가 미끄러졌다. 아차, 싶어서 황급히 손을 뻗었지만 초코바는 바닥에 한번 튀고는 절벽 밑으로 떨어져버렸다. 악! 너무 당황해서 하마터면 비명을 지를 뻔했다.

"너무 배고파. 나도 반만 줘."

다시 성균이의 목소리가 들렸다.

나는 눈을 질끈 감았다. 뭔가 그럴싸한 변명거리가 필요했다. 나는 최대한 미안한 표정을 지으며 천천히 돌아섰다.

“성균아. 그게 말이야. 그게 알고 보니 잘 안 보이는 곳에 떨어져 있더라고. 그래서 너 깨어나면 같이 먹으려고……”

“아, 아……아버지…….”

성균이는 깨어있던 게 아니었다.

잠꼬대였다.

나는 황당한 나머지 말을 잇지 못했다.

“아버지…….”

성균이의 잠꼬대는 계속 이어졌다.

“아버지, 여기를 어떻게 알고 오셨어요. 아버지…….”

잠꼬대는 점점 흐느낌으로 바뀌었다.

“살려주세요, 아버지! 아버지, 저를 좀 살려주세요, 아버지, 아버지…….”

그만해.

“아버지!”

시끄러워, 그만하라고!

나는 귀를 틀어막으며 주저앉았다.

“가, 가……가지 마세요. 아버지…….”

성균이는 흐느끼는 목소리로 아버지를 찾았다.

더는 들어줄 수가 없었다.

나는 성균이를 깨우기로 맘먹었다.

그래서 다가가는데,

"아버지?!"

갑자기 성균이가 눈을 부릅떴다.

나는 화들짝 놀라 그만 엉덩방아를 찧고 말았다.

"뭐, 뭐야!"

4

"씨발, 깜짝이야. 간 떨어지는 줄 알았잖아!"

성균이는 내가 뭐라고 하든 듣는 시늉조차 하지 않고 넋 나간 얼굴로 중얼거리며 암붕 끝으로 걸어갔다.

"야, 너 어디 가! 인마, 그러다가 떨어져."

나는 황급히 성균이를 따라갔다.

"아, 아버지가 꿈에 나오셨어. 여……여기로 나, 날 구해주러 오……오신다고 하셨어. 여……여기로 말이야."

"무슨 소리야, 그게."

이 새끼, 이젠 머리까지 어떻게 돼버린 건가. 계속 알 수 없는 말들만 중얼거렸다.

"그리고 또 말씀하셨어. 돌무더기, 돌무더기 틈을 보라고. 그곳에 있다고 하셨어. 그곳에 초코바가 숨겨져 있다고 하셨어, 분명히 그렇게……."

무서운 이야기 2

뭐라고?

나는 정신이 번쩍 들었다. 이 새끼, 설마 전부 다 봐놓고 시치미를 떼면서 이런 연극을 하고 있는 건가?

"아, 너를 의심하는 건 아니야. 그냥 꿈이 너무 생생해서……."

성균이가 나를 흘끔 보더니 그런 의도가 아니라는 듯이 말했다. 뻔뻔한 새끼. 이게 연극이라면 넌 정말 나쁜 새끼다. 날 아주 지사한 놈으로 만드네.

"돼, 됐어. 그렇게 생생하면 어디 한번 찾아봐."

나는 성균이를 외면하며 퉁명스럽게 대꾸했다.

"으, 응."

백날 찾아봐라. 그게 나오나. 초코바는 이미 저 밑으로 떨어져버려서 찾지도 못해. 넌 지금 헛수고를 하는 거야. 차라리 아까 처음부터 다 봤으니까 같이 나누자고 했으면 나머지 반쪽을 그렇게 허무하게 잃진 않았을 거다. 나쁜 새끼.

"어? 어? 차, 찾았다!"

별안간 성균이가 기쁜 목소리로 외쳤다.

"찾았다고?"

나는 깜짝 놀라 고개를 들었다.

성균이가 암봉 끝에 엎드려 아래를 내려다보고 있었다.

"그래, 찾았어. 저기 봐!"

그럴 리가…….

나는 비틀거리며 성균이에게 다가갔다.

“저기야. 잘 봐, 나뭇가지 사이에…….”

거짓말이 아니었다.

대략 2미터쯤, 바위틈을 뚫고 뻗어 나온 나뭇가지 사이에 초코바가 걸려있었다. 아까 떨어뜨렸을 때 용케도 나뭇가지에 걸린 모양이었다. 이건 기적이었다. 우리가 처음 벼랑에서 떨어질 때도 그렇고, 지금도 역시……. 하지만 반쪽짜리 기적이었다. 내려가는 건 어떻게 해도 다시 올라오는 건 체력적으로 부담이 컸다. 평소라면 모를까. 지금처럼 닷새나 굶은 상태로는 도저히 불가능했다. 초코바는 계속 눈에 아른거렸지만 포기할 수밖에 없다. 이건 정말이지 너무나 잔인한 희망고문이었다.

“내가 내려갈게.”

성균이가 말했다.

“무리야, 그건. 자살행위라고.”

“나한테 생각이 있어. 네가 좀 도와주기만 하면 돼.”

“어쩔 작정인데?”

내가 정색하며 묻자 성균이는 보란 듯이 점퍼를 벗어 바닥에 놓고 길게 늘어뜨리더니 로프처럼 꼬기 시작했다.

“이렇게 해서 로프처럼 쓰면 돼. 다행히 가까이에 떨어졌으니까 이 정도 길이면 충분히 잡고 올라올 수 있을 거야.”

성균이는 그렇게 말하며 내게 점퍼 끝을 쥐어주었다.

“너, 제대로 서 있기도 힘들잖아. 괜찮겠어?”

“그러니까 네 도움이 필요하지. 위에서 꽉 잡고 버텨줘. 우리 둘이서 힘을 합치면 할 수 있을 거야, 알았지?”

분명히 나쁘지 않은 방법이었지만 여전히 리스크가 컸다. 자칫 내가 손에 힘이 빠져서 놓치기라도 한다면……

“그럼, 내려간다.”

생각할 겨를도 없이 성균이가 점퍼 끝을 잡고 내려가기 시작했다. 나는 퍼뜩 정신을 차리고 두 손으로 점퍼 소매를 꽉 붙들었다.

“거의 다 왔어. 이제 조금만 더 내려가면 돼. 조금만…….”

나는 이를 악물고 있는 힘껏 버텼다.

“됐다. 초코바가 손에 닿는…….”

순간 초코바가 반쪽뿐이란 사실이 떠올랐다. 절반은 이미 내가 먹었다. 성균이도 이제 알아차렸을 것이다. 분명히 나를 추궁하겠지? 뭐라고 둘러대면 좋을까. 납득할만한 핑계를 대야 하는데, 뭔가 납득할만한…….

“어?”

“!”

안 돼.

손에서 그만 힘이 빠져버렸다. 정말 한순간이었다. 어찌해 볼 틈도 없이 손에서 점퍼가 미끄러졌다. 깜짝 놀라 소매를 다시 꽉 움켜쥐고 힘껏 잡아당겼다. 점퍼는 팽팽하게 당겨지더니 용수철처럼 내 눈앞으로 튀어 올랐다. 하지만 성균이는 없었다. 나는 관성을 이기지 못하고 그대로 점퍼를 움켜쥔 채 뒤로 나자빠졌다.

"동욱아!"

성균이가 비명을 질렀다.

정신을 차리고 밑을 내려 봤을 때는 이미 저 아래로 떨어진 후였다. 성균이의 비명소리가 메아리치며 사방에서 들렸다.

"서…서서서…성균아……."

나는 너무 무기력했다.

넋을 잃고 한동안 멍하니 허공만 바라보았다. 그렇게 바라보고 있는 것 말고는 아무것도 할 수 없었다. 그러다가 다시 정신을 차리곤 성균이가 죽었다는 사실을 깨닫고 너무 미안해서 울음을 터뜨렸다.

미안하다.

일부러 그런 게 아니다.

정말로 미안하다, 성균아.

나는 성균이의 점퍼를 끌어안고 오열하다가 잠이 들었다.

그리고 다시 깨어났을 때는 이미 해가 중천에 떠 있었다. 볕이 따가웠다. 얼굴을 가리려고 점퍼를 끌어당기는데 뭔가 주머니에 들어있었다. 손을 넣어 확인해보니 지갑이었다. 지갑 안에는 성균이의 운전면허증과 만 원짜리 지폐 한 장이 있었다. 지폐를 보는 순간, 어떤 생각이 퍼뜩 떠올랐다. 나는 황급히 지폐를 꺼내 펼치고는 손가락을 깨물어 피를 냈다. 그 피로 지폐 위에 '절벽조난/SOS'이라고 썼다.

"됐다."

글씨를 쓴 피가 마를 때까지 기다렸다가 지폐를 들고 암붕 끝으로 걸어갔다. 때마침 바람이 세자게 불었다.

나는 지폐를 절벽 밖으로 던졌다.

만 원짜리 지폐는 바람을 타고 멀리, 멀리 날아갔다.

이제 내가 할 수 있는 일은 다한 것 같다. 누군가가 저 지폐를 발견해주길 바라며 기다리는 일만 남았다. 하지만 기다리는 것도 결코 쉽지 않다. 특히 일주일 가까이 아무것도 먹지 못했다면 가만히 있기만 해도 체력이 소모된다. 그나마 어제 초코바라도 먹지 않았다면 진즉에 탈진해서 쓰러졌을 것이다. 겨우 반쪽에 불과한 초코바가 나를 이만큼 지탱해주고 있는 셈이다.

그래, 초코바.

너무나도 달콤한 초코바.

한참이나 햇볕을 쬐고 있었더니 노곤해지면서 점점 의식이 멀어졌다. 자꾸만 몸이 기울어지고 어딘가 기대고 싶었다. 정신력으로 버티는 것도 한계가 있다. 깨어난 지 얼마 안 된 것 같은데 다시 졸음이 쏟아졌다. 이대로 잠들면 영영 못 깨어날지도 모른다는 두려움도 있었지만 당장은 몰려오는 졸음을 이겨낼 재간이 없었다.

그리고 나는……

5

정신없이 곯아떨어졌던 나는 뱃가죽을 잡아당기는 심한 공복감을 느끼고 잠에서 깼다. 한밤중이었다. 머릿속이 멍해서 몇 시간 만에 깨어났는지 알 수가 없었다. 어쩌면 하루 이상을 잠들어있었는지도 모를 일이다. 뱃속에서 요란한 소리가 났다. 고통에 가까운 허기가 나를 괴롭혔다. 당장 뭔가 먹지 않으면 위장이 뒤집어질 것만 같았다. 하지만 아무리 둘러봐도 먹을 것이 보일 리가 없었다.

나는 주린 배를 움켜쥐고 천천히 일어섰다. 그러고는 생각할 겨를도 없이 옆쪽에 솟아난 나뭇가지로 가서 잎사귀를 뜯어서 입안으로 우겨넣었다. 우걱우걱 씹으며 억지로 목구멍으로 넘겼다. 하지만 곧바로 욕지기가 일면서 모두 게워내고 말았다.

"우웩! 우우우엑!"

나중에는 헛구역질까지 하느라 눈물이 핑 돌았다. 뱃가죽이 다시 당겼다. 안에서 장이 배배 꼬이는 것 같았다. 숨을 크게 마시며 배를 문질러보았지만 별다른 효과는 없었다. 그래도 안하다는 것보단 낫단 생각에 계속 문지르는데 불현듯 뒤쪽 어둠속에서 누군가가 나를 쳐다보고 있다는 느낌이 들었다.

"거, 거기 누, 누구야!"

나는 깜짝 놀라 뒤를 돌아보았다.

뭔가 있었다.

"누, 누구냐고!"

그때 보았다. 앙상한 나뭇가지 위에 오롯이 서서 나를 바라보고 있는 까마귀를.

그 새카만 눈동자를 보고 있으니 왠지 모를 불길한 생각이 들었다. 까마귀란 새는 먹이를 구하기 힘들면 종종 동물들의 시신을 뜯어먹는다. 어쩌면 이놈도 저기 저렇게 앉아서 내가 죽는 순간만을 기다리고 있는지도 몰랐다. 생각이 거기까지 미치자 갑자기 부아가 치밀었다. 저런 날짐승한테 얕잡아 보이는 것 같았다.

"씨발, 나 아직 안 죽었어. 새끼야! 저리 꺼져!"

나는 돌멩이를 들어 녀석에게 던졌다.

까마귀는 날개를 퍼덕이며 달아나는가 싶더니 다시 나뭇가지에 내려앉았다. 나를 우습게 보는 것 같았다. 쫄쫄 굶어서 다 죽어가는 사람쯤이야 두렵지 않다는 듯했다.

"좋아. 해보자, 이거지."

나는 이를 악물고 일어나 놈에게 다가갔다. 제법 굵어 보이는 나뭇가지를 하나 부러뜨려 손에 쥐고 마구 휘둘렀다. 결국 까마귀는 기분 나쁜 울음을 터뜨리며 어둠 속으로 날아가 버렸다. 승리에 기쁨을 누릴 새도 없이 지쳐 쓰러졌다. 까마귀를 상대하느라 그나마 남아있던 힘을 모두 소모한 모양이었다. 배가 고팠다. 너무 고파서 죽을 것만 같았다. 뭐라도 좋으니 먹을 게 있으면 좋겠는데…….

그러다가 문득 나뭇가지에 걸려있는 초코바가 생각났다. 그 달콤했던 초코바. 떠올리는 것만으로도 입안에 군침이 돌았다.

그래. 어차피 죽는 거면 시도라도 해보자. 이렇게 죽든, 저렇게 죽든 매한가지 아닌가. 나는 암붕 끝까지 기어갔다.

저 밑에, 나뭇가지에 걸려있는 초코바가 보였다. 다행히 아직 떨어지진 않았다. 초코바가 눈에 들어오자 더는 아무런 판단도 할 수 없었다. 몸이 저절로 움직였다. 부들부들 떨리는 다리로 조심스럽게 암벽에 난 흠을 찾아 밟고 천천히 내려갔다. 바람이 제법 셌지만 개의치 않았다. 오로지 초코바를 먹겠다는 일념으로 부지런히 내려갔다.

마침내 손을 뻗으면 초코바에 닿을 만큼 가까워졌다.

나는 잠시 멈추고 심호흡을 했다. 몸에 중심을 단단히 잡고 손을 뻗었다.

빌어먹을. 한껏 손을 뻗었지만 초코바는 손끝에 닿을락말락했다. 겨우 0.1밀리미터가 모자란 느낌이다. 조금만 더 뻗으면 잡을 수 있을 것 같은데……

나는 이를 악물고 다시 손을 뻗어보았다.

"아, 아……"

초코바가 손끝에 걸리는 순간, 갑자기 세찬 바람이 불어왔다. 나는 균형을 잃었고 그사이에 초코바가 절벽 밑으로 떨어졌다.

"안 돼!"

나는 외마디 비명을 질렀다. 다리에 힘이 빠지면서 바위를 헛딛고 말았다. 보이지 않는 손이 무지막지한 힘으로 나를 잡아당기는 것 같았다. 그대로 쭉 미끄러지고 말았다. 나는 필사적으로 두 손을 뻗어 흠을 찾아 힘껏 잡았다. 간신히 바위에 매달리는 데 성공했다. 하지만 아래로 떨어진 초코바는 이제 완전히 사라지고 없었다.

허탈해서 계속 아래를 보고 있는데 어둠 속에서 뭐가 꿈틀
거렸다.

처음에는 나뭇가지가 바람에 흔들리는 거라고 생각했다.

"으으으……."

내 생각과는 달리 검은 형체는 점점 다가오고 있었다.

느릿느릿. 절벽을 기어 올라왔다.

나는 마른침을 꿀꺽 삼켰다.

이제 검은 형체는 알아볼 수 있을 만큼 가까워졌다.

그것의 정체는…….

"아냐, 그럴 리가 없어. 마, 말도 안 돼!"

나는 정신이 혼미해졌다.

검은 형체는 분명히 사람이었다.

어두워서 얼굴은 알아볼 수 없었지만 사람이 맞는 것 같았
다.

하지만 이런 곳에 사람이 있을 리가.

그렇다면 혹시, 성균이? 말도 안 된다. 성균이는 분명히 저
아래로 추락했다. 그 높이에선 살아남을 수 없다.

그럼 대체 저건 뭐지? 모르겠다. 오만생각이 들면서 머릿
속이 복잡해졌다. 지금 분명한 것은 정체를 알 수 없는 검은
형체가 절벽을 타고 내게 다가오고 있다는 것이다.

무서웠다.

저 검은 형체에 붙잡히면 무슨 일을 당할지 모른다.

어떻게든 달아나야한다.

살아남아야한다.

"저, 저리 가!"

나는 소리를 질러댔다.

검은 형체는 점점 더 가까워졌다.

나는 고개를 돌리고 손에 힘을 주어 절벽을 올라갔다.

어디서 그런 힘이 나왔는지는 모르겠다. 젖 먹던 힘을 다했다.

"으으으, 저리 가! 오지 말라고!"

나는 정체를 알 수 없는 검은 형체에 쫓겨, 필사적으로 암벽을 타고 올라갔다. 손바닥이 까지고 피가 났지만 아픔을 느낄 새도 없었다.

간신히 암붕으로 올라간 뒤에도 나는 멈추지 않았다.

검은 형체는 여전히 나를 쫓아오고 있었다.

나는 바닥을 엉금엉금 기었다. 손바닥에선 피가 철철 흘렀지만 개의치 않고 계속 기어갔다. 그러다가 암벽에 머리를 부딪쳤다. 암담했다. 앞이 막혀버렸다. 더는 달아날 곳이 없었다. 나는 최대한 벽에 바짝 붙어서 슬쩍 고개만 돌렸다.

씨발. 암붕 끝을 잡고 있는 손가락이 보인다.

이빨이 딱딱 부딪혔다.

검은 형체는 기어서 느릿느릿 암붕 위로 올라오고 있었다.

무섭다. 너무 무서워서 눈앞이 하얘졌다.

더는 지켜볼 용기가 나지 않아 고개를 돌려버렸다.

벽에 잔뜩 웅크리고 앉아서 바들바들 떨었다.

"사, 살려줘. 부탁이야. 제발 나를 좀……."

환청일까.

사람들 목소리가 들리는 것 같았다. 어쩌면 검은 형체의 목소리인지도 몰랐다. 돌아볼 용기가 나지 않았다.

저벅저벅.

뭔가 빠르게 내게 다가왔다.

한 걸음,

두 걸음,

세 걸음,

나는 숨을 크게 들이켰다.

이제 정말로 끝이구나.

눈을 질끈 감았다.

뭔가 내 어깨를 붙잡았다.

"으으아아악!"

나는 비명을 지르며 힘껏 뿌리쳤다.

"이봐요. 아저씨. 정신 차려요, 아저씨!"

내가 몸부림을 칠수록 어떤 강한 힘이 내 어깨를 잡고 흔들어댔다.

눈을 떴지만 강한 빛이 내리쬐고 있어서 제대로 볼 수가 없었다. 모든 것이 희미하게 보였다. 나는 계속 비명을 지르며 발버둥 쳤지만 엄청난 소음이 내 목소리를 집어삼켰다. 뭔가 시커먼 형체들이 나를 둘러쌌다.

이제 나에겐 저항할 힘조차 남아있지 않았다.

너무 지쳐버렸다.

나는 저항을 포기했다.

그리고 나는…….

6

나는 일주일 만에 구사일생으로 구조되어 인근 병원으로 옮겨졌다. 구조 당시 나는 공포에 떨며 완전히 넋이 나간 상태였다고 한다. 나중에 들은 이야기인데 발견당시 그곳에는 나 말고는 아무도 없었다고 한다. 그럼 대체 내가 본 그 검은 형체는 무엇이었을까? 기아 상태에서 찾아온 환각이었던 걸까? 그렇기엔 너무나 생생한 경험이었다.

며칠 뒤, 어느 정도 기력을 회복한 나는 조용히 퇴원을 했다. 의사들 말로는 일주일이나 굶어서 영양상태가 무척 나빴는데도 회복속도가 놀라울 정도로 빨랐다고 한다. 아마도 수년간 등산으로 다져진 체력 때문이리라. 하지만 그런 걸로 우쭐해지진 않았다. 우울하고 착잡할 뿐이었다.

나는 거의 보름 만에 자취방으로 돌아왔다.

달라진 건 아무것도 없었다. 자취방도 떠나기 전 모습 그대로였고, 성균이가 사고로 죽어버린 사실도 바뀌지 않는다. 여전히 실감할 수 없지만 엄연한 사실이었다. 성균이의 죽음엔 내게도 얼마간 책임이 있다. 마음이 천근만근처럼 무거웠다.

나는 무력감에 휩싸여 침대에 몸을 묻었다. 억지로라도 잠을 청하려고 했다. 지금 당장 잠자는 것 말고는 달리 하고 싶은 게 없었다. 한참동안 베개를 끌어안고 뒤척이고 있는데 소포 하나가 도착했다. 발신지는 효악산 산악구조대. 커다란 상자 안에는 내 소지품들이 들어있었다. 배낭, 로프, 디지털 카메라와 삼각대까지. 용케도 내 물건만 추려서 보내주었다. 소지품들을 살펴보던 나는 문득 뭔가 하나 빠졌다는 생각이 들었다.

"없어……."

나는 송장에 적힌 번호를 확인하고 효악산 산악구조대로 전화를 걸었다.

신호음이 몇 번 울리더니 젊은 남자가 받았다.

"네. 효악산 산악구조대입니다."

나는 구조대원에게 내 신분을 밝혔다. 금방 알아듣는 걸 보니 현장에서 나를 구해준 구조대원인 듯했다.

"아, 예, 동욱 씨. 소포는 잘 받으셨죠?"

"네, 덕분에요. 저기 근데……."

나는 뭐라고 말하면 좋을지 몰라 잠시 망설였다. 자칫 이상하게 들릴 수도 있기 때문이었다. 잠시 생각을 정리한 나는 다시 말을 이었다.

"물품 중에 만 원짜리 한 장이 보이지 않아서요."

"예? 만 원짜리요?"

구조대원은 황당하다는 반응을 보였다. 예상했던 반응이라 기분 나쁘진 않았다. 나는 오해를 사지 않도록 웃으면서 이유를 설명했다.

"아, 그게 그러니까요. 만 원짜리가 아까워서가 아니라 기념으로 갖고 싶은데……."

"무슨 말씀이신지……."

이상했다. 구조대원은 무슨 소리인지 전혀 모르겠단 사람처럼 굴었다.

"그…… 있잖아요. 제가 구조신호를 적어서 날린 만 원짜리 지폐요."

"구조신호를 적었다고요? 아, 혹시 모르고 계셨습니까?"

"예? 뭘 말인가요?"

나는 당황해서 되물었다.

"아, 그게 말이죠. 그러니까 구조전날에 실종신고가 들어왔습니다. 그때 당시에 성균 씨 아버님이 돌아가셔서 성균 씨에게 알려줘야 했는데…… 아무리 해도 연락은 안 되고, 또 산장은 예약만 해놓고 들른 흔적이 전혀 없으니까……."

이게 무슨 소리이지? 성균이 아버님이 돌아가셨다고? 그것도 구조전날에?

"아, 아버지가 꿈에 나오셨어……."

설마, 성균이가 그때 한 말이 그런 의미였나. 수화기를 잡은 손이 부들부들 떨렸다.

"그런데 두 분이 산을 오르는 걸 봤다는 목격자는 있었는데 말이죠. 그래서 두 분이 도중에 조난당했을 거라고 짐작하고 뒤늦게나마 수색에 나선 겁니다. 동욱 씨? 듣고 계신가요. 여보세요? 동욱 씨, 여보세요……."

더는 들을 수가 없어 수화기를 내려놓았다.

그길로 나는 곧바로 수소문해서 납골당으로 달려갔다.

"죄송합니다, 아버님. 제가 일부러 그런 게 아니었어요. 정말입니다. 그건 사고였어요. 저도 어쩔 수 없었습니다. 성균이에게도 정말 미안하게 생각하고 있습니다. 죄송합니다. 정말 죄송합니다, 아버님."

　나는 성균이 아버님 영정 앞에 머리를 조아리고 엎드려 산에서 일어났던 일을 모두 털어놓고 나서 빌고 또 빌었다. 이미 세상을 떠난 망자가 내 이야기를 들어줄 리 없겠지만, 이렇게 해서라도 죄책감을 조금이라도 덜고 싶었다. 나로서는 이게 최선이었다. 다행히 납골당에는 나 혼자뿐이었기 때문에 내 비밀을 들킬 염려는 없었다.

　“후우…….”

　한참을 울면서 용서를 빌고 나니 기진맥진해졌다. 그래도 조금은 홀가분해진 느낌이었다. 한숨을 돌리려고 천천히 일어서다가 문득 아버님 영정을 보았다가 순산 몸이 얼어붙었다. 사진 속의 아버님 눈동자가 움직이는가 싶더니 원망스러운 눈초리로 나를 사납게 노려보았다. 너무 놀란 나는 자리를 박차고 그곳을 도망쳐 나왔다.

　환각.

　머리로는 알고 있었다. 그것이 내 죄책감이 만든 환각이라는 것을. 하지만 감히 아버님 영정을 마주할 자신이 없었다. 두렵고 죄송했다. 하지만 한편으로는 억울한 마음도 있었다. 그건 분명히 사고였다. 아주 끔찍한 사고……. 아버님이 살아계셨더라면 얼굴을 직접 뵙고 말씀드렸을 것이다. 정말 죄송하고 또 죄송하지만 나로선 어쩔 수 없었던 일이라고.

　모든 사실을 털어놓고 나면 후련할 줄 알았다. 하지만 오히려 더 마음이 무거워졌다. 마치 가슴 속에 납덩이가 들어앉은 기분이었다.

그렇게 후회만 끌어안고 집으로 돌아온 나는 저녁 무렵에 전화 한 통을 받았다.

모 일간지 기자라는데, 내 퇴원 사실을 알고 인터뷰를 하고 싶다며 집으로 찾아온다고 했다. 처음에는 거절했지만 기자는 포기하지 않고 끈질기게 나를 설득했다. 납골당을 다녀와서 오히려 심적으로 지쳐버린 탓에 기자가 하는 말이 전혀 귀에 들어오지 않았다.

결국 나는 얼떨결에 인터뷰를 승낙하고 말았다.

기자는 기뻐하며 퇴근하고 들른다고 했다.

딱히 시간 약속은 정하지 않았다.

하지만 밤 10시가 되도록 그에게선 아무런 연락도 없었다.

"씨발, 뭐 하자는 거야. 늦으면 늦는다고 전화 정돈 해 줄 수 있잖아. 몰지각한 인간 같으니. 이런 새끼가 기자라고……."

푸념을 늘어놓으며 벽에 걸린 시계를 보았다. 하지만 내 시야엔 시계보다 창문이 더 들어왔다. 창문밖에 누군가 있었다.

그건……

성균이었다!

나는 너무 놀라 비명을 질렀다.

하지만 비명소리마저 공포에 질려 목구멍에서 나오질 못하고 안으로만 삼켜졌다.

나는 엉금엉금 기어서 침대 위로 올라갔다. 그리고는 이불을 끌어당겨 머리에서부터 완전히 뒤집어썼다.

창밖에는 여전히 검은 그림자가 어른거리고 있었다.

나는 고개를 푹 숙이고 그저 부들부들 떨기만 했다.

달리 할 수 있는 게 없었디.

7

물론 그럴 리 없다는 걸 나도 잘 알고 있다. 하지만 그 이후로는 도저히 창문을 쳐다볼 수가 없었다. 자꾸만 성균이의 모습이 어른거려서 너무 무서웠다. 나는 침대 위에 웅크리고 앉아 이불로 몸을 꽁꽁 싸맨 채 눈만 내놓고 있었다. 와들와들 몸이 떨리고 이빨이 딱딱 부딪혔다. 숨쉬기가 어려웠다. 심장이 갈빗대를 부러뜨릴 듯이 마구 뛰었다.

그렇게 두려움에 떨고 있는데 밖에서 계단을 올라오는 소리가 들렸다.

환청이 아니었다. 발소리는 점점 크게 들렸다.

나는 속으로 그냥 지나가주길 바랐다.

하지만 바람과는 달리 발소리는 현관문 앞에서 멎었다. 인터폰으로 확인하고 싶은 마음은 굴뚝같았지만 차마 용기가 나지 않았다. 다리가 후들거려서 움직일 수도 없었다.

초인종이 울렸다.

나는 꿈쩍도 하지 않았다.

조금 지나자 이번에는 문을 두드린다.

"계십니까? 동욱 씨, 안에 안 계십니까?"

내 이름을 알고 있었다. 하지만 처음 듣는 낯선 목소리였다. 나는 입술을 꽉 깨물고 아무런 대꾸도 하지 않았다.

"오전에 전화 드렸던 이진성 기자입니다. 동욱 씨, 안 계세요?"

아, 그 기자?

나는 겨우 정신을 차리고 현관으로 가서 인터폰을 켰다. 정말로 기자인진 모르겠지만 말쑥하게 차려입은 젊은 남자가 문 앞에 서 있었다. 나이는 나보다 한두 살 정도 위. 얼굴로 사람을 판단할 순 없지만 수상해보이진 않았다.

나는 심호흡을 하고 조심스럽게 문을 열었다.

"아, 계셨군요. 안녕하세요. 이진성 기잡니다."

그가 명함을 건넸다.

"드……들어오십시오."

명함을 확인한 나는 그를 안으로 들였다.

"그럼 실례하겠습니다."

우리는 식탁을 사이에 두고 마주 앉았다. 몇몇 친한 친구들 말고는 손님이 찾아오는 일이 별로 없어서 인스턴트커피 말고는 딱히 대접할 게 별로 없었다. 그는 인스턴트커피엔 손도 대지 않고 말없이 나를 바라보았다. 그제야 나는 이불을 계속 뒤집어쓰고 있다는 사실을 깨달았다. 하지만 몸에서 한기가 사시지 않이 이불을 건지 않고 그대로 있었다.

"늦어서 정말 죄송합니다. 갑자기 급히 다녀올 데가 생겨서……."

기자는 내게 정중히 사과했다.

"괘……괜찮습니다."

"근데 안색이 안 좋으시군요. 아직 회복이 덜 되신 건가요?"

"별거 아닙니다. 그냥 감기 기운이 있어서……."

기자는 잠시 뜸을 들였다가 커피를 한모금 마시고는 천천히 말을 이었다.

"방금 효악산에 다녀오는 길입니다. 성균 씨의 사체가 일부 발견됐거든요. 짐승들이 갈기갈기 찢어 사방으로 퍼뜨린 모양이더군요. 간신히 신원을 확인할 수 있을 정도였다고 합니다."

성균이의 사체가…….

기자는 내 눈치를 살피더니 가방에서 노트북을 꺼냈다.

"아…… 이 얘긴 나중에 하도록 하죠. 그럼 사고 당일부터 있었던 일을 자세히 들려주실 수 있나요?"

"아, 예……."

나는 잠시 망설였다. 어디서부터 이야기를 해야 좋을지, 또 어느 부분을 빼고 말해야할지 머릿속으로 정리를 하고 나서야 이야기를 시작했다.

"그러니까 그날 오후 3시경 우리는 효악산으로……."

기자는 노트북을 열고 키보드를 두들기기 시작했다.

"……사흘이 지나도록 구조대가 오지 않아 초코바 하나로 연명하던 중, 박성균 씨가 용변을 보다가 실수로 실족하여 추락."

나는 거의 기계적으로 말을 내뱉었다. 머릿속에선 자꾸만 갈기갈기 찢긴 성균이의 모습이 떠올랐다. 아무리 지우려고 애써 봐도 그럴수록 이미지는 더욱 선명해졌다. 마치 혼자만 살아남은 것에 대한 형벌이라도 받는 기분이었다.

"그 후 혼자남아 나뭇잎 등을 먹으며 생존, 성균씨 아버지의 사망으로 인해 두 사람의 실종 사실이 밝혀지면서 사고로부터 일주일만에 극적으로 구족 됨. 그 후 병원에서 며칠간 치료 받고 안정을 되찾아 귀가. 성균씨 아버지가 안치된 납골당에 다녀옴."

　내 이야기를 모두 받아 적은 기자는 내용을 저장하고 노트북을 덮었다. 그러고는 나를 바라보더니 낮게 헛기침을 했다.

　"…친구 분께는 안 된 일이지만 운이 정말 좋으셨군요. 그런 절벽에서 생존한 것도 구조된 경위도 정말 기적이네요. 일단 여기까지 하죠. 그리고 참…. 혹시, 괜찮으시다면 그때 소지했던 카메라를 좀 볼 수 있을까요?"

　"카메라요?"

　내가 머뭇거리자 기자는 의심스러운 눈초리로 나를 쳐다보았다.

　"네 뭐, 가져다 드릴게요."

　괜한 의심을 살 필요는 없다. 나는 책상으로 가서 서랍 안에 든 디지털카메라를 꺼냈다. 문득 께름칙한 기분이 들어 전원을 켜고 화상 모드로 돌려 사진들을 확인했다. 그러다가 믿을 수 없는 장면을 보고 말았다. 문제의 사진은 가장 마지막에 찍힌 것이었다. 우리가 절벽에서 떨어지는 순간, 내가 성균이의 옷자락을 잡고 있는 장면이었다. 그렇다. 내가 붙잡지 않았더라면 나만 절벽에 떨어지고 성균이는 무사했을 것이다.

　"내가 이 말은 안하려고 했는데, 떨어질 때…….

　그랬었나. 성균이는 그때 이걸 말하려고 했던 것이다.

제기랄. 미안하다. 정말 미안하다, 성균아.

"동욱 씨?"

그때 뒤에서 기자가 나를 불렀다.

갑자기 심장이 거칠게 뛰기 시작했다. 이 사진을 들키면 틀림없이 나를 의심할 것이다. 손이 부들부들 떨렸다. 나는 조심스럽게 삭제 버튼을 눌렀다.

"네, 네?"

"괜찮으십니까? 안색이 안 좋으시네요."

"아…… 아무것도 아닙니다."

나는 카메라를 들고 식탁으로 돌아갔다.

"자, 여기."

기자는 카메라를 받아들더니 심각한 표정으로 사진들을 하나하나 살펴보았다. 마치 도둑질을 하다가 들킨 사람처럼 가슴이 두근거렸다. 나는 긴장한 것을 들키지 않으려고 식탁 아래에서 두 주먹을 꽉 움켜쥐었다. 뭔가 이상한지 기자는 연신 고개를 갸웃거렸다. 그러고는 의아한 얼굴로 마지막 사진을 내게 보여주었다.

"혹시, 사진을 지우셨습니까?"

"예? 그, 그게 무슨 말입니까?"

나는 당황해서 되물었다.

"아무래도 이게 가장 최근 사진 같지 않아서요. 아까 그러셨죠. 삼각대에 타이머를 맞춰놓고 찍다가 사고를 당했다고. 그러면 마지막 사진은 두 사람이 함께 있거나, 아니면 떨어진 후의 아무도 찍히지 않은 사진이 있어야 하는 거 아닌가요?"

그의 지적에 허를 찔리고 말았다. 충분히 의심을 살만했다. 애초에 사고를 당하기 전에 사진을 찍으려고 했다는 이야기를 하지 말았어야했다 내 실수다. 이제는 만회할 수도 없는 결정적인 실수.

"……."

빌어먹을. 들켜버린 건가. 나는 입술을 깨물었다.

"무슨 사진이었습니까? 마지막 사진이."

기자가 추궁하듯이 물었다.

"그게 그러니까…… 벼…… 별 건 아니었습니다. 그냥 좀 사진이 흔들려서…….'"

"그래요?"

갑자기 기자가 자리에서 일어났다.

"정말로 별 게 아니었나요?"

그렇게 물은 건 기자가 아니라 성균이의 목소리였다.

나는 깜짝 놀라 고개를 들었다.

"그래? 정말로 별 게 아니었냐?"

어떻게 이런 일이…….

성균이가 성난 얼굴로 나를 노려보고 있었다.

다리가 후들거려서 그만 바닥에 주저앉아버렸다. 머릿속이 새하얘졌다. 뭐든 하지 않으면 이대로 성균이가 나를 죽일 것만 같았다. 그저 잘못을 빌어야겠단 생각밖에 들지 않았다. 더는 고민할 것도 없었다.

"날 용서해줘!"

나는 무릎을 꿇고 앉아서 손을 모아 싹싹 빌었다.

"서, 서, 성균아. 내가 잘못했다. 내가 잘못했어. 내가 일부러 그런 게 아냐. 너도 알잖아. 믿어줘. 정말 그건 실수였어. 사고였다고. 성균아, 잘못했어. 제, 제발…… 제발 나 좀 살려줘라."

나는 머리를 바닥에 찧으며 무작정 용서를 빌었다.

"동욱 씨?"

어라.

성균이는 온데간데없이 사라지고 기자가 안타깝단 표정으로 나를 내려다보고 있었다.

또 환각을 본 것이다.

"괜찮으십니까? 갑자기 왜 그러세요."

"성균이…… 성균이가…….'"

기자가 내게 다가와 몸 낮추고 어깨를 다독여주었다.

"조동욱 씨, 말씀해보세요. 제게 이야기 안 한 게 있죠? 뭡니까, 그게. 그 절벽에서 무슨 일이 있었던 겁니까?"

그래, 이왕 이렇게 된 거 다 말해버리자.

"서, 성균이는…… 저 때문에 죽은 겁니다."

"예? 동욱 씨 때문에 죽었다고요?"

나는 숨을 고르고 나서 차분히, 그날의 일을 모두 들려주었다.

기자는 무표정하게 내 이야기를 경청했다. 내게 분노하거나 실망하는 기색을 보이진 않았다. 철저히 객관적인 입장을 고수하려는 것 같았다. 그런 모습 때문에선지 나도 한결 편하게, 부담 없이 이야기할 수 있었다.

"죄송합니다. 말할 용기가 없었습니다. 제 잘못이 들통날까봐. 하지만 그건 사고였어요. 절대 일부러 그런 게……."

나는 그에게 용서를 빌면서 이해를 구했다. 어쩌면 그에게 사과할 일이 아닐지도 모르지만 누구에게든 이해받고 싶었다. 그러면 조금이라도 마음의 짐을 덜 수 있을 것 같았다. 그렇게 해서라도 내 자신에게 면죄부를 주고 싶었다.

"이해합니다. 누구든지 그런 상황이 되면 그렇게 행동하지 않을 수 없을 겁니다."

잠자코 내 이야기를 듣고 있던 기자는 조용히 고개를 끄덕이며 말했다.

"저, 기자님. 부탁입니다. 제발 이 사실만은…… 이게 사람들한테 알려지면 전……."

나는 간곡하게 부탁했다. 한 사람의 죽음과 관련된 일이다. 하물며 이 사람은 기자다. 그의 입장에선 들어주기가 무척 어려운 부탁이었다. 그걸 알면서도 나는 뻔뻔스럽게 눈 감아달라고 부탁했다.

"후우……."

기자는 잠시 나를 물끄러미 바라보더니 나직하게 한숨을 내쉬었다. 그러고는 알겠다는 듯이 내 어깨에 손을 얹었다. 내 부탁을 들어주겠다는 제스처였다. 그럼에도 내 마음은 전혀 편치 않았다. 마치 어마어마하게 커다란 바윗덩이가 내 어깨를 짓누르는 것 같았다.

"알겠습니다. 그렇게 하죠. 기사는 처음 인터뷰한 내용만 올리도록 하겠습니다. 약속합니다. 저도 한 사람 인생 가로막는 게 썩 내키진 않네요. 그런다고 죽은 사람이 살아 돌아오는 것도 아니고."

기자는 그렇게 말했다.

"감사합니다."

나는 고개 숙여 고마움을 표했다.

"전 이만 가보겠습니다. 몸조리 잘하세요."

기자가 일어섰다.

사람의 마음이란 참 간사하다.

'말은 그렇게 했지만 정말로 저 사람이 약속을 지킬까?'

문득 그런 의심이 들었다. 그걸 확인하고 싶어서 현관까지 배웅하려고 했지만 발이 바닥에 달라붙은 것처럼 떨어지지 않았다. 마음 같아서는 쫓아가서 정말로 비밀을 지켜줄 수 있는지 제대로 다짐을 받고 싶었다. 머릿속이 복잡해졌다. 한번 의심이 들기 시작하자 과연 저 기자를 믿어도 좋을지 확신이 서지 않았다. 말로는 이 일에 대해서 함구하겠다고 했지만 언제 생각이 바뀔지 모르는 일이었다.

"저기, 기자님. 잠시만……."

문이 쾅 하고 닫히는 소리가 들렸다.

이어서 계단을 내려가는 발소리가 들렸다.

기분 탓인지 그의 발소리가 몹시 화가 난 사람처럼 느껴졌다.

그날 이후로 나는 노심초사하며 하루하루를 보냈다. 다행히도 그 기자는 약속을 지키는 듯했다. 매일 매시간, 실시간으로 올라오는 인터넷 기사를 모두 검색해봤지만 그날의 일에 대한 기사는 찾아볼 수가 없었다. 하지만 마음이 놓이지 않았다. 나는 편집증 환자처럼 틈만 나면 기사를 검색했다.

그러던 어느 날, 나로서는 결코 피하고 싶었던 전화를 받고 말았다.

성균이의 동생, 성희의 전화였다.

"아, 성희구나. 오랜만이네. 미안하다. 먼저 연락을 했어야

하는데 경황이 없어서…… 응, 그래. 아버님껜 얼마 전에 다녀왔다. 성균이 일은 정말 유감이다. 정말 미안해. 아니야. 그래도 내가 끝까지 옆에서…… 응? 효악산에? 아니, 뭐 어려운 건 아니고…….”

성희는 효악산에 가보고 싶다고 했다. 정확히는 사고를 당한 현장에 직접 가고 싶다는 것이다. 그래서 내게 안내를 부탁했다. 썩 내키진 않았지만 거절할 명분이 없어서 마지못해 승낙을 하고 말았다.

8

다음날 아침, 두 번 다시는 가고 싶지 않았던 효악산으로 향했다.

약속시간보다 30분 먼저 도착한 나는 등산로 입구에서 성희를 기다렸다. 얼마 지나지 않아서 성희가 등산복 차림으로 나타났다. 몇 년 만에 만난 성희는 변한 게 거의 없었다.

“동욱 오빠, 많이 기다렸어요? 미안해요. 차가 너무 밀려서. 그냥 고속버스를 타고 올 걸 그랬어요. 길도 잘 모르는데 괜히 차를 끌고 와서…….”

성희는 나를 보자마자 미안하다며 고개를 숙였다.

무슨 소릴, 미안한 쪽은 난데…….

"아니야. 괜찮아. 나도 방금 도착했어. 그나저나 넌 변한
게 하나도 없네? 정말 여전하구나."

"그래요?"

"맞다. 결혼할 남자가 생겼다면서? 축하해. 이젠 너도 품
절녀구나."

"고마워요."

성희가 수줍게 웃었다.

어색함을 무마해보려고 이런저런 이야기를 꺼냈지만 금세
화젯거리가 떨어졌다. 이럴 때는 그냥 빨리 산을 오르는 게
최선이다.

"그럼 올라가볼까?"

등산로는 그날보다 더 한산했다. 날씨가 쌀쌀해진 탓도 있
고, 아무래도 최근에 그런 사고가 일어났으니 사람들 발걸음
도 뜸해졌을 것이다. 원래 등산을 좋아하는 사람들일수록 유
난히 징크스를 따지는 경향이 있다.

우리는 한동안 서로 말을 하지 않고 묵묵히 등산로를 따라
올라갔다. 내가 기억하는 성희는 꽤 수다스러운 아이였는데
오늘만큼은 그렇지 않았다. 아무래도 가족을 연이어 잃고 또
분위기가 분위기인 만큼 일부러 말을 아끼는 것 같았다. 내
입장에서는 침묵이 오히려 편했다. 괜히 이런저런 이야기를

나누다가 성균이 생각이 나면 서로 어색해질 뿐이다.

나는 이따금씩 뒤를 돌아보며 성희가 잘 따라오는지 확인했다.

성희는 땀을 뻘뻘 흘리면서도 힘든 내색 하지 않고 부지런히 따라오고 있었다.

예전부터 성균이는 성희를 산행에 데리고 오고 싶어 했다. 하지만 그때마다 성희가 질색해서 다음을 기약할 수밖에 없었다고 했다. 성균이 말로는 성희는 등산이야말로 세상에서 가장 비생산적인 행위라고 정의를 내렸다는 것이다. 그랬던 성희가 지금은 오빠가 마지막 숨을 내뱉었던 곳으로 가기 위해 나와 함께 산을 오르고 있다. 기분이 묘했다.

그렇게 몇 번째인가 뒤를 돌아보는데, 성희 뒤로 10여 미터쯤 떨어져서 산을 올라오고 있는 남자가 보였다. 산을 오르고 나서 우리 말고는 처음으로 보는 등산객이었다. 그래서인지 나도 모르게 계속 주시하게 되었는데 왠지 모를 위화감이 느껴졌다. 곧 그 이유를 깨달았다. 남자의 옷차림 때문이었다.

남자는 짙은 선글라스와 마스크를 쓰고 있어서 나이를 가늠할 순 없었지만 나랑 체격이 거의 비슷했다. 그런데 옷차림뿐만 아니라 심지어 신고 있는 등산화도 같은 브랜드에 색상까지 똑같았다. 물론 길을 가다보면 똑같은 차림의 사람을 만나는 경우가 있기는 하지만 이렇게 인적이 드문 산속에서 마주치니까 까닭 없이 오싹한 기분이 들었다. 어쩌면 사고를 당한 현장에 다시 돌아가야 한다는 불안감이 쓸데없이 편집증을 불러일으키고 있는지도 몰랐다.

결국 기우에 불과했다.

나도 모르게 경계하고 있는 사이에 그 남자는 성희를 추월하더니 조금 지나자 어느덧 나까지 따라잡았다. 겉으로 내색하신 않았지만 정말 놀라웠다. 효악산이 다른 산에 비해 유난히 산세가 험한 걸 감안하면 정말 대단한 속도였다. 아마 모르긴 몰라도 오랫동안 산행으로 단련한 사람일 것이다.

'정말 빠르네.'

내가 성희를 신경 쓰느라 주춤하는 사이에, 남자는 나를 지나쳐 저만치 앞장서서 갔다. 그것도 얼마 지나지 않아서 아예 보이지 않을 만큼 멀어져버렸다. 저 정도 페이스라면 한 시간도 채 되지 않아서 정상까지 오를 수 있을 것이다.

'저 정도면 거의 선수 급이네.'

나는 속으로 감탄하면서 열심히 걸음을 옮겼다.

"성희야, 힘들면 여기서 쉬웠다 갈까?"

나는 잠시 멈춰 서서 성희를 보고 말했다. 산을 오르기 시작한 뒤로 한 번도 쉰 적이 없기 때문에 성희가 몹시 지쳤을 거라고 생각했다. 여기는 초심자에겐 꽤 버거운 효악산이다.

하지만 예상과는 달리 씩씩하게 잘 따라오고 있었다.

"아뇨, 괜찮아요."

성희는 고개를 가로저었다.

"그래, 그럼."

왠지 호의를 거절당한 느낌이라 머쓱했지만 내색은 하지 않았다. 나는 어색하게 웃어보이고는 다시 걸음을 뗐다.

한 시간쯤 더 올라가자 사고 현장으로 이어지는 샛길이 나타났다.

"후아, 드디어 찾았다. 여기야. 여기서부터는 이쪽으로 가야해. 잠시만 신발 끈 좀 다시 묶고."

나도 모르게 긴장이 되어 심호흡을 하고 몸을 숙였다.

그때 바위 틈바구니에서 뭔가 팔랑거리는 게 보였다. 그것은 만 원짜리 지폐였다. 그냥 만 원짜리가 아니라 내가 손가락을 깨물어 구조신호를 적었던 그 지폐였다. 하마터면 소리를 지를 뻔한 것을 가까스로 참았다.

'어떻게 이게 여기에……'

나는 신발 끈을 묶는 척하면서 흘끔 뒤를 돌아보았다.

'혹시 성희가 봤을까?'

다행히 성희는 바위에 앉아서 숨을 돌리느라 이쪽을 보지 않고 있었다.

나는 천천히 일어나면서 지폐를 집어 슬그머니 주머니에

넣었다. 그러고는 다시 성희를 쳐다보았다. 다행히 보지 못한 것 같았다.

"왜요, 오빠?"

내 시선을 느꼈는지 성희가 의아해하며 물었다. 이걸 들키면 정말 입장이 곤란해진다. 나는 시치미를 뗄 수밖에 없었다.

"응? 아니야. 이제 다시 가볼까. 여기서 한 시간 정도만 더 가면 그 장소가 나와."

나는 자기혐오에 빠지지 않도록 스스로를 달랬다. 이건 어쩔 수 없는 일이라고. 크게 효과는 없었지만 조금 위안은 되었다.

"알겠어요, 그럼."

성희가 무릎을 짚고 일어섰다. 그렇게 지친 기색은 보이지 않았다. 내가 생각했던 것보다 성희는 체력이 좋았다. 어쩌면 오빠를 닮아서 그런지도 모르겠다. 성균이도 스피드는 조금 떨어졌지만 지구력 하나는 끝내주었다.

"근데 너 보기보다 산을 잘 타네?"

나는 얼른 화제를 돌렸다.

"그래요? 오빠가 저한테 보조를 맞춰주니까 그렇겠죠."

"아니야. 이 정도면 정말 잘 하는 거야."

"그렇구나. 아마 남자친구 때문일 거예요. 워낙 산을 좋아해서요. 그래서 종종 남자 친구 따라서 산엘 갔어요. 이제는 산행에 제법 익숙해요. 꽤 단련했거든요."

"아, 그래……."

"하긴 우리 오빠가 이런 이야기를 들으면 좀 섭섭해 하려나……."

성희는 그렇게 말하더니 문득 오빠 생각이 났는지 침울한 표정을 지었다. 더 말을 걸었다간 분위기가 가라앉을 것 같아서 나는 입을 다물었다.

그리고 다시 한 시간쯤 지나서, 마침내 우리는 문제의 사고 현장에 도착했다.

나는 조심스럽게 암봉이 잘 내려다보이는 중턱으로 성희를 안내했다.

"바로 저기야. 저기 튀어나온 암봉에서……."

혹시라도 말실수를 할까봐 무척 조심스러웠다.

암봉을 내려다보는 성희의 눈시울이 붉어지는가 싶더니 금세 눈물이 뺨을 타고 흘러내렸다. 숙연해진 나는 아무 말도 하지 못하고 가만히 서 있었다.

"동욱 오빠."

성희가 손등으로 눈물을 훔치고는 나를 쳐다보았다.

"어?"

나는 놀라서 고개를 들었다.

"오빠, 있잖아요. 이런 말 어떻게 생각하실지 모르지만……
사실은 성균 오빠가 죽은 뒤로, 자꾸 내 꿈에 나타나요. 꼭
저곳에서 자기 유골을 뿌려달라고 하더라고요. 그러면 편히
잠들 수 있을 것 같다고……."

그러면서 배낭을 바닥에 내리고 안에서 무언가 꺼냈다.

"황당하죠? 무슨 3류 소설도 아니고……."

"아니, 뭐……."

나는 적당한 말이 떠오르지 않아 그냥 얼버무렸다.

"그런데 꿈에서 오빠가 또 이런 말도 했어요. 이유는 모르
지만 내가 아니라 동욱 오빠가 뿌려줬으면 한다고요."

"내, 내, 내가?"

너무 뜻밖의 이야기라서 나는 당황한 나머지 말까지 더듬
었다.

"어려울까요?"

성희가 내 얼굴을 빤히 쳐다보며 말했다.

"아니, 꼭 그런 건 아니고……."

머뭇거리는 사이에 성희가 내게 보자기에 싸인 자그마한
상자를 건넸다. 성균이의 유골함을 담은 상자인 모양이었다.
나도 모르게 긴장해서 마른침을 꿀꺽 삼켰다. 정신을 차렸을
때는 어느 샌가 내가 상자를 받아서 두 손으로 들고 있었다.
참아보려고 했지만 자꾸만 손이 부들부들 떨렸다.

"오빠?"

"으응, 그래."

나는 등을 떠밀리듯이 주춤주춤 벼랑 끝으로 걸어갔다. 조심조심, 발바닥으로 바닥이 단단한지 확인하면서 천천히 걸음을 옮겼다. 다행히 그때처럼 무너질 것 같진 않았다. 몇 번이고 확인하면서 적당한 지점까지 걸어갔다. 상자를 열기 전에 내 행동이 혹시 이상하게 비쳐지진 않았을까 싶어 슬쩍 뒤를 돌아보았다.

"왜 그래요, 오빠?"

"응, 아니야. 아무것도."

그래, 이것으로 내 잘못은 퉁치는 걸로 하자. 부탁하는데 이젠 날 괴롭히지 마라. 나도 최선을 다한 거니까. 너도 괜찮지, 성균아.

나는 크게 심호흡을 하고 보자기를 벗긴 다음 상자를 열었다.

나는 눈을 크게 떴다.

아니 이게 뭐야!

상자 안에는 유골함이 아니라 달랑 초코바 한 개만 들어있었다.

황당해서 뒤를 돌아보았다.

바로 그 순간, 누군가가 불쑥 나타나 내 시야를 가렸다.

전혀 뜻밖의 인물이었다.

나는 연달아 충격을 받아서 이러지도, 저러지도 못하고 그 저 멀뚱히 서 있을 수밖에 없었다.

"마저 드시고 오셔야죠, 동욱 씨?"

그가 웃으면서 나를 절벽 밑으로 밀어버렸다.

9

"마저 드시고 오셔야죠, 동욱 씨?"

불쑥 내 시야에 나타난 사람은 아까 나와 똑같은 옷차림으로 산을 오르던 그 남자였다. 그가 왜 여기에 있고 내게 이런 말을 하는지, 또 어떻게 내 이름을 알고 있는 것인지, 너무 놀랍고 당혹스러워서 그저 멍청히 서 있을 수밖에 없었다. 하지만 그는 처음부터 내게 확실한 용건이 있었다. 바로 나를 낭떠러지 밑으로 밀어버리는 것이었다. 내가 이러지도 저러지도 못하고 우물쭈물하는 사이에 그는 아무렇지도 않게 나를 툭 밀어버렸다. 그 어떤 예비동작도 없이 말을 내뱉는 것과 동시에 움직였다.

나는 저항도 못해보고 속수무책으로 벼랑 아래로 추락해버렸다. 절벽에 부딪히고 나뭇가지 사이를 헤집으면서 계속 밑으로 굴러 떨어졌다. 추락하는 속도가 너무 빨라서 두려움을 느낄 새도 없었다. 가까스로 손을 뻗어 바위를 끌어안으며 제동을 걸었다. 다행히 목숨은 건졌다고 생각하는 순간, 다시 그 암붕 위로 떨어졌다는 사실을 깨달았다. 그 끔찍한 악몽의 장소로 다시 돌아온 것이다. 나는 기겁을 하고 벌떡 일어났다. 하지만 뜻대로 되지 않았다. 오른쪽 다리가 풀썩 꺾이면서 그대로 주저앉았다. 떨어질 때 어딘가에 부딪히면서 뼈가 부러진 모양이었다. 뒤늦게 통증이 찾아왔고 내 입에선 비명이 터져 나왔다.

"으아아! 내 다리!"

다친 다리를 끌어안고 데굴데굴 구르는데 위에서 인기척이 느껴졌다.

고개를 들고 위를 쳐다보니 나를 떠민 남자가 성희와 나란히 서서 무덤덤한 얼굴로 내려다보고 있었다. 도무지 무슨 영문인지 알 수가 없었다. 그냥 봐도 두 사람은 서로 아는 사이 같았다. 그 말은 둘이 한통속이라는 이야기다. 처음부터 계획하고 나를 이곳으로 데려온 것이다. 생각이 거기에 미치자 부아가 치밀어 올랐다.

"박성희! 너 이게 무슨 짓이야! 어떻게 나한테 이럴 수가 있어. 빨리 나를 올려줘. 이건 장난이 너무 심하잖아. 너 제정신이니. 나를 죽일 작정이냐고!"

나는 아픔도 잊은 채, 고래고래 소리를 질렀다. 성희가 저 남자와 작당하고 나를 벼랑으로 밀어뜨렸다는 사실이 믿기 어렵고 또 화가 났다. 나는 얼굴을 붉히며 있는 대로 성질을 부렸다. 하지만 성희와 남자는 묘한 미소만 지을 뿐이었다. 마치 나를 비웃는 것만 같았다. 정말 어이가 없었다.

"웃어? 너 정말 미쳤어!"

그때 남자가 얼굴을 가렸던 선글라스와 마스크를 벗었다. 비로소 그의 얼굴을 알아보고 나는 경악했다.

"너, 너, 너는……."

"다시 뵙네요, 조동욱 씨."

그는 바로 나를 인터뷰했던 이진성 기자였다. 어리둥절했다. 어째서 지금 여기에 그가 있는 것인지, 너무 황당하고 의아했다. 망치로 뒤통수를 얻어맞은 기분이다. 또 어떤 놀랄 일이 남아있는 것인지…….

"약속대로 기사는 쓰지 않았습니다. 잘 알고 계시겠지만."

그는 웃는 얼굴로 선심 쓰듯이 말했다.

"당신 뭐야? 왜 이러는 거야, 대체. 당신 정말 기자야? 정체가 뭐냐고!"

나는 두려움을 감추려고 일부러 큰 목소리로 물었다. 하지만 의도와는 달리 목소리가 갈라지면서 내 심리 상태를 고스란히 드러내고 말았다. 나는 수치심에 입술을 깨물었다.

"글쎄, 내가 누굴까? 하지만 그건 중요하지 않잖아."

갑자기 남자는 얼굴에서 웃음기를 지우더니 싸늘한 눈초리로 나를 노려보았다. 갑자기 짙은 살의가 느껴져서 얼떨떨했다. 그 눈빛은 마치 부모님의 원수를 대하듯 했다. 이 남자가 내게 이렇게까지 적의를 드러내는 이유를 도무지 알 수가 없었다.

"뭐, 뭐, 뭐라고?"

나는 긴장한 나머지 말을 더듬었다.

"조용히 해요, 오빠. 오빠가 나한테 이래라저래라 할 입장이 아니잖아요."

성희가 끼어들었다.

"성희야, 나는……."

뭔가 변명거리를 찾아야한다. 성희를 설득할만한…….

"자기 말이 맞네. 정말 이 정도 높이에선 떨어져도 죽진 않는구나."

"내가 말했잖아. 기껏해야 다리가 부러지는 정도라고."

순간 내 귀를 의심했다. 남자도, 성희도 엄청난 이야기를 아무렇지도 않다는 표정으로 말하고 있었다.

"동욱 오빠, 인사가 늦었죠. 나랑 결혼할 사람이에요. 아, 오빠는 이진성 기자로 알고 있겠구나. 미안해요, 오빠를 속였어요. 그 명함은 원래 우리 학교 선배 거였어요. 그리고 이 사람은 민욱 씨에요. 강민욱."

결혼할 사람이라고?

"성희 말이야. 그렇게 등산을 질색하던 아이였잖아. 그런데 지금 성희가 만나는 남자 취미가 뭔지 아냐?"

"뭔데?"

"암벽등반. 거기다가 아마추어 철인3종 경기 선수란다."

"대박!"

그래, 생각났다. 성희가 만나는 남자 취미가 암벽등반이고 아마추어 철인3종 경기 선수이기도 하다고. 그럼 아까 엄청난 페이스로 우리를 추월할 수 있었던 건, 역시…….

"동욱 오빠, 그거 알아요? 오빠가 납골당에 찾아왔던 날, 사실 거기 나도 있었어요. 꽃이 시들었을까봐 새로 갈아주려고 갔다가 우연히 오빠를 봤어요. 인사를 하려고 했는데 그만 오빠가 하는 이야기를 모두 들어버렸지 뭐예요. 그래서 나설 수가 없었어요. 가만히 숨어서 오빠가 하는 이야기를 듣기만 했죠."

점점 기운이 빠졌다. 성희가 모든 것을 알고 있었다니. 바보가 된 기분이다.

"나도 무척 혼란스러웠어요. 그렇게 둘이 친했는데 그런 일이 벌어지다니. 안타깝고 참 슬프고 그래요. 하지만 우리 오빠가 그렇게 된 데에는 오빠 책임도 분명히 있잖아요. 그래서 무척 고민했어요. 이 일을 어떻게 마무리를 져야할지. 그래서 여기 효악산 산악구조대도 찾아가봤어요. 그런데 내가 무슨 이야기를 들었는지 아세요? 발견당시에 오빠는 무척 겁에 질려있었대요. 그거야 어느 정도 이해가 갔어요. 하지만 다른 이야기도 하더라고요? 귀신을 봤다고, 그러면서 계속 미안하다고, 살려달라면서 용서를 빌었대요. 그것도 우리 오빠 이름을 부르면서. 그때 난 뭔가 이상하다고 생각했어요. 분명히 둘 사이에 어떤 일이 벌어졌을 거라고. 그래서 결정을 내리기 전에 먼저 진상을 확실하게 알고 싶었어요. 그 다음은 오빠도 아시죠?"

성희는 남자 친구를 흘끔 쳐다보았다.

"오빠가 친절하게도 모든 일을 이야기해줘서 진상을 알게 되었죠. 그 점은 참 고맙게 생각해요. 덕분에 생각을 잘 정리할 수 있었으니까. 그래서 내린 결론이 이거예요. 아, 걱정 마세요. 그날 있었던 일은 아무에게도 말하지 않을 게요."

"그, 그럼 이제 나를 올려주는 거니?"

"네?"

성희는 황당하다는 표정을 짓더니 실소를 머금었다. 성희는 무슨 소리를 하고 있는지 모르겠다는 듯 고개를 갸웃했다.

"내가 왜요? 말했죠, 우리 오빠가 그렇게 된 데엔 오빠 책임이 크다고. 설마, 그 사진 벌써 잊으셨어요? 오빠만 아니었으면 우리 오빠는 죽지 않았을 거예요. 안 그래요?”

딱히 대답할 말이 떠오르지 않았다. 점점 불안해졌다. 내가 처한 이 상황이 단순한 해프닝으로만 끝나진 않을 것 같다. 마치 처형대에 오르는 사형수가 된 기분이었다.

“그러면 나를 죽일 작정이니…….”

나는 가장 하기 싫은 질문을 던졌다.

“네? 아까부터 그게 무슨 소리에요. 누가 누굴 죽여요. 오빠, 오해하셨군요. 오빠는 지금 저지른 실수에 대한 대가를 치르는 거예요. 단지 그거예요. 나머지는 오빠하기 달린 거죠. 나는 오빠를 죽일 생각도 없지만 도와줄 맘도 없어요. 아, 참. 그리고 이건 궁금해 할 거 같아서 이야기해주는데요. 민욱 씨가 왜 오빠랑 똑같은 차림을 하고 있는지 아세요?”

안 그래도 이유가 궁금했다. 지난번 기자를 가장하고 날 찾아왔을 때 카메라에 찍힌 사진들을 봤으니 나랑 똑같은 복장을 구비하는 건 그리 어려운 일은 아니다. 게다가 안에 받쳐 입는 옷이라면 모를까 등산용 외투를 여러 벌 가지고 있는 사람은 극히 드물다. 더욱이 나처럼 나름 전문적으로 산을 탄다고 자부하는 사람들은 장비에 대한 애착이 강한 편이다. 성희 남자 친구도 그런 사실을 잘 알고 있을 것이다.

“듣고 싶죠? 그럼, 알려줄게요. 바로 알리바이 때문이에요. 사실 나는 여기 오기 전에 오빠랑 산에 가서 우리 오빠 유골을 뿌리고 올 거라고 사람들한테 말해놨거든요. 오빠가 만약 거기서 올라오지 못하는 불상사가 생기면 사람들은 아마 가장 먼저 날 의심을 하겠죠? 하지만 그럴 일은 일어나지 않을 거예요. 왜냐고요? 오빠는 여기서 나랑 유골을 뿌리고 나서 무사히 산을 내려갈 거니까요. 그리고 우리는 내 차를 타고 서울까지 올라간 다음에 헤어질 예정이죠. 어때요? 이제 이해가 가세요. 맞아요. 오빠 역할을 민욱 씨가 할 거예요. 여기 공원 주차장에 CCTV가 있는 건 아시죠? 아마 우리 모습이 잘 찍혔겠죠. 그리고 알다시피 그런 카메라들의 해상도라는 게 빤하잖아요. 의상이랑 체격만 비슷하면 다 거기서 거기라는 거.”

몸이 덜덜 떨렸다. 성희의 계획은 무서우리만치 치밀했다. 내가 알던 그 ‘성희’가 맞는지 의심스러울 정도다. 태어나서 처음으로 ‘사람’이 무서워졌다. 너무 섬뜩해서 성희의 얼굴을 똑바로 쳐다볼 수가 없었다. 이제 알겠다. 성희는 나를 원망하고 있다. 그래서 오빠의 복수를 하려는 것이다.

“서, 서, 성희야, 미안해. 용서해줘. 제발, 제발 이러지 마. 내가 잘못했어. 내가 죽을죄를 졌다. 한번만, 한번만 용서해줘.”

나는 자존심 따윈 잊은 채 무릎을 꿇고 엎드려 머리까지 조아렸다. 상대가 친구 동생이어도 상관없었다. 누구라도 그럴 것이다. 세상의 그 무엇도 목숨보다 소중하지 않다. 더욱이 성희는 지금 나의 생사여탈권을 쥐고 있는 사람이다. 목숨만 구걸할 수 있다면 이것보다 더한 짓도 할 수 있었다.

"한번이라······."

내가 아무리 애걸복걸하며 매달려도 성희는 전혀 동요하지 않고 싸늘하게 조소했다. 마치 이 상황을 즐기는 것 같았다.

"제발, 성희야."

"동욱 오빠, 정말 그렇게 생각했으면 처음 퇴원했던 날, 자수를 했어야죠. 그리고 정당하게 조사를 받았어야 하는 거 아닐까요? 그렇게 안 봤는데 이제 보니 오빤 참 뻔뻔하네요? 한번만 봐달라고요. 그럼 우리 오빠는요? 우리 오빠에겐 그럴 기회를 줬어요?"

타협의 여지가 전혀 없어보였다. 나는 절망감에 고개를 푹 숙였다.

"이런, 시간을 너무 끌었네요. 이만 가봐야겠어요. 아무튼 행운을 빌어요. 아, 맞다. 이건 고마워해야할지 잘 모르겠는데, 오빠 덕분에 목돈이 생겼어요. 성균 오빠가 아무도 모르게 보험에 들었더라고요. 그런데 이번에 아빠까지 돌아가시는 바람에 보험금을 내가 받게 되었어요. 뭐 그렇다고요. 그럼 오빠, 힘내세요.”

성희는 내게 손을 흔들어 보이더니 남자 친구와 함께 사라
졌다.

나는 그저 멍하니 절벽 위를 바라보았다. 꿈을 꾸는 기분
이었다. 아직도 처음 조난당했던 상황에서 벗어나지 못하고
있는 것 같았다. 그때부터 줄곧 꾸기 시작한 악몽 속에서 헤
어 나오지 못하고 있는 느낌이었다.

한참이 지나서야 현실감각이 돌아왔다. 그리고 뒤늦게 목
청을 높이며 성희를 불렀다.

“서, 서, 성희야! 박성희! 이건 아니잖아. 성희야, 야 씨발
년아! 돌아와, 돌아오라고. 부탁이야. 제발 돌아와!”

아무리 불러도 대답이 없었다. 메아리쳐 돌아오는 내 목소
리만 공허하게 울릴 뿐이었다. 절망적이었다.

다시 처음으로 돌아온 것이다.

그 악몽의 시작으로.

“으아아아아!”

10

빌어먹을, 이렇게 끝낼 순 없다.

아직 나는 죽지 않았다. 이번에도 운은 내 편이다. 그래서 저 높은 절벽에서 떨어졌는데도 이렇게 살아있는 것이다. 살아남자. 어떻게든 살아남아서 그 두 년놈들에게 복수를 해주는 거다. 우선 내가 조난당한 사실을 알려야한다.

'그래, 맞아! 만 원짜리!'

나는 주머니에서 아까 오다가 주운 지폐를 꺼냈다. 내 피로 쓴 글씨가 갈색으로 변색되어 있었다. 나는 지폐를 쥐고 다리를 절면서 벼랑 끝으로 갔다.

"빌어먹을, 이 씨발년놈들. 두고 봐. 난 반드시 살아서 여길 빠져나갈 테니까. 기다려라. 내가 찾아가서 너희 낯짝을 봐줄 테니까. 으으, 씨발. 이럴 줄 알았으면 현찰을 좀 가지고 다니는 건데. 그래도 오는 길에 이걸 주워서 천만다행이야."

나는 지폐를 들고 바람이 세게 불어주기만을 기다렸다.

"최대한 멀리, 아주 멀리 보내야 해."

아직은 내게 운이 따르는 걸까. 때마침 저편 골짜기로부터 강풍이 불어왔다. 나는 그 기회를 놓치지 않고 바람에 지폐를 날려 보냈다.

"멀리 날아가라, 제발……."

나는 저 멀리 날아가는 지폐를 보면서 간절히 빌었다. 이번에는 누군가가 발견해주기를.

이윽고 지폐는 내 시야에서 사라졌다.

이제는 또 기다리는 일만 남았다.

며칠 사이로 첫눈이 올지도 모른다는 일기예보를 떠올리고 구석으로 가서 웅크리고 앉았다. 구조되기도 전에 눈이라도 맞으면 동사할지도 몰랐다. 그런 불상사가 일어나지 않기를 마음속으로 빌면서 무릎을 끌어안고 얼굴을 묻었다. 불도 피울 수 없는 마당에 체온을 유지하기 위해선 이러는 게 최선이었다.

그렇게 불안 속에 떨고 있는 동안, 어느덧 해가 지고 밤이 찾아왔다.

바람이 사납게 불었다. 기온도 뚝 떨어졌다. 해가 있을 때와는 비교도 할 수 없을 만큼 추워서 오들오들 떨어야했다. 추운 것도 추운 것이지만 배가 고팠다. 아직 회복이 덜된 탓인지 지난번보다 빠르게 공복감이 찾아왔다. 생각해보니 일찍부터 서두르느라 아침도 못 먹고 나왔다. 뱃속에서 먹을 걸달라며 아우성치기 시작했다.

그때 바닥에 떨어진 초코바가 보였다.

나는 다리를 절며 뛰어가 초코바를 주웠다. 허겁지겁 포장지를 벗겨서 한입 베어 물려는 찰나, 갑자기 불길한 생각이 들었다.

'혹시, 여기에 독이라도 들었으면…….'

오빠의 복수를 위해 그토록 치밀한 계획을 세운 성희라면 충분히 그럴 수도 있다.

나는 입맛을 다시며 초코바를 물끄러미 보았다. 먹을 것을 눈앞에 두고도 먹지 못하는 고통은 경험해보지 않으면 모를 것이다.

"에이, 씨발."

결국 나는 초코바를 내던졌다. 당장의 욕구보단 내 목숨이 더 중요했다.

'정말 초코바에 독을 넣었을까? 에이, 아무리 그래도 그건 너무 억측이 아닐까.'

나는 다시 초코바를 바라보며 갈등했다. 유일한 식량을 저렇게 내버리다니. 만약에 독이 들어있지 않다면 나는 정말 멍청한 짓을 저지른 셈이다. 그래, 일단 먹고 보자. 어차피 확률은 반반이 아닌가. 다시 생각해보니 포장지도 아주 깨끗했다. 외부에서 뭔가를 주입한 흔적은 없었던 것 같다. 그래, 확실하다. 초코바엔 독이 들어있지 않다.

마음을 굳힌 나는 초코바를 주우러 절룩거리며 걸어갔다.

"그래, 내가 너무 예민하게 생각했어. 설마, 독을 넣었을 까……."

그때였다.

암붕 아래에서 뭔가 소리가 들렸다.

처음엔 바람 소리인 줄 알았는데 자세히 들어보니 완전히 달랐다.

나는 초코바를 주워들고 벼랑 끝으로 가서 아래를 흘끔 내려다보았다.

그리고 그것을 보고 말았다.

저 밑, 어둠 속에서 뭔가 꿈틀거리며 움직이고 있는 것을.

천천히, 그렇다고 아주 느리지도 않은 속도로 절벽을 올라왔다.

데자뷔.

이건 어디선가 본 적이 있는 광경이었다.

그건 바로…….

빌어먹을! 이제 기억났다. 지난번, 구조당일에 목격했던 그 검은 형체. 지금 내가 보고 있는 것이 바로 그 검은 형체였다.

그때, 나는 환각을 본 게 아니었다.

정말로 있었던 것이다.

나는 본능적으로 달아나야한다고 느꼈지만 발바닥이 달라붙은 것처럼 움쩍도 하지 않았다. 마치 보이지 않는 손이 단단히 붙들고 있는 것 같았다. 나는 겁에 잔뜩 질려 바르르 떨면서 서서히 이쪽으로 올라오고 있는 검은 형체를 지켜보았다.

검은 형체는 마치 암벽타기를 하듯 사지를 부지런히 움직여 조금도 멈추지 않고 절벽을 올라왔다.

그리고 조금씩 그늘에서 벗어나 거의 얼굴을 알아볼 수 있을 만큼 가까워졌다.

그때부터는 갑자기 가속도가 붙기 시작했다.

저벅저벅.

저벅저벅.

지벅지벅.

달빛에 비쳐, 어둠에 가려졌던 얼굴이 드러나기 시작했다.

아…….

아, 아…….

아, 아, 아…….

마침내, 검은 형체는 내 발밑까지 올라왔다.

나는, 보았다.

검은 형체의 정체는 바로…….

성균이었다.

보는 여자 2

"오, 씨발. 깜짝이야."

세영의 이야기를 경청하던 박 부장은 죽은 친구의 원혼이 등장하는 대목에서 화들짝 놀라며 뒤로 물러섰다.

"그렇게 된 거예요."

"그리고 이 지폐는 그때 산을 오르던 어떤 부부가 발견해서 산악구조대에 가져다주었어요."

"그러면 왜 다시 수색에 나서지 않았지?"

박 부장이 물었다.

"그건 조동욱이 구조되고 나서 산악구조대에 전화를 걸어서 지폐를 돌려달라고 말했기 때문이죠."

"아하, 그러니까 산악구조대에선 그 지폐가 처음 조난당했을 때, 조동욱이가 날려 보낸 게 그때서야 발견되었다고 여겼다는 이야기?"

"네, 그런 거죠. 그러니까 조동욱이 집으로 그 지폐를 보냈겠죠?"

세영이 고개를 끄덕였다.

"그리고 열흘 만에 조동욱의 시신이 발견되었고. 박성균 씨의 보험금은 박성희 씨에게, 조동욱 씨가 가입한 사망보험의 보험금은 부모님에게. 뭐, 아무런 문제가 없네요."

"그럼 결국 원한 때문에 보험금이 나간 꼴이네."

"감정은 감정이고, 결과는 결과니까."

세영은 대수롭지 않다는 듯이 말했다.

그때 박 부장의 주머니에서 전화벨이 울렸다. 박 부장은 양해를 구하고 전화를 받았다. 얼핏 대화를 들어보니 딸의 전화인 것 같았다. 남의 가정사엔 관심이 없는 세영은 시선을 돌리고 딴청을 피웠다. 그런데 어디선가 이상한 소리가 들렸다. 희미하지만, 뭔가 애절하게 호소하는 듯한, 간절하면서도 안타까운 누군가의 '신호'였다. 역시 이번에도 박 부장의 귀에는 들리지 않았다.

세영은 그 소리에 이끌려 고개를 돌렸다가 박 부장의 휴대폰에 달려있는 액세서리를 보게 되었다 아마도 딸이나 부인이 선물한 것 같은데 하트모양이 여러 개 겹친 펜던트였다. 그런데 세영의 시선이 닿자마자 펜던트가 잠시 빛을 띠는가 싶더니 이내 금세 사라졌다. 세영은 미간을 찡그리더니 뭔가 생각났다는 듯 시간을 확인했다.

벌써 새벽 1시가 넘었다.

잠깐이라더니, 왜 여태 붙들고 있는 거야.

세영은 불만을 토로하고 싶었지만 입술을 깨물며 참기로 했다. 원만한 직장 생활을 위해서라도.

"아빠, 일하는 중이다. 얼른 끊어. 지금 시간이 몇 신데 아직도 안자고 있어. 얼른 자. 대체 이 여편네는 애도 안 재우고 뭘 하는 거야. 하여간에 뼈 빠지게 돈을 벌면 뭐해. 여기저기   간 돈 나갈 구멍투성인데."

통화가 끝났는지 박 부장은 휴대폰을 주머니에 도로 집어넣었다. 그러더니 선반에서 다른 서류철을 뒤지기 시작했다.

"근데 이세영 씨 그 능력 말이야. 뭐랄까, 좀 너무 초현실적인 거 아닌가? 그거 뭐냐, 요새 유행하는 그 사이코 메트리? 뭐 그런 건가."

"뭐 그냥, 남들이 못 보는 걸 보는 정도죠."

세영은 지나가는 투로 대꾸했다.

'그래, 그거였나. 조 전무가 널 껄끄럽게 여기는 이유가.

　　　　　　　　　　　무서운 이야기 2

그러니까 네가 조 전무한테서 뭔가를 봤단 말이지? 그래서 널 쳐내고 싶어 하는 거구나. 좋아, 조금만 더 알아보자. 대체 얼마나 대단한 능력이라서 그렇게 널 무서워하는지 말이야.'

박 부장은 음침한 눈빛으로 바라보면서 다시 새로운 서류철을 세영에게 건넸다. 세영이 또 주냐는 듯 한숨을 내쉬었다.

"그래, 이 케이스. 이거 나 좀 그렇더라. 사고에 비해 보험금이 너무 과하게 지급됐어. 셋이 다 한꺼번에 보험에 든 것도 수상하고. 가족도 아닌데 말이야."

세영은 말없이 서류철을 훑어보았다. 안에선 여러 장의 사진이 나왔다. 사진 속에는 모두 세 명의 여자들이 나왔는데 아마도 친구 사이인 모양이었다.

"여자들은 같이 뭘 하는 거에 굉장한 의미를 두는 것 같은데, 자기도 그래?"

박 부장이 넌지시 물었다.

"4억 5천이라. 물론 적지 않은 돈이긴 한데요. 그래도 이 사람들이 겪었을 고통에 비하면 그렇게 많은 액수는 또 아닌 거 같은데요?"

"무슨 이야기야, 그게. 고통이라니?"

"부장님은 사고란 말을 아세요?"

“사고? ‘교통사고’ 할 때, 그 사고 말하는 거야?”

그러자 세영은 한심하다는 듯이 박 부장을 쳐다보았다. 마치 내가 그런 당연한 걸 물어보겠니? 하는 표정이었다.

“그 사고말고요. 죽을 사(死), 괴로워할 고(苦), 그래서 사고(死苦).”

“오오! 세영 씨, 젊은 사람치고는 한자를 잘 아는데?”

박 부장은 진심으로 감탄했다는 듯 살며시 박수까지 쳤다.

“제가 말하는 사고엔 두 가지 뜻이 있어요. 하나는 죽는 순간의 고통, 또 하나는 불교인데 죽음에 대한 고통을 의미해요. 이 경우에는 어쩌면 둘 다 해당되는 건지도 모르겠네요.”

“그건 또 무슨 의미야? 아, 궁금해 죽겠네.”

박 부장이 채근했다.

“또요?”

“나 궁금해 죽겠어. 이야기 좀 해봐.”

“이거 꼭 해야 돼요? 아깐 잠깐이라면서요. 근데 벌써 몇 시야. 집에 어떻게 가라고. 벌써 차도 끊겼을 텐데.”

세영이 볼멘소리를 했다.

“세영 씨, 내 차로 태워줄게. 그리고 말이야. 세영 씨, 그 능력. 그냥 뭔가 감으로 느껴지는 수준이 아닌 거 같은데? 안 그래. 뭔가 더 있잖아. 그러지 말고 이야기를 해봐. 내가 다른 사람들에겐 비밀로 해줄게.”

박 부장은 은근한 목소리로 재촉했다.

한편으로는 무언의 압박이기도 했다.

잠시 두 사람은 말없이 서로를 쳐다보며 기 싸움을 펼쳤다. 결국 승리를 거둔 사람은 박 부장이었다.

"후우, 알겠어요."

세영은 피곤한 듯 한숨을 내쉬고는 빨리 얘기해주고 끝내자는 표정으로 천천히 입을 열었다.

"부장님 말씀이 맞아요. 여자들은 같이 뭘 하는 거에 큰 의미를 두기도 해요. 특히 친한 친구들이라면 더. 그리고 이 여자들도 마찬가지에요. 아주 친한 단짝들이었거든요. 그래서 같이 여행을 간 거죠. 삶의 마지막 여정까지도."

"옳거니, 그래서?"

이제 박 부장은 처음의 목적 따윈 잊은 채, 세영의 능력 자체에 호기심을 갖기 시작했다. 앞으로 세영이 들려줄 이야기가 무엇인지 잔뜩 기대에 찬 얼굴로 귀를 기울였다. 순간, 세영은 쉽게 벗어나지 못할 거란 예감에 사로잡혔다. 하지만 어쨌든 시작한 이야기는 마무리를 지고봐야야겠다는 생각에 계속 이야기를 이어갔다.

"그러니까, 이 세 여자가 여행을 하게 된 동기는요……."

사고

1

참 재미없는 풍경이다.

우울한 얼굴로 어두운 창밖을 내다보던 지은은 그렇게 생각했다. 벌써 해가 지고도 한참이 지나 보이는 거라곤 산등성이의 거뭇한 실루엣뿐이었다. 재미가 없다. 오가는 차량도 거의 없는 한적한 산길 국도라 심심하기 짝이 없었다. 시커먼 그림자들을 보고 있으려니 안 그래도 우울한 기분이 더욱더 침울해지는 것 같았다. 벌써 몇 개째 마시는지도 모를 캔 맥주의 맛도 더는 느껴지지 않았다. 꽤 오랫동안 준비한 임용고시에 보기 좋게 떨어졌다. 얄궂게도 그건 친구들 역시 마찬가지다. 누가 친구 아니랄까봐 셋 다 보기 좋게 미끄러지다니. 그래서 기분 전환을 하자고 여행까지 왔는데 좀처럼 나아지질 않는다. 하긴 쉽게 풀릴 거 같았으면 여행을 올 필요도 없었다. 역시 '실패'의 쓴맛은 영혼까지 침식할 정도로 지독하다. 정말 의욕 제로다.

"따분해."

지은은 맥주를 홀짝거리며 무심코 대시보드의 시계를 보았다. 펜션에서 저녁을 먹고 9시쯤 나섰는데 어느새 밤 11시였다. 주변 눈치를 보지 않고 맘껏 놀고 싶어서 한적한 곳의 펜션을 예약한 탓에 가장 가까운 마트도 차로 가려면 족히 한 시간은 걸렸다. 그래서 한 번에 장을 다 보려고 이것저것 잔뜩 사는 바람에 트렁크를 꽉 채운 것도 모자라 뒷자리까지 점령해서 지은은 간신히 엉덩이만 걸치고 있었다. 이 많은 걸 언제 다 먹나 싶었는데 쇼핑을 마치고 마트를 나서자마자 먼저 미라가 펜션에 도착할 때까지 참을 수 없다며 맥주를 꺼내 마시기 시작했다. 운전대를 잡은 선주도 처음엔 눈치를 보고 입맛만 다시다가 미라가 집요하게 권하자 마지못해 한 모금 마시더니 한적한 산길로 접어들고 나서는 언제 그랬냐는 듯 연거푸 마셨고 결국 지은도 가세했다.

"이상하네. 슬슬 표지판이 보일 때가 된 거 같은데."

벌써 펜션에 도착하고도 남을 시간인데 길을 잘못 들었는지 아무리 가도 펜션 입구 표지판이 보이지 않았다.

'길을 잃었나? 에이, 설마. 그건 아니겠지. 내비도 있는데.'

지은은 불길한 생각을 떨쳐버리려는 듯 고개를 세차게 흔었다. 그러고는 다 마신 빈 캔을 창밖으로 내던졌다. 빈 깡통이 포물선을 그리며 어둠 속으로 사라지는 것을 물끄러미 바라보고 있는데, 순간 자동차 불빛에 비친 낙석주의 표지판이 눈에 들어왔다.

"야, 여기⋯⋯."

지은은 주의를 주려고 운전대를 잡은 선주를 불렀다. 하지만 스피커에서 흘러나오는 요란한 댄스음악이 지은의 목소리를 집어삼켰다. 지은은 친구들을 바라보며 고개를 절레절레 흔들었다.

"정말 못 말리겠다."

운전을 하는 선주는 물론이고 조수석에 앉은 미라까지도 목이 터져라 노래를 따라 부르며 마치 클럽에라도 온 것처럼 몸을 흔들고 있었다. 그 바람에 차는 갈지자로 지그재그를 그리며 위태롭게 비틀거렸지만 이미 두 사람 다 취할 대로 취해서 전혀 의식하지 못했다. 그나마 친구들보다 덜 마신 지은만 불안해서 연신 앞뒤를 살폈다.

"어휴, 적당히 좀 해."

무서운 이야기 2

정말 못 말리겠다는 듯 고개를 흔드는 지은의 눈에 이번에
는 추월 금지 표시판이 보였다. 지은은 다시 앞자리에 앉은
친구들을 힐끔 보았다. 선주는 방금 전보단 덜하지만 신명나
게 어깨춤을 추었고, 미라는 아예 창밖으로 몸을 절반 가까
이 빼고 미친 듯이 소리를 질러댔다.

"나도 모르겠다."

지은은 중얼거리며 옆자리의 비닐봉지에서 새로 맥주를
꺼냈다. 세 사람이서 열 캔을 넘게 비웠는데도 비닐봉지에는
아직 많은 술과 음식들이 남아있었다. 미라가 엄마 지갑에서
몰래 가져온 신용카드를 맘껏 긁어준 덕분이었다.

"야, 맥주 하나만 줘봐. 소리를 질렀더니 갈증 난다."

미라가 백미러로 쳐다보며 지은에게 손을 내밀었다.

"이제 그만 마셔. 불안하게. 어차피 펜션에 가면 밤새 마실
거잖아."

지은이 미라가 내민 손을 찰싹 때리며 말했다. 그러자 미
라가 눈을 흘기며 뭐라고 따지려는데 이번에는 선주가 고개
를 돌리고 자기도 달라는 손짓을 했다.

"나도, 나도."

"야! 미쳤어. 앞을 봐. 너 지금 운전 중이잖아."

지은은 깜짝 놀라 소리쳤다.

"기집애, 뭐가 걱정이야. 나, 베스트 드라이버야. 그건 그

깐깐한 우리 오빠도 인정했잖아. 안 그러면 그렇게 아끼는
이 차를 선뜻 내 줬겠니?”

맞다. 지금 세 사람이 타고 있는 신형SUV는 원래 선주 오
빠의 차다. 선주가 이번 여행을 위해서 오빠에게 통사정해서
빌린 것이다.

“그래도. 너 지금 꽤 마셨잖아. 그러다가 음주단속이라도
걸리면 어떡해.”

“진짜, 걱정도 팔자다. 여기 무슨 경찰이 있냐?”

미라가 옆에서 거들었다.

“맞아, 여기 경찰 없어. 내가 한두 번 온 줄 알아. 얼른 맥
주나 줘. 이렇게 가면서 마시고, 펜션 가서 또 마시고. 좋잖
아.”

“그지, 그지?”

죽이 잘 맞는 두 친구를 보며 지은은 짧게 한숨을 내쉬며
맥주를 건네주었다.

“술 떨어지면 또 사러 가야하는 건 알지?”

“아, 그럼 또 사러 가면 되지. 음주운전! 부아앙, 부아앙!”

미라가 낄낄거리며 핸들을 좌우로 마구 흔들어댔다. 덩달
아 차도 중앙선을 넘나들며 위태롭게 비틀거렸다. 지은은 손
잡이를 잡고 비명을 질렀지만, 미라와 선주는 재미있다는 듯
자지러지게 웃음을 터뜨렸다.

무서운 이야기 2

“야, 장난치지 마. 운전 똑바로 해. 그러다가 사고 나면 어쩌려고 그래.”

“아우, 기집애. 알았다, 알았어.”

미라는 눈을 찡긋하고는 장난을 멈추었다.

지은은 그제야 안도의 한숨을 내쉬며 창밖으로 시선을 돌렸다. 공교롭게도 그때 갓길에 세워진 사망사고 다발지역이라는 경고 표시판이 보였다. 지은은 자꾸만 고개를 드는 불실한 생각을 머릿속에서 지우려고 맥주를 들이켰다.

“친구들아, 너무 너무 사랑해!”

그새 창을 내리고 머리를 내민 미라가 맥주를 들이키고는 고래고래 소리를 질렀다. 미라도 덩달아 창밖으로 고개를 빼더니 거기에 질세라 목청을 높였다.

“나도 사랑한다. 이년들아.”

“어쩜 누가 친구 아닐까봐 임용고시도 사이좋게 한꺼번에 똑! 떨어지니. 이 징글징글한 쌍년들아. 정말, 정말 사랑해!”

“하느님! 우리 취집 좀 하게 해주세요, 네? 제바아아아알!”

“뭐, 취집? 취직이 아니고?”

지은이 어이없다는 듯이 물었다.

“취집이나, 취직이나. 둘 중 하나라도 하면 좋은 거지.”

선주의 대꾸에 지은은 그만 풋 하고 웃음을 터뜨렸다. 그래, 그냥 웃자. 인생 뭐 있니. 지은은 고개를 주억거리며 맥주를 단숨에 들이켰다.

"좋아, 분위기 좀 띄어볼까?"

미라가 음흉하게 웃더니 벨트색에서 USB메모리카드를 꺼내 카오디오 USB단자에 꽂았다. 그러고는 플레이 버튼을 누르고 볼륨을 한껏 올렸다. 폭발적인 사운드와 함께 현란한 기타 연주가 스피커에서 터져 나왔다.

"야아아아아아아아!"

두 사람은 벌써 임용고시에서 떨어진 사실은 까맣게 잊은 모양이다. 있는 대로 소리를 지르며 몸을 흔들어대는 통에 좌석이 들썩거렸다.

'정말 잘들 논다. 대단해, 진짜로. 둘 다 정말 존경스러운 멘탈이다.'

그새 지은은 캔 하나를 깔끔히 비웠다. 이쯤 되면 친구들을 탓할 게 아니었다. 지은은 문득 발아래에 굴러다니는 빈 캔들을 보고는 쓴웃음을 지었다. 이제 잔소리꾼 역할은 그만해야겠다고 생각하며 비닐봉지를 열었다. 마트에서 맥주를 종류별로 샀는데 지은이 선호하는 맥주는 안쪽 깊숙이 있는지 좀처럼 보이지 않았다. 지은은 자세히 보려고 바짝 몸을 숙였다.

"이상하다. 아직 몇 개 더 남았을 텐데……."

이왕이면 좋아하는 브랜드의 맥주를 마시려고 손을 봉지

안으로 넣는데, 갑자기 전방에서 눈부신 불빛이 밀물처럼 몰려왔다. 미처 눈을 가릴 새도 없이 곧이어 귀를 찢는 듯한 커다란 경적소리가 울리며 대형 덤프트럭이 정면으로 달려왔다.

"안 돼!"

선주가 소리를 지르며 뒤늦게 핸들을 꺾었다.

미라가 비명을 질렀다.

그리고 지은은…….

2

"지은아, 지은아! 야, 강지은! 눈 좀 떠봐 기집애야!!"

얼마나 정신을 잃었던 걸까. 지은은 자신을 부르는 소리에 간신히 눈을 떴다.

"지은아?"

미라였다. 어디를 얼마나 심하게 다쳤는지 얼굴이 온통 피범벅이었다. 지은은 기겁하며 사래가 든 것처럼 기침했다.

"으앙, 지은아!"

미라는 그런 지은을 와락 끌어안으며 울음을 터뜨렸다. 몹시 놀랐던 모양이다. 놀라기는 지은도 마찬가지였지만.

“아, 다행이다. 기집애야. 우린 너 죽는 줄 알았잖아. 얼마나 놀랬는데. 다행이다, 정말 다행이야.”

“선, 선주는?”

지은은 조심스럽게 물으며 고개를 돌렸다.

조금 떨어진 곳에, 엉망으로 구겨진 SUV차량이 보였다. 방금 전까지 자신이 타고 있던 차라는 사실을 깨닫자 온몸에 소름이 돋았다. 덤프트럭을 피하다가 가드레일을 부수고 비탈길로 떨어진 모양이었다. 하지만 사고를 당했다는 것이 아직 실감나지 않았다. 정신적인 충격이 너무 커선지 몸에 통증도 없었다. 그냥 얼이 빠져있다는 게 맞겠다.

“아아…….”

불현듯 뒤에서 신음소리가 들렸다. 깜짝 놀라 뒤를 돌아보니 선주가 나무에 등을 대고 무릎을 두 팔로 감싸 안은 채 신음을 내뱉고 있었다.

“선, 선주, 어……어떻게 된 거야? 다쳤어?”

지은은 선주가 들릴 세라 속삭이듯 낮은 목소리로 물었다.

미라가 고개를 끄덕였다.

“응, 무릎을 다친 것 같아. 아파서 못 움직이겠대.”

“무릎? 심각해? 많이 다친 거야? 어떡해, 그럼.”

지은은 염려스러운 나머지 자기도 모르게 울먹거렸다. 원래부터 잔정이 많은 성격이었다.

　　　　　　　　　　　　　　무서운 이야기 2

"괜, 괜찮아. 이 정로도 죽는 건 아냐. 그러니까 너무 호들 갑떨지 마. 이젠 참을 만해."

선주는 이를 악물고는 다시 말을 이었다.

"그보다 지은이 너 핸드폰 갖고 있지?"

"핸드폰? 그게…… 아야."

지은은 갑자기 통증을 느끼고 어깨를 감싸 쥐었다. 출혈은 없지만 쑤시듯이 아팠다.

"니도 다친 거야? 어디 봐봐,"

미라가 걱정스럽게 물었다.

"괜찮아. 그냥 살짝 쓸렸나봐. 별로 아프지 않아. 그나저나, 이 정도면 우리 구사일생이야. 살아있는 것만 해도 용해."

지은은 그렇게 말하며 망가진 차를 바라보았다.

미라도 동의한다는 듯 고개를 끄덕였다.

"야, 핸드폰!"

선주가 짜증 섞인 목소리로 외쳤다. 다쳐서 그런지 평소보다 신경이 날카로워보였다.

"아, 맞다. 핸드폰. 어떡하지. 아까 펜션에 충전하느라 두고 왔어."

지은은 마치 실수라도 저지른 듯 미안한 표정을 지었다. 따지고 보면 그리 잘못한 게 아닌데도 말이다.

"이거 봐, 내가 애 거랑 같이 충전시켰다 그랬잖아. 돌아가시겠네, 진짜. 이젠 어쩌면 좋냐."

미라는 그럴 줄 알았다는 듯 팔짱을 끼며 선주를 돌아보았다.

"아, 씨. 미치겠네. 정말 어쩌면 좋지, 이제."

선주가 돌멩이를 주워 바닥에 패대기치며 신경질을 부렸다. 선주는 평소에도 감정기복이 심한 편이었다.

"선주야, 니 건? 아까 가지고 나오지 않았나?"

지은이 선주의 눈치를 보며 조심스레 물었다.

"이거 말하는 거야?"

미라가 주머니에서 뭔가를 꺼내들었다. 선주의 스마트폰이었다.

"보다시피 사고가 날 때 액정이 깨져버렸어. 플래시밖에 안 돼."

그러더니 보란 듯이 플래시를 켜서 주변을 비췄다. 고가의 스마트폰도 액정이 깨져버리니 거의 쓸모없는 물건이 되어버렸다.

"어쩌지……."

지은은 황망한 표정으로 주위를 둘러보았다.

뭔가 대책이 필요했다. 어차피 차는 완전히 박살났으니 포기해야하고 도움을 청하려고 해도 휴대전화도 없다. 비탈길을 올라가서 지나가는 차를 기다리는 방법도 있지만 이런 외진 곳에서 그런 행운을 바라는 건 조금 무리일 듯싶었다.

그렇다면 지금 취할 수 있는 방법은 한 가지.

"어떻게, 걸을 수는 있겠어?"

지은이 선주에게 물었다.

"어떡하려고?"

선주 대신에 미라가 물었다. 무슨 뾰족한 수라도 있냐는 표정이다.

"뭘 이떡해. 핸드폰도 없고. 여기 이대로 있으면 우리 다 얼어 죽어."

지은의 말에 선주가 고개를 끄녁었나.

"맞아, 여기 너무 추워. 알았어. 좀만 부축해 주면 움직일 수 있을 거 같애."

"하긴, 길 따라 가다보면 펜션이 나오겠지. 마트에서 꽤 달려왔으니까 한두 시간 정도면 보일 거야, 그치?"

미라는 애써 밝은 목소리로 말했다. 언제나 분위기를 띄우는 건 미라의 몫이었다.

"일단 위로 올라가자. 왔던 길로 30분 정도 걸어가면 SOS 박스가 있어. 아까 오면서 갓길에 있는 걸 내가 봤어. 틀림없어."

지은이 확신에 찬 목소리로 말했다.

"SOS박스?"

선주가 갸웃하며 되묻자, 지은은 차분하게 설명했다.

"고속도로나 국도에 보면 긴급전화가 담겨있는 박스 있잖아. 그게 SOS박스야. 그걸로 119에 연락할 수 있어."

"오오, 강지은! 역시 꼼꼼해."

미라가 호들갑을 떨며 지은의 어깨를 가볍게 쳤다.

"아야, 아프잖아."

"아, 미안."

"어서 서두르자. 추운 것도 추운 거지만 여긴 왠지 섬뜩해. 이런 데서는 단 1분도 있고 싶지 않다고."

지은이 선주를 부축해서 일으켜 세웠다.

"그래, 그래. 얼른 올라가자."

미라가 선주의 스마트폰 불빛을 비추며 앞장서서 걸었다. 뒤이어 지은이 선주를 부축하며 천천히 비탈길을 올라갔다. 경사가 조금 가팔라서 두어 번 정도 미끄러졌지만 멈추지 않고 계속 걸음을 옮겼다. 그렇게 중간쯤 올라갔을 때, 선주가 차를 흘끔 보더니 울상을 지었다.

"그나저나 난 죽었다. 집에 가서 울 오빠한테 뭐라고 그러냐."

"야, 그런 걱정은 나중에 해."

미라가 핀잔을 주며 선주의 엉덩이를 톡톡 쳤다.

"어딜 만져, 기집애야."

무서운 이야기 2

"앙탈은, 속으로는 좋으면서."

"좋긴 누가 좋대."

"알았어, 알았어. 네 마음은 내가 다 안 다니까."

"뭐라는 거야, 계속."

역시 두 사람은 죽이 잘 맞았다. 방금 전까지 울상을 짓던 선주도 그렇고, 미라도 희희낙락하며 서로 장난을 쳤다.

"야, 너희들 입으로 떠들 힘이 있으면 빨리 올라가기나 해. 여기서 밤샐 자정이야?"

지은은 엄한 표정을 지으며 친구들을 나무랐다.

"응, 미안. 미라가 자꾸 상난을 치니까······."

"내가 뭘? 너야말로 솔직하지 못해서 그런 거잖아."

"에휴, 진짜 너희 둘은······."

그렇게 툭탁거리며 걷다보니, 세 사람은 어느 틈엔가 도로까지 올라와있었다.

"우와, 어떻게 다 올라왔네. 왔던 길이면 저쪽이지?"

미라가 물었다.

"응, 맞아."

지은은 고개를 주억거리며 방향을 확인해주었다.

"자, 다시 가볼까? 우린 할 수 있다, 아자! 아자!"

미라가 장난스럽게 기합을 넣자 지은과 선주도 있으면서 따라했다. 마음을 다잡은 세 사람은 다시 걷기 시작했다.

“!?”

두어 걸음을 걸었을까.

갑자기 지은이 멈칫하더니 고개를 홱 돌리며 자신들이 올라왔던 비탈길 아래를 내려다보았다.

시커먼 어둠. 아무것도 보이지 않았다.

“왜 그래?”

선주가 의아해하며 물었다.

“아냐, 아무것도. 그냥 좀 느낌이 이상해서…….”

“뭐야, 무섭게.”

“미안, 내가 착각했나봐. 어서 가자.”

지은은 친구들에게 사과하고 다시 걸음을 뗐다. 하지만 속마음은 여전히 석연치 않았다. 뭔가 설명할 수 없는 불길한 예감이 자꾸만 들었다. 문득문득 뒤를 돌아보고 싶은 충동을 느꼈지만 친구들이 무서워 할까봐 가까스로 억눌렀다. 얼마 지나지 않아서 괜찮다던 선주가 신음을 내뱉으며 고통을 호소하기 시작했다.

“기집애, 신음 소리 한 번 야하네. 아아, 아아.”

미라가 일부러 농담까지 해보았지만 싸울 기력조차 없는지 선주는 이를 악물고 묵묵히 걸음을 옮겼다. 분위기가 싸늘해졌다. 머쓱해진 미라는 말을 줄이고 지은과 함께 선주를 부축하며 부지런히 걸었다. 덕분에 지은도 선주를 신경 쓰느

라 조금 전까지 자신을 괴롭혔던 기분 나쁜 감각에서 벗어날
수 있었다.

그리고 얼마 후.

형편없이 구겨진 SUV차량에서 검은 그림자가 신음하며 어
기적어기적 기어 나왔다. 그러고는 차에 기대면서 힘겹게 몸
을 일으키더니 비틀비틀 걸음을 옮겼다. 하지만 몇 걸음 가
지 못하고 풀썩 쓰러지고 말았다. 그림자는 그렇게 쓰러지고
나시는 간간히 신음만 할뿐, 다시는 일어서지 못했다.

3

"아직 멀었나. 분명히 30분만 걸으면 보일 거라면서? 근데
왜 안 보여."

슬슬 지쳤는지 잠잠하던 선주가 다시 짜증을 부리기 시작
했다. 무리도 아니었다. 30분이 아니라 벌써 한 시간 가까이
걸어왔는데도 지은이 말한 SOS박스는 보이지 않으니 인내심
이 바닥난 것이다.

"조금만 더 가면 나타날 거야. 힘을 내, 선주야."

지은이 선주를 다독였다.

"힘을 내고 있잖아, 지금."

선주는 눈을 흘기며 성질을 부렸다. 마치 자기가 다친 게 지은의 탓이라는 듯이 쏘아보고 있었다.

"그래, 미안해."

한숨이 나왔다. 이게 자신이 사과할 일인가 싶었지만 애써 참았다. 아픈 사람을 상대로 화를 내봐야 누워 침 뱉기다. 지은은 스스로를 타이르며 눈으로는 열심히 SOS박스를 찾았다. 이쯤이면 보일 때도 되었는데. 혹시 내가 잘못 본 걸까. 불안함 때문인지 지은은 자신을 의심하기 시작했다. 자꾸만 마음이 약해졌다. 선주를 부축하고 오느라 지친 탓도 있다. 여기까지 오는 동안, 오가는 차량이 한 대도 없었다. 처음부터 히치하이킹은 과감하게 포기한 자신의 선택이 옳았다는 게 지금으로선 유일한 위안이었다.

"야, 저거! 저거, 맞지?"

그때 미라가 앞을 가리키며 소리를 질렀다.

지은은 그쪽으로 고개를 돌렸다.

그곳에 있었다.

세 사람에겐 생명줄과도 같은 SOS박스가 그곳에 있었다. 불과 20여 미터 앞. 생각보다 가까운 거리였다. 심신도 지치고 날이 저물어 어둡다 보니 미처 알아보지 못했던 것이다.

"맞지, 맞지?"

미라가 다시 한 번 확인하려는 듯 지은에게 물었다.

지은은 힘차게 고개를 끄덕였다.

"아싸, 좋았어."

어디서 그런 기운이 났는지 미라가 불빛을 흔들며 그쪽으로 쏜살같이 달려갔다. 미처 말릴 새도 없었다. 한쪽을 부축해주던 미라가 빠져나가자 선주는 힘에 겨운 듯 다리를 꺾으며 그대로 주저앉아버렸다. 오한이 드는지 몸을 덜덜 떨었다. 지은은 선주에게 다가가 조용히 안아주었다. 하지만 떨림은 금세 멈추지 않았다.

"아, 씨발!"

SOS박스로 달려갔던 미라가 갑자기 미리를 쥐어뜯으며 욕설을 내뱉었다.

선주가 불안한 얼굴로 지은을 쳐다보았다.

"미라가 왜 저러지?"

"나도 모르겠어."

영문을 몰라 지은과 선주를 서로 바라보며 난감한 표정을 지었다.

미라가 투덜대며 돌아왔다.

"야, 우리 망했어."

"왜 그래? 무슨 소리야, 그게."

선주가 떨리는 목소리로 물었다.

"없어."

“없다고? 뭐가?”

지은이 되물었다.

“아무것도 없다고. SOS박스인지, 뭔지. 저 안이 텅 비었다고. 전화기고 뭐고 암 것도 없어.”

“텅 비었어? 아무것도 없단 말이야?”

이번에는 선주가 물었다.

“그래. 없어, 없다고.”

미라는 힘없이 두 팔을 늘어뜨리며 고개를 가로저었다.

“어떡해, 우리…….”

선주가 말을 잇지 못하고 참았던 울음을 터뜨렸다. 지은은 선주를 꼭 끌어안으며 눈물을 흘렸다. 누구보다 씩씩하던 미라도 결국 울음을 참지 못하고 꺼이꺼이 목 놓아 울었다.

“이게 뭐야. 임용고시도 떨어져, 맘 달래자고 여행을 와서는 사고를 당해. 진짜 우리 왜 이렇게 됐니, 아놔. 갑자기 격하게 엄마가 보고 싶다.”

한참을 울던 미라가 손등으로 눈물을 훔치고는 길게 한숨을 내쉬었다.

선주도 어느 정도 진정이 됐는지 울음을 멈추고 퉁퉁 부운 눈으로 친구들을 바라보았다. 가장 먼저 울음을 멈춘 지은이 두 사람을 다독거리며 선주를 안아 일으켰다. 하지만 선주는 아픈 다리로 꽤 먼 거리를 걸어온 탓에 제대로 서 있는 것조

　　　　　　　　　　　　　　무서운 이야기 2

차 힘들어보였다. 의학지식이 별로 없는 지은의 눈에도 다친 무릎의 상태가 그리 좋아보이진 않았다. 서둘러 치료하지 않으면 안 될 것 같았다.

"선주야, 걸을 수 있겠어?

지은이 걱정스럽게 물었다.

"모르겠어."

"많이 아프지?"

"아냐, 아직 참을 만 해."

말은 그렇게 했지만 선주는 고통을 참느라 식은땀을 흘리고 있었다.

'아, 진짜 이젠 어떡하지.'

지은은 답답한 마음에 주위를 한 차례 둘러보았다. 그러다가 왠지 모르게 걸어왔던 방향으로 시선이 가서 멈췄다. 그쪽은 아무것도 보이지 않는 어두운 국도변이지만 이상하게 자꾸 불길한 생각이 들었다.

"여기서 마냥 이러고 있으면 안 돼. 어떻게든 펜션까지 걸어가 보자. 혹시 또 아니. 가다가 지나는 차를 얻어 탈 수도 있잖아. 미라야, 좀 도와줘. 내가 선주를 업을 테니까……."

"나, 괜찮아. 아직 걸을 수 있어. 그러지 마. 걸을게, 걸어볼게."

지은이 자신을 업으려고 하자, 선주는 뒤로 한걸음 물러서며 정색했다. 결코 친구들에게 짐이 되진 않겠다는 듯했다.

"정말 괜찮겠어?"

지은이 물었다.

선주는 입술을 깨물고 조용히 고개를 끄덕였다.

그때 미라를 뭔가 발견했는지 다급하게 두 사람을 불렀다.

"어? 애들아, 저거 보여?"

지은은 고개를 들어 미라가 가리키는 방향을 보았다.

불빛이었다.

움직이는 자동차 불빛이 아니라 집으로 보이는 그림자 윤곽에서 흘러나오고 있었다. 대략 위치는 산중턱쯤. 그리 멀어보이진 않았다. 하지만 반가운 마음보다는 불길한 예감이 앞섰다. 확실히 뭔가 이상했다. 조금 전까지는 보이지 않던 불빛이었기 때문이다. 아무리 경황이 없어도 불빛을 못 봤을 리가 없다. 분명히 갑자기 나타난 불빛이었다. 어딘가 모르게 부자연스러웠다.

"여기서 저기까지 얼마나 될까?"

미라가 물었다.

"글쎄, 한 시간쯤? 근데 있잖아, 저기는……."

지은은 말끝을 흐렸다. 미라가 묻는 의도를 알기 때문이다. 그리고 그게 지금으로선 가장 좋은 선택이라는 것도 알고 있었다. 그래도 저곳엔 왠지 가고 싶지 않았다.

"그치? 그 정도면 충분하겠지? 우리 저기로 가자. 저기 가면 전화도 있을 거 아냐. 그러면 도움을 청할 수도 있고. 선주야, 어때? 조금 힘을 내면 갈 수 있을 거 같지? 지금 니 상태로 펜션까진 무리라고. 가자, 우리. 저기로."

"그래도 혹시 모르잖아. 이상한 사람들이 있는 데면…… 게다가 집인지 아닌지 확실치도 않은데 괜히 갔다가……."

지은이 미라의 말을 끊고 반론을 제기했다.

"아, 몰라. 나 갈래, 갈 거야. 집 맞아, 저기. 그리고 얘 좀 봐. 아파서 죽을라고 하잖아. 나도 힘들고. 생각해보니까 나도 어디 다친 거 같아. 막 여기저기 쑤시고 아파. 그러니까 난 저기로 갈래. 여기까진 니가 하자는 대로 해서 왔잖아. 안 그래? 근데 결과는 어땠어? SOS박스가 텅 비었지. 그러니까 이번엔 내가 하자는 대로 해. 공평하게. 어때? 갈 거야, 말 거야? 결정해, 빨리."

미라는 지지 않고 다그치듯 몰아붙였다.

지은은 선뜻 대답을 하지 못하다가 힘들어하는 선주와 눈길이 마주쳤다. 미라의 말이 옳았다. 선주의 상태가 너무 나쁘다. 이대로는 얼마 버티지 못할 것이다. 펜션까지는 또 너무 멀다. 둘이서 부축한다고 해도 쉽지 않다. 게다가 두 사람도 꽤 지친 상태다. 다소 위험부담은 있지만 아무리 생각해봐도 미라의 의견을 따르는 게 지금으로선 최선이었다.

"그래, 가자. 가보자, 우리."

마음을 굳힌 지은은 미라와 선주를 번갈아보고는 조용히 고개를 끄덕였다.

"좋았어."

미라는 흡족한 표정을 지으며 지은을 거들어 선주의 왼팔을 잡고 부축했다.

세 사람은 한 몸이 되어 천천히 걸음을 옮겼다.

한 걸음, 두 걸음.

느리지만 쉬지 않고 걸음을 떼며 도로를 벗어나 샛길로 들어갔다. 시선은 산중턱에 보이는 불빛에 못 박고 열심히 올라갔다. 선주는 아픈 내색을 하지 않으려고 입술을 꽉 깨물며 안간힘을 쓰며 버텼다. 하지만 마음처럼 몸이 따라주질 않았다. 미라와 지은이 양옆에서 도와주고 있지만 고통까지 해소해주진 못했다. 아무리 용을 써도 조금씩 쳐지는 건 어쩔 수 없었다. 자연히 옆에서 부축하는 지은과 미라도 선주가 무겁게 느껴지기 시작했다. 하지만 둘 다 내색하지 않고 묵묵히 친구를 도우며 걸음을 옮겼다.

　―지…… 은…… 아…….

환청일까. 지은은 누군가 자신을 부르는 소리에 걸음을 멈

무서운 이야기 2

쳤다. 고개를 흔들고 다시 걸음을 떼려는데,

　―안 돼, 지은아.

　이번에는 더 선명하게 들렸다.
　지은은 깜짝 놀라 뒤를 돌아보았다. 그 바람에 잡고 있던 선주의 팔을 놓치면서 무게가 한쪽으로 쏠려 하마터면 선주와 미라가 넘어질 뻔했다.
　"야, 강지은! 너, 왜 그래?"
　간신히 선주를 부축한 미라가 짜증을 부렸다. 그러거나 말거나 지은은 하얗게 질린 얼굴로 주위를 돌아보았다.
　"지금, 그 소리……."
　"뭐래는 거야, 얘가. 너, 정말 왜 그러는데?"
　"너희도 들었지?"
　"듣긴 뭘 들었다는 거야, 진짜"
　미라는 눈을 잔뜩 흘기며 지은을 노려보았다.

　―가지 마, 지은아…….

　이번에는 마치 흐느끼는 게 귀곡성처럼 들렸다.
　"아악, 또 들려!"

지은은 비명을 지르며 두 손으로 귀를 막았다.

"야, 그러지 마. 무서워."

선주는 지은의 갑작스런 태도에 겁을 먹고 눈을 크게 떴다.

"아, 진짜. 작작 좀 해. 뭐하는 건데, 너. 야! 강지은, 지금 장난해?"

미라가 지은의 손을 잡고 억지로 귀에서 잡아뗐다.

"아냐, 진짜 들렸어. 분명히 누가 날 불렀단 말이야."

"부르긴 누가 널 불러. 씨발, 정말 이럴래?"

지은이 뭔가 항변하려는데 선주가 부들부들 떨며 지은의 팔을 잡았다.

"지은아, 무서워. 그러지 마. 왜 그래, 자꾸……."

사실 무섭기는 미라도 마찬가지였다. 두려움을 감추려고 일부러 더 화를 내고 있는 것이다. 지은은 겁에 질려 벌벌 떠는 선주를 보고나서야 겨우 정신을 차릴 수 있었다.

"미안해, 선주야. 내가 잘못 들었나봐. 정말 미안해. 이제 안 그럴게. 계속 가자, 우리."

지은은 다정히 다독이며 다시 선주의 오른팔을 잡아주었다. 미라도 마음을 놓았다는 듯 표정을 풀고 선주의 왼팔을 잡았다.

그리고 다시 걸음을 옮기려는데, 갑자기 지은이 뭔가 깨달았다는 듯 눈을 크게 뜨고는 고개를 홱 돌렸다.

"뭐야, 또!"

미라가 더는 못 참겠다는 듯 빽 소리를 질렀다.

"아니, 그게 아니라……."

지은은 아무것도 보이지 않은 어두운 저편을 바라보며 떨리는 목소리로 말을 이었다.

"방금, 내가 들은 그 목소리…… 그거 우리 엄마 같아……."

4

기온이 점점 떨어지고 있었다. 세 사람의 입에서 허연 입김이 드세게 뿜어져 나왔다. 다친 사람을 부축하며 산길을 걷는 건 결코 쉬운 일이 아니었다. 다친 것 같다고 하더니 미라의 호흡도 눈에 띄게 거칠어졌다. 눈도 퀭하고 얼굴도 무척 창백해서 오히려 선주보다 나빠 보였다.

"아, 뭐야. 금방 도착할 줄 알았는데 뭐가 이렇게 멀어. 진짜 힘들어주겠네. 이러다가 내가 먼저 쓰러지겠다."

미라가 숨을 거칠게 몰아쉬며 투덜댔다. 아닌 게 아니라 벌써 한 시간을 넘게 걸어왔는데도 불빛이 흘러나오는 건물은 멀게만 느껴졌다.

"그래도 아까보단 많이 가까워졌어. 조금만 힘내자, 응? 선주야, 넌 괜찮니?"

선주는 말할 기운도 없는지 고개만 조용히 끄덕였다. 그런데 무릎을 다친 다리를 부들부들 떨고 있었다.

"안 되겠어. 선주야, 잠깐만 서봐."

지은이 선주를 멈춰 세우고 다친 무릎을 확인했다. 미라는 툴툴거리는 와중에도 지은이 잘 볼 수 있도록 뒤에서 불빛을 비춰주었다. 상처를 확인하던 지은의 눈이 커졌다. 생각했던 것보다 출혈이 심했기 때문이다. 상처에서 흘러나온 피로 흰색 면바지는 무릎부터 정강이부분까지 붉게 물들어있었다.

"피 봐! 출혈이 너무 심해."

지은이 걱정스럽게 말하며 미라를 돌아보는데 때마침 스마트폰의 불빛이 껌뻑껌뻑 점멸하더니 스르륵 꺼져버렸다. 장시간 플래시 모드로 뒀더니 배터리가 다한 모양이었다. 첩첩산중이었다. 망연자실해진 미라는 나직이 욕설을 내뱉으며 스마트폰을 바지주머니에 넣었다. 그러고는 신경질적으로 돌부리를 걷어찼다.

"아, 진짜……. 정말 안 된다, 안 된다 하니까 이건 뭐 아주……. 어?"

불현듯 미라가 고개를 갸웃하더니 반색을 하며 두 손을 크게 흔들었다.

“어? 어? 저, 저, 저기! 사람? 맞지, 맞지? 저기요! 아저씨!
아저씨! 저기요, 아저씨! 여기요, 여기 안 보여요? 아저씨!”

난데없는 미라의 행동에 겁에 질린 지은과 선주는 서로 손
을 꼭 잡고 주변을 두리번거렸다. 대체 무엇을 보고 저러는
지 두 사람은 알 수가 없었다. 몇 번을 둘러봐도 주변엔 아무
도 없었다. 하지만 미라는 계속 손을 흔들며 고래고래 소리
를 질렀다.

“아저씨! 여기 좀 봐요. 야, 씨발! 아저씨야! 야, 아저씨! 여
기 좀 보라니까! 아저씨!”

“미라아, 왜 그래.”

지은이 조심스럽게 물었다.

“방금 누가 지나갔어. 내가 분명히 봤어. 등산복, 그래 등
산복 입은 아저씨였어. 내가 두 눈으로 똑똑히 봤다고. 진짜
야. 네들 내 말 못 믿어? 못 믿겠냐고. 진짜로 봤다니까. 분명
히 저기, 그래 저기서 걸어오고 있었다고. 너희는 못 봤어?”

미라는 마치 뭔가에 홀린 듯 퀭한 눈으로 친구들을 바라보
며 정신없이 말을 쏟아냈다.

“못 봤어, 우린.”

지은과 선주가 동시에 고개를 흔들었다. 답답하다는 듯 미
라는 머리를 쥐어뜯으며 제자리에서 방방 뛰었다.

“아, 미치겠네. 난 분명히 봤다고. 그러니까, 저기에서 걸

어오고 있었다고. 아, 진짜, 뭐지.”

“미라야.”

지은과 선주는 미라를 부르며 다가갔다. 그리고 흥분한 미라를 달래주려는데 수풀을 거칠게 밟는 소리가 들렸다.

두 사람은 깜짝 놀라 동시에 고개를 번쩍 들었다.

미라의 등 뒤!

누군가가 그곳에 서 있었다.

아니, 갑자기 나타났다.

사고를 당했는지 군데군데 찢어지고 헤진 등산복을 입고 있는 키 큰 남자였다.

얼굴이 찢어지고 입과 귀에서 피를 흘리며 핏발이 선 두 눈으로 선주와 지은을 매섭게 바라보았다.

“아아아악!”

지은과 선주는 누가 먼저랄 것도 없이 동시에 비명을 질렀다.

바로 그 순간, 미라도 친구들 뒤에 나타난 한 여자를 보고 있었다.

붉은 드레스 차림에 얼굴의 절반이 날아간 여자가 한쪽만 남은 눈을 부릅뜨고 섬뜩한 표정을 지으며 다가오고 있었다.

“으아아아아아!”

세 사람은 서로 등을 맞대고 앞뒤로 나타난 정체불명의 남녀를 겁에 질린 눈으로 바라보았다.

갑자기 세찬 바람이 불어와 주변의 수풀을 흔들어댔다.

흉측한 몰골의 두 남녀는 조금씩, 조금씩 거리를 좁혀왔다.

너무 무서워 이러지도, 저러지도 못하고 있는데 어둠 속에서 거뭇한 그림자들이 하나둘씩 걸어 나왔다.

사람들이었다. 나이도 제각각. 남자, 여자, 노인, 어린이까지. 구성은 다양했다 하지만 하나같이 끔찍한 모습들을 하고 있었다. 앞서 나타난 두 남녀는 차라리 양호한 측에 끼었다.

세 사람은 머릿속이 하얘져서 아무 생각도 할 수 없었다.

"뛰어!"

미라가 버럭 소리를 질렀다.

그 소리에 겨우 정신을 차린 지은은 선주의 손을 잡고 냅다 뛰기 시작했다.

선주도 아픔을 잊은 채 정신없이 달렸다. 멈추면 모든 게 끝장이란 생각이 들었다. 어둠 속을, 오로지 저만치 보이는 불빛만 좇으며 미친 듯이 뛰었다. 돌아보면 당장이라도 붙잡힐 것만 같았다. 숨이 턱 밑까지 차올라도 계속 뛸 수밖에 없었다.

뒤에선 정체를 알 수 없는 두 남녀, 그리고 새로 나타난 사람들이 집요하게 따라오고 있었다.

"아얏!"

역시 아픈 다리로는 무리였는지 선주가 비명을 지르며 고꾸라졌다.

"선주야!"

지은이 넘어진 선주를 부축해서 일으켜 세웠다.

앞장서서 달리던 미라도 돌아와 거들었다.

지은과 미라는 선주를 끌어안듯이 하며 죽을힘을 다해 달렸다.

심장이 터질 것처럼 아팠다.

입에선 단내가 나고 숨이 점점 가빠졌다.

흘끔 돌아보니 정체불명의 사람들이 여전히 쫓아오고 있었다. 빠르진 않지만 잠시도 쉬지 않고 흐느적흐느적거리며 한 걸음, 한 걸음씩 거리를 좁혀왔다.

미라가 절대 멈추지 말라며 고래고래 소리를 질렀다.

선주도 울음인지 비명인지 모를 소리를 지르며 아픈 다리를 끌고 힘껏 달렸다.

그래도 희망은 있었다.

불빛!

그토록 찾아 헤매던 불빛이 점점 가까워졌다.

"조금만 더! 조금만!"

　지은은 그 불빛을 움켜쥐기라도 하려는 듯 손을 쭉 뻗어보았다.

　조금만 더, 조금만 더 뻗으면 닿을 것만 같았다.

　'아주 조금만 더…….'

　지은은 간절히 바라며 발을 힘차게 내딛었다. 그리고 다시 다른 발을 내딛는 순간, 갑자기 바닥에서 창백한 손이 튀어나와 지은의 발목을 움켜쥐었다. 곧이어 다른 발목까지 붙잡혔다. 깜짝 놀라 비명을 질렀지만 목소리가 나오지 않았다. 미라와 선주는 아무것도 모른 채 계속 앞만 보며 달려가고 있었다. 어떻게든 빗어나보려고 몸부림을 쳐봤지만 소용이 없었다. 그럴수록 더욱 강한 힘이 지은의 발목을 옥죄었다.

　―지은아…….

　다시 그 목소리가 뒤에서 들렸다.

　목소리에 이끌려 뒤를 돌아보는 순간, 눈부신 섬광이 시야를 덮쳤다.

　빛이 너무 강해 눈을 제대로 뜰 수가 없었다.

　정신을 차릴 새도 없이 귓가에 굉음이 들렸다. 그것은 마치 전기톱이 내는 소리와 흡사했다.

　갑자기 유령처럼 희뿌연 존재들이 사방에서 나타나 지은을 둘러쌌다. 두 발목을 단단히 붙잡힌 지은은 옴짝도 할 수 없었다.

유령 같은 존재들이 손으로 몸을 훑고 지나갈 때마다 상처가 나고 벌어지더니 붉은 핏물이 솟구쳤다.

그들은 계속해서 지은의 몸에 상처를 남겼다.

엄청난 출혈이 일어났다.

그렇게 흘러내린 피가 바닥에서부터 점점 차올랐다.

"싫어!"

간신히 목소리가 터져 나왔다.

그 순간, 지은을 난도질하던 희뿌연 존재들이 거짓말처럼 사라졌다.

무릎까지 차올랐던 피도 갑자기 증발해버렸다.

두 발목을 움켜쥐고 있던 창백한 손들도 어느 샌가 자취를 감추었다.

기운이 빠져버린 지은은 그대로 털썩 주저앉았다.

그때 뒤에서 인기척이 느껴졌다.

지은은 친구들이 돌아왔나 싶어 고개를 돌렸다.

툭. 툭.

붉은 핏방울이 지은의 뺨에 떨어졌다.

지은은 겁에 질려 눈을 크게 떴다.

눈앞에 나타난 사람은 친구들이 아니라 지은을 집요하게 쫓아왔던 등산복 남자였다.

남자가 지은을 내려다보며 히죽 웃었다.

지은은 정신이 아득해져서 비명조차 지를 수 없었다.

5

"아!"

지은은 외마디 소리를 지르며 눈을 번쩍 떴다.

꿈을 꾼 걸까, 지은을 두렵게 만들던 등산복 남자가 보이지 않았다. 어리둥절해서 주변을 돌아보니 주변을 환하게 밝히는 등불 하나가 보였다. 지은은 고개를 갸웃하며 천천히 일어섰다. 등불은 다 스러져가는 허름한 한옥 대문에 매달려 있었다. 붉은 등불이었다.

'환각 속에서 보았던 밝은 빛은 저거였나?'

그 불빛에 한문으로 '歸天神堂'이란 현판이 보인다.

'귀천신당? 저게 무슨 의미일까.'

한자에 워낙 약한 편인 지은은 간신히 읽을 수 있었다. 현판에 쓰인 문구의 의미가 무엇인지 궁리하고 있는데 다시 인기척이 느껴졌다. 등산복 남자의 경우가 떠올라 흠칫 놀라며 그쪽으로 몸을 돌렸다. 다행히 등산복 남자는 아니었다. 정갈한 흰색 도포를 걸친 백발노인이 횃불을 들고 서서 지은을 지그시 바라보고 있었다. 갑자기 나타난 게 아니라 마치 처음부터 그곳에 있었던 것 같았다.

"지은아!"

이번에는 반가운 목소리가 들렸다.

선주와 미라였다. 갑자기 노인의 뒤에서 나왔다.

"기집애, 걱정했잖아."

둘은 어리둥절해하는 지은에게 달려와 와락 목을 끌어안았다.

"어떻게 된 거야??

지은은 두 사람을 떼어내며 조용히 물었다.

"정신없이 여기까지 뛰어왔는데 뭔가 이상해서 돌아보니까 니가 안 보이잖아. 분명히 같이 뛰어왔다고 생각했는데……."

선주가 미안한지 말끝을 흐렸다.

"맞아, 정말 놀랐어. 너 어떻게 된 줄 알았다고."

"근데 저 할아버지는?"

"몰라. 우리도 널 찾으려도 되짚어 가다가 좀 전에 만났어. 그래도 수상한 사람은 아닌 거 같아."

미라가 지은의 귀에 대고 소곤거렸다.

"어이, 처자들. 그러고 있지 말고 안으로 들어가지. 밤이슬을 맞으면 감기 걸린다고."

백발노인이 의뭉스럽게 웃으며 말했다.

지은은 어찌할 줄 몰라 친구들을 쳐다보았다. 선주와 미라

무서운 이야기 2

가 조용히 고개를 끄덕였다.

세 사람은 노인을 따라 안으로 들어갔다.

밖에서 보는 것처럼 예스런 가옥이었다. 대도시에서 자란 지은 일행에게는 무척 생소하고 신기하게 보였다. 노인은 세 사람을 커다란 방에 안내하고 잠시 자리를 비웠다. 기다리는 동안, 지은 일행은 방안을 두리번거렸다.

기묘하게도 전짓불은 하나 없이 조명이라곤 방안을 밝히는 몇 개의 촛불이 전부였다. 사방을 둘러싸고 있는 기이한 그림이나 위패처럼 보이는 불단 앞에 가지런히 놓인 작은 석상들도 모두 처음 보는 것이었다. 정갈하고 신기하면서도 뭔가 음산한 기운마저 느껴졌다. 곰곰이 생각해보니 점집이랑 흡사한 것 같은데 분위기는 확연히 달랐다.

얼마 지나지 않아서 노인이 붉은 오미자차를 다기에 담아 돌아왔다.

“에고, 많이들 기다렸지. 손님이 찾아온 건 정말 오랜만이라서 말이야. 자, 이걸 마시면 몸이 좀 녹을 거야.”

노인은 인자하게 웃으며 차를 권했다.

배고프고 지친 탓에 세 사람은 사양하지 않고 차를 마셨다. 몸에 온기가 돌기 시작하자 세 사람을 괴롭혔던 두려움과 허기가 조금은 가시는 것 같았다. 노인은 빈 잔에 차를 따라주며 세 사람이 이곳까지 오게 된 경위를 물었다. 지은과

선주가 서로 눈치를 보며 머뭇거리자 늘 그렇듯 미라가 씩씩
한 목소리로 자초지종을 설명했다.

"어허, 이걸 어쩌나? 여긴 전화는커녕 전기도 안 들어오는
곳인데……."

사정을 다 듣고 난 후, 노인은 난처하다는 듯 고개를 흔들
었다.

"헐, 전기가 안 들어온다고요? 요즘에도 이런 데가 있어
요? 와, 대박."

미라가 어이없다는 표정으로 되물었다. 기껏 도와줬는지
너무 무례하게 보일까봐 지은이 미라의 옆구리를 콕 찔렀다.

"흠, 상처가 깊네. 내가 소싯적에 의술을 좀 공부했거든.
잠시 옆방에 가서 치료해주고 올 테니 차들 들고 있어요. 아
가씨는 나를 따라오고."

노인이 선주의 무릎을 물끄러미 바라보더니 나직이 말했
다.

"저희도 같이 도와 드릴게요."

지은과 미라가 동시에 말했다.

무슨 까닭인지 노인은 심각한 표정을 짓더니 말없이 미라
와 지은을 번갈아보았다. 그러고는 간택을 하듯 미라에게 시
선을 고정했다.

"그래, 아가씨가 도와주면 되겠어."

                                          무서운 이야기 2

“저도 도와줄 수……”

“아니, 아가씨는 그냥 여기 있어. 아직은 아니야. 필요할 때가 되면 내가 와서 알려줄 테니까 차를 마시면서 기다리고 있어.”

노인이 지은의 말을 끊으며 조용히 고개를 가로저었다.

“대신에 부탁 좀 하고 싶은데?”

“부탁이요?”

“이 신당 안에 놓인 촛대에 불을 좀 붙여줄 수 있나.”

지은은 노인의 기백에 눌려 고개를 끄덕였다.

노인은 흡족하게 웃으며 말을 이었다.

“그리고 어차피 날 밝아야 내려갈 수 있으니 그때까진 여기 계셔야지.”

“저기 근데요. 여긴 뭐하는 곳이에요?”

지은이 조심스럽게 물었다.

하지만 노인은 대답 대신에 묘한 웃음만 지어보였다.

6

혼자 남은 지은은 신당에 놓인 촛대마다 불을 놓았다. 노인의 부탁도 있고, 왠지 엄숙한 마음이 들어서 하나씩 하나씩 정성을 들여서 천천히 불을 댕겼다. 그렇게 마지막 촛대까지 불을 켜고는 조용히 자리에 앉아서 일렁이는 불꽃에 시선을 뺏겨 멍하니 바라만 보았다. 지은은 친구들 일을 잊을 만큼 한참을 그렇게 있었다. 그러다가 문득 이상한 느낌에 사로잡혔다. 자신이 이곳 아닌 다른 곳에 있는 것 같은 느낌이었다. 그러자 마치 지은의 마음에 동요하듯 촛불의 불꽃이 크게 일렁거렸다.

그렇게 불안감이 고조되는 순간,

—지은아, 지은아…….

엄마였다. 엄마의 목소리가 들렸다.

순간 주변 풍광이 어그러지더니 뭔가 진공관소리처럼 웅웅거리는 소리, 규칙적으로 뚜, 뚜 하고 울리는 기계음이 환청처럼 들렸다. 그러다가도 거짓말처럼 다시 신당의 방안 풍경으로 돌아왔다. 지은은 정신을 차리려고 고개를 세차게 흔들었다.

—지은아, 지은아…….

이번에는 보다 선명하게 들렸다.

무서운 이야기 2

깜짝 놀라 주변을 돌아보는데 갑자기 주변 풍경이 회오리치듯 뱅글뱅글 돌았다.

지은은 너무 어지러워서 바닥을 짚고 몸을 숙였다. 하지만 진정은 되지 않고 몸이 점점 가라앉는 기분이었다. 마치 납덩이를 단 것처럼 천근만근 무거워졌다. 더는 몸을 가누기가 힘들어져서 저항하지 않고 그냥 누워버렸다.

그 순간 촛불의 불빛이 하얗게 백열하더니 갑자기 어떤 병실 같은 곳에 누워있었다. 자신에게 무슨 일이 일어나고 있는지 알아차릴 새도 없이 낯익은 얼굴이 눈에 들어왔다. 엄마였다. 평소보다 부쩍 수적해진 얼굴로 눈물을 흘리며 지은을 내려다보고 있었다.

—지은아, 지은아…….

왜 그렇게 우는 거야, 엄마. 무슨 일이야.

말을 걸고 싶었지만 목소리가 나오지 않았다. 손을 뻗으려고도 해보았지만 몸이 말을 듣지 않았다. 그저 누워서 눈물 짓고 있는 엄마를 바라보는 게 고작이었다. 도무지 무슨 일인지 상상조차 할 수 없었다.

—지은아, 지은아…….

지은은 급히 몸을 일으켰다. 까무룩 잠이 들었나보다. 백발노인과 차를 마시던 방에는 자기 말고는 아무도 없었다.

"또 꿈을 꾼 건가?"

조심스레 방을 둘러보던 지은은 문을 열고 밖으로 나갔다.

들어올 때는 몰랐는데 그 끝이 어둠 속에 묻혀서 음산해보일 정도로 복도가 길게 나 있었다. 그리고 양옆에는 일정한 간격으로 문이 나 있었다. 이렇게 방이 많았었나. 지은은 의아해하며 조심스럽게 복도를 걸었다. 미라와 선주를 찾고 싶은데 문이 많아서 어디에 있는지 종잡을 수가 없었다. 목소리라도 들리면 좋으련만 복도는 쥐 죽은 듯 고요했다. 긴장한 탓인지 입술이 바짝 타들어갔다. 팔뚝에는 오소소 소름이 돋았다.

"미라야, 선주야……."

지은은 긴장해서 갈라지는 목소리로 친구들을 부르며 조심스레 걸음을 뗐다.

그때, 자지러지는 어린아이의 비명소리가 들렸다.

지은은 깜짝 놀라 걸음을 멈췄다.

"엄마!"

비명소리는 지금 멈춰선 자리에 놓인 문 안쪽에서 들려왔다.

지은은 겁에 질린 나머지 걸음을 떼지 못했다. 간신히 용기를 내서 움직이려는데 비명소리는 구슬픈 울음소리로 바뀌었다. 그런데 이상하게 귀에 익은 목소리였다. 무슨 까닭일까. 그런 의문이 드는 순간, 자신도 모르게 방문을 열고 있었다.

방안은 불빛 하나 없어 어두컴컴했다.

지은은 문을 열고 잠시 멈춰 서서 숨을 골랐다. 아이의 울음소리는 계속해서 들렸다. 다시 용기를 낸 지은은 조심스럽게 방안을 들여다보았다. 이내 어둠에 익숙해진 지은의 시야에 전혀 생각지도 못한 물건이 보였다. 거울이었다. 등신대 크기의 거울이 방한가운데 놓여있었다. 하지만 그게 전부가 아니었다.

울음소리는 거울 속에서 들려오고 있었다.

흠칫 놀란 지은은 비명을 막으려고 두 손으로 입을 틀어막았다.

마침내 보고야 말았다. 거울 속에 아이가 서 있는 모습을.

그런데 그 아이는…….

그 아이는…….

'아니야, 이건 말도 안 돼.'

지은은 고개를 흔들었다.

거울 속 아이는 길거리를 헤매며 엄마를 찾고 있었다. 가

습팍에는 앙증맞은 핑크색 이름표가 달려있었다. 그 이름표
엔 이렇게 새겨져 있었다.

강. 지. 은.

그랬다. 지은이 바라보고 있는 모습은 어린 시절의 자신이
었다. 그것은 다시금 떠올리고 싶지 않은 무서운 기억 중 하
나였다. 아마 일곱 살 때였을 것이다. 엄마를 따라 백화점에
갔던 지은은 커더란 곰 인형에 정신이 팔려 그만 엄마를 잃
어버리고 말았다. 뒤늦게 엄마가 안 보인다는 사실을 깨달은
지은은 혼자서 엄마를 찾겠다고 백화점 밖으로 나갔다가 길
을 잃었다. 하마터면 영원히 엄마를 잃어버렸을지도 모를 날
이었다. 다행히 이름표에 적힌 전화번호를 보고 어느 친절한
아저씨가 집에 연락을 해서 간신히 엄마를 다시 만날 수 있
었다.

'엄마…….'

지은은 어린 시절의 자신을 망연히 바라보며 그날의 기억
을 떠올렸다. 다시 만난 엄마의 따듯한 온기도…….

그때였다.

이번에는 어린아이보다는 훨씬 성숙한 여고생의 처절한
비명소리가 등 뒤에서 들렸다.

회상에서 깨어난 지은은 급히 뒤를 돌아보았다.

활짝 열린 문 안, 마찬가지로 방한가운데 커다란 거울이

놓여있었다.

지은은 주춤거리며 거울을 보았다. 그러다가 다리가 풀려 간신히 문을 잡고 버텼다.

거울 속에는 교복을 입은 여고생 지은이 있었다. 그리고 그 맞은편에는 허연 다리가 허공에서 대롱대롱 흔들리고 있었다.

성적 비관으로 자살한 여고 시절의 단짝, 희진.

오랜만에 친구의 기억을 떠올린 지은의 눈에 목을 맨 희진이 혀를 길게 빼고 부릅뜬 눈으로 노려보고 있는 게 보였다. 지금껏 살면서 가장 아프고 가장 무서웠던 기억이다.

더는 견딜 수 없어 지은은 소리를 지르며 무작정 달리기 시작했다.

금세 끝날 것 같은 복도는 아무리 뛰고 뛰어도 계속 이어졌다.

순간 양옆으로 문들이 일제히 열리더니 태어난 순간부터 지금까지 각각의 나이대인 지은의 모습이 방안에 놓인 거울에 투영되었다.

마치 깨어나지 않는 악몽을 꾸고 있는 기분이었다.

"싫어! 이런 건 싫다고!"

바로 그때 도무지 끝날 것 같지 않은 복도의 끝이 나타났다.

역시 문이 있었다. 지나쳐온 방과는 분위기가 사뭇 달랐다. 지은은 알 수 없는 위화감에 휩싸여 그대로 우뚝 멈춰 섰다.

하지만 문을 열어볼 용기가 나지 않았다. 또 어떤 악몽이 기다리고 있을지 모를 일이었다. 그렇게 망설이고 있는데 안에서 미라와 선주의 목소리가 들렸다. 지은은 가까스로 용기를 내어 문을 살짝 열어보았다. 그리고 조심스럽게 문틈으로 안을 들여다보았다.

방안은 처음에 차를 마셨던 곳이랑 분위기가 흡사했다. 기이한 그림들과 석상들. 그리고 불단까지도. 그러나 그런 건 중요하지 않았다.

선주와 미라가!

친구들이 기묘하게 생긴 장승에 묶여있었다.

뿐만 아니라 그 옆에는 앞서 숲에서 지은 일행을 집요하게 쫓아왔던 그 등산복 차림의 남자도 함께 있었다. 등산복 남자는 어떤 제단 위에 반드시 눕혀있었다. 기이하게도 딱히 결박한 것도 아닌데 남자는 옴짝달싹하지 못했다.

노인은 제단 앞에 서서 향을 피워 올리더니 의미를 알 수 없는 진언들을 외우기 시작했다. 그 불가사의한 분위기에 압도된 지은은 마른침을 꿀꺽 삼키며 노인의 행동을 숨죽여 지켜보기만 했다. 그것 말고는 할 수 있는 게 없었다.

　　　　　　　　　　　　　　　

마침내 긴 주문을 마친 노인이 손으로 등산복 남자의 몸을 훑었다. 그러자 등산복 남자의 몸이 서서히 밝아지더니 이내 화르륵 불타오르며 재가 되어 사라졌다. 그 광경을 목격한 지은은 너무 놀라 신음을 내뱉었다. 두 눈으로 보고도 믿을 수가 없었다.

그때 지은을 발견한 미라와 선주가 버둥대며 소리쳤다.

"지은아! 살려줘, 지은아! 이 할아버지가 우리를 죽이려고 해!"

"강지은! 우리 좀 도와줘. 나 죽기 싫어, 제발!"

이미 노인의 불가사의한 능력을 목격한 지은은 무기력하게 친구들을 바라만 볼 수밖에 없었다. 친구들은 도와달라고 계속 소리를 질렀다.

'어떡하지.'

지은이 망설이고 있는 사이에 노인이 천천히 고개를 돌렸다.

노인과 시선이 마주친 지은은 숨이 탁 막혔다.

그 순간, 노인의 얼굴이 일그러지더니 기괴한 몰골로 바뀌었다.

눈은 흉물스럽게 툭 튀어나오고 입이 귀밑까지 찢어지고, 귀가 축 늘어졌다. 그리고 하얀 머리카락들이 한 올, 한 올, 마치 뱀처럼 움직이며 너울거렸다.

"네 차례는 아직 이래도!"

끔찍하게 변한 노인이 눈을 부라리며 버럭 고함을 질렀다.

지은은 너무 놀라서 그만 엉덩방아를 찧고 말았다.

노인이 문을 박차고 나왔다.

"얌전히 기다리고 있으랬지!"

지은은 바닥을 기면서 정신없이 달아났다.

노인이 성난 얼굴로 성큼성큼 다가왔다.

지은은 간신히 몸을 일으켜 길고 긴 복도를 내달려 단숨에 신당 밖으로 도망쳤다. 신발을 신을 새도 없이 미친 듯이 뛰었다.

"네 이년, 거기 서! 얌전히 네 차례를 기다리라고! 네 이년!"

노인의 고함 소리가 쩌렁쩌렁하게 울렸다.

감히 뒤를 돌아볼 엄두조차 나지 않았다. 돌아보면 바로 눈앞에서 서 있을 것만 같았다. 친구들을 두고 온 게 못내 마음에 걸렸지만 다시 돌아갈 자신이 없었다. 그래서 죽을힘을 다해 달렸다. 오로지 살고 싶어서.

희미하게 친구들의 비명소리가 들리는 것 같았다.

눈을 질끈 감은 지은은 비명을 지르며 산을 뛰어 내려갔다.

"얘들아, 미안해……"

7

얼마나 달려왔을까.

지은은 어느 틈에 산을 내려와 도로 위를 달리고 있었다. 하지만 마음이 놓이지 않아 멈추지 않고 계속 달렸다.

그렇게 한참을 달리고 있는데 저만치 불빛들이 보였다.

구급차와 견인차에서 나오는 불빛이었다.

주위를 둘러보니 장소가 눈에 익었다. 지은 일행이 사고를 당한 지점이었다.

견인차가 형편없이 박살난 선주 오빠의 차를 도로 위로 끌어올리고 있었다. 구급차가 두 대나 왔고, 오렌지색 제복을 입은 119구급요원들이 일사분란하게 움직이고 있었다.

지은은 비로소 마음이 놓였다. 사람들이 저렇게 많으니 그 무시무시한 백발노인이 쫓아오진 않을 거란 생각이 들었다.

안도하며 한숨을 내쉬는데 사이렌을 울리며 순찰차가 도착했다.

지은은 차에서 내리는 경찰들을 보고 다급하게 외치며 달려갔다.

"아저씨! 여기요! 경찰 아저씨, 도와주세요!"

뭔가 이상했다.

목이 터져라 소리를 질렀지만 아무도 지은을 거들떠보지도 않았다. 마치 이곳에 없는 사람처럼 여겼다. 경찰들뿐만이 아니라 119구급요원들도 마찬가지였다. 그들 중 누구도 지은에게 관심을 보이지 않았다. 하지만 지은은 포기하지 않고 계속 소리를 지르며 도움을 청했다.

"아저씨! 도와주세요. 지금 제 친구들이……."

마침내 사고현장까지 다가간 지은은 뭔가를 발견하고 그 자리에 우뚝 멈춰 섰다. 아니, 얼어붙었다.

구급차 옆에 나란히 놓인 두 개의 시체수거용 비닐백.

나이 지긋한 구급요원이 지퍼를 채우기 전에 비닐백에 담긴 시신들을 내려다보더니 혀를 끌끌 찼다.

"아깝다, 아까워. 젊은 나이에 꽃도 피워보지 못하고……."

놀랍게도 비닐백에 담긴 시신은 귀천신당에 있어야할 선주와 미라였다. 정신이 혼미해진 지은은 비틀거리며 뒷걸음쳤다. 뭐가 어떻게 돌아가고 있는지 이제는 제대로 판단조차 할 수 없었다. 아니, 애초에 처음부터 이상한 일만 가득했다.

"대장님, 여기요. 이 학생은 살아있어요!"

비탈길 아래서 젊은 구급대원 하나가 다급한 목소리로 소리쳤다.

나이 지긋한 구급요원은 황급히 비닐백에 지퍼를 채우고 그쪽으로 달려갔다. 지은도 휘청거리며 그 뒤를 따라갔다.

구급대원 두 명이 비탈길 아래에서 가지고 올라온 들것을 조심스럽게 바닥에 내려놓았다. 선임 구급대원을 쫓아가던 지은은 자기 눈을 의심했다. 구급대원들이 들것에 눕혀 응급 조치를 하고 있는 대상은 바로 자기 자신이었다.

"아직 호흡이 있어요. 빨리 병원으로 옮겨야합니다."

처음에 소리를 쳤던 구급대원이 지은의 코에 귀를 대보더니 확신에 찬 목소리로 말했다.

"그럼 뭘 그렇게 멀뚱히 서 있어, 어서 서둘러야지. 퍼뜩 움직여, 이 굼벵이들아."

지시가 떨어지자마자 구급대원들은 지은을 구급차로 옮겼다.

지은은 멀뚱히 서서 '자신'을 태운 구급차가 빠르게 멀어지는 것을 지켜보았다.

"나만 살았다고? 어떻게 그런……."

기쁨보다는 헤아릴 수 없는 의문들이 떠올랐다. 아직도 자신과 친구들에게 무슨 일이 일어난 건지 실감할 수 없었다.

그러다가 문득 한 가지 사실을 깨달았다.

현장에 남은 사람들이 단지 자신을 알아보지 못하는 게 아니라 아무렇지도 않게 몸을 통과하며 지난다는 것이다.

그러니까 이건 마치 유령처럼…….

그 순간, 다시 환청이 들렸다. 이전의 소리보다 훨씬 더 또

렷하고 구체적이었다.

"강지은 씨, 내 목소리 들립니까? 이렇게 정신을 놓으면 안 됩니다. 강지은 씨!"

"지은아! 눈을 떠 봐, 지은아! 엄마야, 엄마 알아보게니? 지은아!"

"이런 젠장! 어레스트야. 뭐해, CPR 시작해야지!"

"오늘 당직 누굽니까? 빨리 과장님 모셔오세요! 어서!"

"지은아, 지은아…….”

의사인 듯한 남자가 자신을 깨우는 소리, 엄마가 자신의 이름을 부르며 울부짖는 소리, 응급처치를 위해 간호사들이 주고받는 다급한 외침들이 연이어 들리다가 다시 잦아지면서 조금씩 희미해져갔다.

그렇게 점점 멀어져가는 지은의 의식 속에서 지난 몇 시간 전에 일어난 장면들이 떠올랐다.

덤프트럭을 피해 비탈길로 굴러 떨어지는 지은 일행의 차, 차안에서 어지럽게 구르는 친구들, 의식이 돌아와 다시 눈을 떴을 때는 두 친구는 이미 처참한 몰골로 죽어버린 후였고, 간신히 문을 열고 나온 자신은 비틀거리며 걷다가 결국 의식을 잃어버린 것까지.

친구들과 달리 지은이 살아남을 수 있었던 이유는 안전벨트를 매고 있었기 때문이었다.

모든 것이 확연해지는 순간, 불현듯 백발노인의 말이 귓가에 울려퍼졌다.

"아니, 아가씨는 그냥 여기 있어. 아직은 아니야. 필요할 때가 되면 내가 와서 알려줄 테니까 차를 마시면서 기다리고 있어."

8

지은은 간신히 눈을 떴디.

천장에 달린 밝은 형광등이 제일 먼저 눈에 들어왔다. 차츰 다른 감각도 살아났다. 창밖으로 도심지 특유의 소음들이 잔잔히 들려왔다. 심박기기의 기계음들이 규칙적으로 낮게 흐르고 있었다. 병원에서만 맡을 수 있는 약품냄새도 났다.

죽지 않고 살았다. 비로소 그 사실을 실감하자 너무 기뻐서 소리를 지르고 싶었다. 하지만 실행에 옮길 수가 없었다. 허옇게 마른 입술을 달싹이며 무슨 말이든 하고 싶었지만 목소리가 나오지 않았다. 목소리뿐만이 아니다. 몸을 움직일 수 없었다. 몇 번이고 시도를 해봐도 손가락 끝을 바르르 떠는 게 전부였다. 고작해야 눈알만 간신히 굴릴 수 있었다.

전신불구.

평생 이렇게 살아야한다면 죽느니만 못한 것이다. 살아났다는 기쁨도 잠시. 걷잡을 수 없는 두려움이 밀려와 눈물이 흘렀다.

발소리가 들렸다.

눈만 굴려 주위를 보니 간호가가 주위를 오가고 있었다.

'그래, 저 간호사에게 내 상태를 물어보자. 회복가능성은 있는지. 아니면 이대로 계속 살아갈 수밖에 없는지.'

지은은 간호사에게 말을 걸어보려고 필사적으로 입술을 움직였다.

"으으으……."

하지만 생각처럼 쉬운 일이 아니었다. 아무리 애를 써도 신음소리만 나올 뿐이었다.

"강지은 씨? 깨어나셨어요?"

간호사가 반색하며 다가왔다.

다행이다. 목소리를 낼 수 없으면 눈짓으로 신호를 정해 물어보면 된다. 지은은 그렇게 생각하며 간호사에게 눈길을 보냈다. 간호사는 마치 자기 일처럼 기뻐하며 낮은 웃음소리를 냈다. 지은은 정말로 친절한 사람이라고 생각했다.

이윽고 간호사의 얼굴이 시야에 들어왔다.

그때 웃음소리가 흐느낌으로 바뀌었다.

"깨어났어, 깨어났다고? 왜! 왜 너만! 왜 너만 살아야하는 건데!"

지은은 눈을 휘둥그레 떴다.

자신에게 다가온 간호사는 죽은 미라의 얼굴을 하고 있었다.

너무 놀라 비명을 지르고 싶었지만 안타깝게도 목소리가 나오지 않았다.

"지은아, 왜 날 버리고 갔니? 지은아, 지은아……."

간호사의 얼굴이 다시 서주로 바뀌었다. 흐느끼는 목소리가 점점 알아들을 수 없는 소리로 바뀌고, 얼굴도 일그러지면서 피부가 촛농처럼 흘러내리며 지은의 뺨에 살점이 뚝뚝 떨어졌다.

"아, 안 돼!"

지은은 소라를 지르며 눈을 번쩍 떴다.

다행히, 이번에는 몸이 움직인다.

지은은 숨을 가쁘게 몰아쉬며 주위를 둘러보았다. 여러 명이 같이 쓰는 공동 병실이었는데 다른 환자는 보이지 않았다.

무릎에 묵직함이 느껴져 쳐다보니 엄마가 엎드려서 자고 있었다.

"엄마?"

지은은 엄마를 불러보았다. 아마도 곁에서 병간호를 하며 밤샘을 한 모양인지 아무리 흔들어 깨워도 일어나질 않았다. 그러다가 문득 뭔가 떠올리고 급히 두 손을 내려다보았다. 쥐락펴락, 몇 번이고 두 손을 움직여보았다. 엄마가 깨지 않도록 조심스럽게 옆으로 비킨 다음, 침대에서 내려와 두 다리로 디디고 섰다. 무릎이 살짝 저렸지만 힘이 들진 않았다. 천천히 걸음도 옮겨보았다. 고개를 좌우로 돌려보기도 하고 앉았다 일어나기를 반복했다. 군데군데 욱신거리긴 했지만 몸을 쓰는 데 아무런 불편함이 없었다.

역시 악몽을 꾼 것이다.

지은은 심호흡을 크게 하고 마음을 가다듬었다.

흘끔 엄마를 쳐다보았다. 엄마는 여전히 깊은 잠에 빠져서 쌔근쌔근 코까지 골고 있었다.

지은은 침대 밑에 놓인 슬리퍼를 신고 병실 밖으로 나갔다.

오후인데도 복도는 조용했다. 아무도 없었다. 의사나 간호사들도 안 보였고, 환자들도 보이지 않았다. 게다가 너무 조용했다.

지은은 어딘가에 다른 사람이 없을까 주위를 살피며 천천히 걸음을 옮겼다. 하지만 아무리 둘러봐도 그림자 하나 보이지 않았다. 이상한 기분이 들었다. 작은 소음 하나 들리지 않는 고요함도 신경에 거슬렸다. 깨름칙한 기분이 사라지지

무서운 이야기 2

않자 병실로 돌아가는 게 낫다고 생각했다. 그래서 발길을 돌리려는 문득 복도 저편에 뭔가 반짝거리는 게 보였다. 호기심이 일어 무심결에 그쪽으로 걸어갔다.

몇 걸음이나 뗐을까. 지은은 반짝거리는 것의 정체를 알아보고는 멈칫거렸다. 그것은 거울이었다. 맘속 어딘가에서 빨리 병실로 돌아가라는 신호를 보내고 있었지만 몸은 자기도 모르게 계속 거울을 향하고 있었다.

후우.

후우.

지은은 숨을 거칠게 내뱉으면서 찬찬히 거울을 들여다보았다.

거울엔 지은이 지나온 복도만 비칠 뿐이었다.

‘그래, 전부 꿈이야. 전부 꿈에서 벌어진 일이라고. 정신 차려라, 지은아.’

지은은 피식 웃음을 터뜨렸다.

이제 정말로 병실에 돌아가야겠다고 여기는 순간, 거울을 통해 누군가가 뒤에서 걸어오는 모습을 보았다. 지은은 흠칫 놀라며 뒤를 돌아보았다. 하지만 복도엔 아무도 없었다. 갑자기 무서운 생각이 들면서 등골이 오싹해졌다. 거울을 보면 안 된다는 생각이 들었지만 고개가 저절로 움직였다.

“아…….”

결국 거울을 들여다본 지은은 나직이 신음을 내뱉었다.

거울 속, 지은의 뒤에 나타난 사람은 그 무시무시한 백발 노인이었다. 뿐만 아니라 거울에 비친 지은은 병원 복도가 아니라 귀천신당의 방 안에 있었다. 소스라치게 놀라 주변을 돌아보자 지은을 둘러싸고 있던 병원의 전경이 사라지고 섬뜩한 그림으로 가득한 귀천신당의 방으로 바뀌어버렸다.

"내가 왜 여기에…… 난 분명히 병원에서 깨어났는데……."

"맞아, 아가씨는 병원에 있어. 또 아니기도 하고."

노인이 음흉하게 웃으면서 말했다.

"그게 무슨 소리죠?"

"그러니까 아가씨는 처음부터 이곳을 떠난 적이 없었다는 이야기야. 여기가 뭘 하는 곳이냐고 물었지? 이곳, 귀천신당은 말이지. 죽은 망자의 영혼이 이승을 떠나기 전에 마지막으로 거치는 일종의 종착역 같은 곳이야. 아가씨도 이미 경험해서 알겠지만 누구나 죽기 직전엔 자신이 살아온 모습을 돌아보게 돼. 그리고 나는 말이야. 떠날 때가 되면, 그걸 망자에게 알려주고 저승에 무사히 가게끔 도와주는 사람이지."

"그, 그, 그럼, 제가 죽었단 말씀이에요?"

노인이 고개를 가로저었다.

"아니지, 아직은 아니지. 적어도 방금 전까지는 아니었어."

"그러면……."

　　　　　　　　　　　　　　　무서운 이야기 2

지은은 떨리는 눈빛으로 노인을 바라보았다.

노인이 눈짓으로 거울을 보라고 가리켰다.

지은은 입술을 깨물고 천천히 고개를 돌렸다.

거울 속에선 병상에 누워있는 자신의 모습이 보였다. 왠지 모르게 불길한 예감이 들어 시선을 떼고 싶었지만 고개가 굳어버린 것처럼 전혀 움직이지 않았다. 꼼짝없이 계속 지켜볼 수밖에 없었다.

잠시 후, 심전도를 체크하는 기기들이 긴박하게 신호음을 울리더니 이내 그래프가 일직선을 그렸다.

지은의 엄마가 울면서 달려와 지은을 흔들어 깨웠다. 곧바로 의사와 간호사들이 달려와 지은의 상태를 살폈다. 의사가 침울한 표정을 짓더니 천천히 고개를 가로저었다. 엄마는 그 자리에 주저앉고 오열하기 시작했다.

거기까지 지켜본 지은은 두 손으로 입을 틀어막았다.

그리고 바로 그때였다.

노인이 지은의 귓가에 나직이 속삭인 것은.

"바로 지금일세."

보는 여자 3

"헉! 뭐야, 그러면 세 사람 모두 치음부디 죽었던 거야?"

박 부장은 등골이 오싹해졌는지 몸을 부르르 떨었다. 어깨를 움츠리며 주변을 흘깃 쳐다보았다. 연이어 무서운 이야기를 듣다보니 섬뜩한 생각이 떠오른 모양이었다. 그러다가 부하 직원의 앞이라는 사실을 자각하고 애써 태연한 표정을 지었다.

"흠, 흠. 요새 어깨가 조금 걸려서 말이야. 스트레칭을 좀 했어."

"그러시겠죠."

세영이 빈정거렸다.

"정말이라니까. 그건 그렇고 이거 교회 다니는 사람이 할 소리는 아닌데 말이야. 사후세계라는 게 정말 있을까?"

박 부장이 넌지시 물었다.

"글쎄요, 사람은 자기가 짓지도 않은 죄 때문에 지옥에 갈 수도 있고, 그보다 더 나쁜 일을 겪을 수 있다고도 생각해요. 실은 이 세상 자체가 천국의 양념을 살짝 한 지옥이죠, 뭐. 그러니까 실은 죽는다고 그렇게 억울해 할 필요도 없어요."

세영은 그렇게 말하고는 흘끔 박 부장을 쳐다보았다. 마치 너도 조심하라는 눈빛 같아서 박 부장은 자기도 모르게 목을 움츠렸다.

"흠, 흠. 어쨌든 불운한 넋을 달래준 값으론 너무 많이 지불했어."

그러면서 또 다른 서류를 찾기 시작했다. 세영은 그걸 보면서 정말 끝이 없네, 하고 나직이 중얼거렸다.

그때 다시 박 부장의 주머니에서 전화벨이 울렸다. 박 부장은 서류를 찾다말고 전화기를 꺼내보더니 신경질을 내며 아예 배터리를 떼어버렸다.

"빌어먹을, 진작 이럴걸 그랬어. 뭔 놈의 전화를 시도 때도 없이 해. 내가 이 시간까지 노는 줄 아나. 다 지들 먹여 살리겠다고 이러는 건데. 하여간에 가장의 고충을 몰라준다고,

가장의 고충을!”

“그냥 받으시지 그래요.”

“됐어. 또 이거 사와라, 저거 사와라. 아주 빤해. 이건 무슨 365일 24시간 영업하는 편의점도 아니고, 아주 징글징글해.”

박 부장은 그렇게 말하며 몸서리를 쳤다.

“그거 따님이 준 거예요?”

세영이 휴대폰에 달린 액세서리를 가리켰다.

박 부장은 겸연쩍어하며 고개를 끄덕였다.

“뭐, 그렇지.”

“좀 봐도 돼요?”

“그래, 뭐.”

박 부장은 휴대폰을 세영에게 건네고는 다시 서류를 찾기 시작했다.

“여자애들은 왜 그런지 몰라. 시키지도 않은 걸 해놓고 뭘 대단한 걸 해준 것처럼 굴고 말이야. 그게 아주 선물이 아니라 빚이야, 빚.”

세영은 박 부장의 이야기는 귀담아듣지 않고 휴대폰에 달린 액세서리를 유심히 살폈다. 깨지기 쉬운 물건을 다루듯이 조심스럽게, 그리고 찬찬히 돌려보다가 조용히 귀로 가져갔다. 살며시 눈을 감고 집중하는 순간, 소름 끼치는 비명소리가 귓전을 때렸다.

'헉!'

세영은 깜짝 놀라 액세서리를 귀에서 뗐다. 역시 이번에도 박 부장은 아무 소리도 듣지 못한 모양이었다. 여전히 서류 찾는 데만 집중하고 있었다. 그런 박 부장 어깨 위로 천장에서 점액성의 물질이 툭 떨어졌다.

"음, 뭐지?"

박 부장은 어깨를 슬쩍 보더니 고개를 갸웃하며 툭툭 털었다. 그의 눈에는 아무것도 보이지 않았기 때문이다.

하지만 세영의 눈에는 똑똑히 보였다.

커다란 거머리처럼 생긴 '그것'이 박 부장의 어깨를 지나 팔뚝을 타고 스르륵 내려가다가 소매 속으로 쏙 들어가 버렸다. 그러면서 키득키득, 섬뜩한 웃음소리까지 냈지만 당사자인 박 부장은 여전히 아무것도 모르는 얼굴이었다.

"부장님은 가정보단 회사체질이시죠?"

"뭐, 남자들이 다 그렇지. 뭐야, 지금 날……."

박 부장은 잔뜩 긴장한 얼굴로 세영을 쳐다보았다. 처음으로 방어적인 자세를 취해보였다.

"근데 그런 건 안 보면 안 돼?"

"뭐가요? 그냥 찍어본 건데."

세영이 어깨를 살짝 으쓱거렸다.

박 부장은 한방 먹었다는 표정을 지어보였다.

"지옥, 말이에요. 정말로 있다면 믿으시겠어요?"

그렇게 말하더니 이번에는 세영이 서류철 하나를 뽑아들었다. 그러자 박 부장이 그 서류철에 대해서 알고 있는지, 어어? 하며 눈을 휘둥그레 떴다. 마치 여태껏 그걸 찾았다는 듯, 정말 놀랍다는 얼굴을 했다.

"그래, 그래, 그거! 난 여기 통틀어서 그걸 제일 모르겠어. 이건 도무지 앞뒤가 안 맞는단 말이야. 어때, 그것도 될까?"

세영은 서류철을 열어보더니 야릇한 미소를 지어보였다. 그러고는 고개를 들더니 도발적인 눈빛으로 부장을 바라보았다.

박 부장은 자기도 모르게 긴장해서 마른침을 꿀꺽 삼켰다.

세영은 박 부장한테서 시선을 떼지 않은 채, 한결 더 요염한 미소를 지으면서 조용히 입을 열었다.

"많이들 그렇지만, 이 남자도 어디 딴 데로 도망치고 싶었어요. 남들은 찾을 수 없는 그런 곳으로 말이에요. 아주 먼 곳……."

탈출

1

최 씨는 훌쩍거리며 리모컨을 찾아 TV 전원을 껐다. 석 달 동안 열심히 시청한 드라마가 드디어 막을 내렸다. 막장 드라마니, 주연 배우들의 발연기가 심하다느니, 하며 사람들에게 온갖 욕이란 욕은 다 들었던 드라마지만 누가 뭐래도 최 씨에게는 적잖은 감동을 안겨준 의미 있는 드라마였다. 특히 모두가 퇴근하고 없는 텅 빈 건물을 밤샘하며 홀로 지켜야하는 최 씨 입장에선 단 한 시간 동안이라도 이만한 감동과 재미를 주는 것을 찾긴 어려웠다. 이제 드라마도 끝났겠다. 슬슬 순찰을 나갈 시간이다.

최 씨는 벽에 걸린 큼직한 손전등을 챙기고는 모자를 쓰고 경비실을 나섰다. 최근 들어 날씨가 쌀쌀해지면서 노숙자나 취객들이 몰래 건물에 들어와 화장실에서 잠을 자거나 토사물을 남기는 일이 많아지면서 건물주의 잔소리도 덩달아 늘었다. 자신보다 열 살이나 어린놈에게 굽실거리며 비위를 맞추는 일이 그다지 즐겁진 않지만 입에 풀칠이라도 하려면 치사해도 감내할 수밖에 없는 노릇이다. 더욱이 실직이라도 하면 나이 오십에 변변한 기술도 없는 최 씨를 받아줄만한 직장을 찾기란 여간 어려운 일이 아닐 것이다. 그러니 다소 서럽고 불만스러워도 어쩔 수 없다.

최 씨는 행여나 손전등을 놓칠 세라 두 손으로 단단히 쥐고 터벅터벅 복도를 걸었다. 불 꺼진 복도는 마치 커다란 짐승이 아가리를 벌리고 있는 것처럼 보였다. 벽면 아래 드문드문 보이는 비상구 표시등이 오늘따라 유난히 음산하게 느껴졌다.

최 씨는 머릿속에 떠오르는 불길한 상상을 의식적으로 지우며 정문 출입구부터 확인했다. 다행히 셔터가 굳게 내려간 출입문은 별다른 이상이 없어보였다. 다음은 건물 뒤편의 주차장으로 이어지는 후문을 확인할 차례다. 건물에 입주한 업체들 중에 종종 늦게까지 야근을 하는 일이 있어서 후문은

　　　　　　　　　　　　무서운 이야기 2

잠금장치를 따로 하지 않았다. 매번 문을 열어주는 게 귀찮았기 때문이다. ㄱ자로 꺾어진 모퉁이를 지나 곧장 후문으로 걸어간 최 씨는 문을 한번 열어보고 밖을 내다보았다. 꽤 널따란 주차장엔 아까 점심때쯤에 건물주가 놔두고 간 벤츠 말고는 주차된 차가 없었다. 딱히 이상한 점이 없음을 확인한 최 씨는 문을 닫고 2층으로 가기 위해 엘리베이터로 걸음을 옮겼다. 그러고는 다시 모퉁이를 돌려고 하는 찰나,

"히잇."

어디선가 웃음소리 비슷한 소리가 들렸다. 깜짝 놀란 최 씨는 멈칫하고 손전등을 비췄다. 하지만 복도엔 아무도 없었다.

긴장한 최 씨는 걸음을 멈추고 다시 소리가 들리는지 가만히 귀를 기울였다. 스멀스멀 벌레가 기어오르는 것 같은 기분 나쁜 촉감이 등골을 타고 올라왔다. 평소 술자리에선 해병대 출신이라고 허풍을 쳤지만 사실 그는 방위병 출신이었다. 그것도 6개월 방위.

달그락.

이번에는 뭔가 굴러가는 소리였다. 그 소리는 바로 옆, 여자화장실에서 들려왔다.

"거, 거기 누구요!"

최 씨는 겁에 질려 버럭 소리를 질렀다. 하지만 대답이 없

었다. 최 씨는 갈등했다. 당장 달려가 문을 열어 안을 확인해 볼 것인가. 아니면 작전상 후퇴를 하고 경비실로 가서 무기가 될 만한 것을 찾아 다시 돌아올 것인가. 그러다가 건물주 얼굴을 떠올렸다. 그는 걸핏하면 자기가 왜 돈을 지불하는지 생각 좀 해보라며 거만을 떨었다. 썩 유쾌하진 않지만 틀린 말은 아니다. 무게는 점점 전자로 기울어졌다. 일단 들어가 확인하기. 겁은 났지만 누군가가 숨어있는데 뭔가 망가뜨렸거나 하면 배상 문제를 생각해서라도 현장에서 잡아야한다. 만에 하나, 경비실에 다녀오는 사이에 그 사람이 달아나버리면 그 책임은 고스란히 최 씨가 져야한다.

생각을 굳힌 최 씨는 마음을 단단히 먹고 천천히 여자화장실로 다가갔다. 그러고는 조심스럽게 문손잡이를 잡았다. 그때까진 안에서 아무런 반응도 없었다. 최 씨는 숨을 고르고 나서 아주 천천히 문을 열었다. 그리고 반쯤 열었을 때, 갑자기 안에서 시커먼 것들이 튀어나와 문을 밀치더니 복도로 뛰어갔다.

"우왓!"

최 씨는 너무 놀라 엉덩방아를 찧었다. 하지만 얼른 고개를 들고 손전등을 비춰 방금 튀어나간 것이 무엇인지 확인했다. 불빛에 비친 것은 사람이었다. 그것도 교복을 입은 여자애, 한 명이 아니라 둘이었다. 상대가 여고생들이라는 것을 확인한 최 씨는 안도감과 분노를 동시에 느끼고 엉덩이를 털고 일어섰다.

"이 녀석들, 거기 서!"

그사이에 여고생들은 재빨리 모퉁이를 돌아 엘리베이터로 뛰어들었다. 최 씨가 고래고래 소리를 지르며 쫓아갔을 때는 이미 엘리베이터 문이 닫히고 2층으로 올라간 후였다.

"이것들이 정말……."

최 씨는 잠시 노려보더니 무슨 생각에선지 경비실로 뛰어갔다. 자리에 앉자마자 엘리베이터 안에 설치한 CCTV화면을 확인했다. 방금 보았던 여고생 둘이 카메라를 향해 브이 자를 만들어 보이며 희희낙락하고 있었다.

"그래, 웃음이 나오지. 어디 두고 보자. 내가 첨부터 끝까지 전부 담아서 너네 학교로 보내줄 테니까."

최 씨는 씩씩거리며 계속 화면을 주시했다.

엘리베이터가 7층에 멈췄다. 하지만 여고생들은 내리지 않고 다시 버튼을 눌렀다. 엘리베이터는 2층으로 내려왔다. 하지만 여고생들은 여전히 내리지 않고 있었다. 이번에는 6층에서 멈췄다.

"어쭈, 이 녀석들 봐라. 그래, 언제까지 웃을 수 있나 보자."

최 씨는 괘씸해하며 계속 주시했다.

엘리베이터는 3층으로 내려왔다가 5층으로 올라가더니 다시 4층으로 내려왔다. 화면 속의 여고생들은 여전히 낄낄거리며 좋아했다. 슬슬 인내심의 한계를 느낀 최 씨는 탁상을 내리치면서 자리를 박차고 일어섰다.

"이년들이 보자, 보자 하니까……."

최 씨는 언젠가 호신용으로 쓰려고 사둔 경봉을 서랍에서 꺼내 옆구리에 꿰차고는 경비실을 나서려고 했다. 그런데 바로 그 순간, 엘리베이터가 8층에서 멈추더니 갑자기 화면에 노이즈 현상이 일어났다.

"음, 뭐지?"

이상하게 여긴 최 씨는 다시 자리에 앉아서 화면을 쳐다보았다. 노이즈 현상은 금세 사라졌다. 하지만 여고생들의 모습도 자취를 감추었다. 아이들이 8층에서 내렸을 거라고 생각한 최 씨는 곧장 엘리베이터로 달려갔디. 이차피 밤9시 이후에는 2층 중앙통로의 셔터를 내려놓기 때문에 엘리베이터가 유일한 이동수단이었다.

'너희는 내 손에 잡혔다, 이년들아.'

최 씨는 만면에 미소를 띠며 엘리베이터를 타고 8층으로 올라갔다. 작년에 입주한 게임회사가 8층 전체를 쓰고 있고, 보안상의 문제로 카드키가 없으면 사무실 안으로는 출입이 불가능하기 때문에 아이들이 숨을 곳이 없다고 생각했다. 기껏해야 화장실이겠지만, 그래봤자 독안에 쥐였다.

                                      무서운 이야기 2

엘리베이터에서 내린 최 씨는 한 손에는 손전등을, 다른 손으로는 경봉을 쥐고 문제의 아이들을 찾아 나섰다. 복도에는 아무도 없었다. 곧바로 화장실로 향했다. 먼저 여자화장실로 들어갔다. 칸칸마다 샅샅이 뒤졌지만 개미 한 마리도 보이지 않았다. 최 씨는 뭔가 이상하다는 생각을 하며 남자화장실로 가보았다. 마찬가지로 남자화장실에서도 아이들을 찾을 수가 없었다.

최 씨는 귀신에 홀린 표정으로 화장실을 나왔다. 복도를 몇 번이고 오가면서 확인해보았지만 역시 여고생들은 보이지 않았다.

결국 빈손으로 경비실로 돌아온 최 씨는 녹화된 화면을 돌려보았다.

"뭐야, 이거……."

귀신이 곡할 노릇이었다.

다시 확인한 화면에는 분명히 여고생들의 모습이 찍혀있었다. 최 씨는 자기 눈으로 보고도 믿을 수가 없었다.

2

"병진아, 고병진. 이제 일어나야지."

잠결에, 청소기 소음과 함께 희미하게 엄마 목소리가 들린다. 하지만 꿈속에는 엄마가 아니라 색기가 좔좔 흐르는 풍만한 몸매의 여자가 다가와 달달한 목소리로 병진의 귓가에 속삭이고 있었다. 병진은 자는 와중에도 침으로 흥건해진 베개에 얼굴을 묻고 입을 헤벌리며 마냥 좋아했다. 첫 출근에 어울리는 옷을 고르느라 거의 밤을 새다시피 한 병진은 새벽녘에 겨우 잠들어서 베개를 끌어안은 채 여전히 꿈나라 속을 헤매고 있었다.

"병희야! 오빠 좀 깨워라. 쟤, 오늘 교생 실습 첫날이라더니 여태 저러고 있다."

"아, 짜증나. 나 지금 머리 마는 중이란 말이야. 이게 얼마나 섬세함이 필요한 작업인데. 엄마가 깨우면 안 돼?"

"인석아, 엄마는 지금 청소기를 밀고 있잖아. 그럼 네가 청소기 좀 밀든가. 오빠는 엄마가 가서 깨울 테니까."

"이왕이면 둘 다 하시지."

"너, 아침부터 쥐 터지고 싶니."

"칫, 알았어. 깨우면 되잖아."

아침부터 가족 간의 화기애애한 대화가 오갔다.

"말만 하지 말고 당장!"

"알았다고요."

퉁명스럽게 대답한 병희가 성난 고릴라처럼 발을 구르며

문을 박차고 병진의 방으로 들어왔다. 어릴 때는 야리야리하던 애가 나이를 먹을수록 점점 살이 붙더니 이제는 가슴보다 허리사이즈가 더 굵을 정도로 퉁퉁해졌다. 길쭉하고 호리호리한 병진과는 달라도 너무 달라서 밖에 나가면 둘이 남매사이라는 걸 알아보는 사람은 거의 없었다. 게다가 체구만큼이나 힘도 세져서 평소 동생이랑 다툴 일이 있으면 가급적 병진은 말로 해결하려고 노력했다.

"아, 병신. 그만 좀 눈 떠봐. 너, 오늘 학교 가는 날이라며. 아, 빨리!"

고작 한 살터울이라 병희는 오빠 이름을 멋내로 바꿔 부르는 일도 서슴지 않았다.

"아, 이게 진짜……."

두어 번 흔들어도 도무지 일어날 생각을 하지 않자 병희는 콧김을 한번 내뿜더니 오빠보다 굵은 종아리를 번쩍 들어 병진의 엉덩이를 힘껏 걷어찼다. 병진은 그대로 속절없이 쭉 밀리더니 벽에 쿵 하고 부딪혔다. 그러고는 화들짝 놀라며 벌떡 일어났다가 가운데 가르마를 중심으로 반쪽만 웨이브 진 동생의 넙데데한 얼굴을 보고는 다시 비명을 질렀다.

"으아악! 괴물!"

"아침부터 늘씬하게 맞아볼래?"

"힝, 때릴 거야."

병진은 주먹을 입에 물고 눈물을 글썽거렸다. 장난치느라 그러는 게 아니라 진심이 우러난 행동이었다. 병희는 그런 오빠가 짜증난다는 듯 고개를 가로저었다.

"아, 짜증나. 빨리 씻고 밥이나 처 드셔. 오늘부터 교생실습이라며."

"맞다! 교생!"

그때서야 생각났다는 듯 병진은 호들갑을 떨며 침대에서 내려왔다. 앙증맞은 '헬로우 키티' 캐릭터가 그려진 파자마를 걸친 채, 욕실로 뛰어가는 병진을 한심스럽게 바라보던 병희는 혀를 끌끌 차며 나직이 중얼거렸다.

"에휴, 뭐 저런 게 오빠라고……."

광속으로 세면을 마치고 옷까지 갈아입은 병진은 어깨를 펴고 다소 거만한 걸음으로 방에서 나왔다. 엄마는 그때까지 청소기를 밀고 있었다. 아빠는 거실 소파에 앉아서 신문을 펼쳐들고 기사를 읽고 있었는데 청소기가 다가와도 비켜줄 생각을 하지 않고 다리만 번갈아 들어주었다. 병진은 부모님에게 꾸뻑 인사를 했다. 엄마는 그때서야 청소기를 내려놓고 주방으로 가서 부리나케 아침상을 차렸다. 아빠는 여전히 신문에 시선을 못 박은 채 고개만 끄덕였다. 생각해보니 최근에 아빠 얼굴을 제대로 본 적이 없었다.

"다들 밥 먹어."

　　　　　　　　　　　　　　무서운 이야기 2

엄마가 부르자, 자기 방으로 돌아갔던 동생이 쿵쿵거리며 달려 나와 가장 먼저 자리에 앉았다. 그걸 보고 병진은 영화 〈주라기 공원〉에 나오는 티라노사우루스를 떠올렸지만 속으로만 생각할 뿐, 입 밖으로 내진 않았다. 그랬다간 아침부터 남매 사이에 살과 살이 부딪히는 끈끈하고 정감어린 신체언어를 나눠야할 것이다.

"문화여고라고?"

엄마가 밥을 퍼주며 물었다.

"응, 문화여고. 버스로 몇 정거장밖에 안돼서 출퇴근하기도 편해."

병진은 기쁘다는 듯이 말했다. 그런데 학교가 가까워서 기쁜 것인지, 여고에 가게 되어서 기쁘다는 것인지 알 수 없었다.

"야, 괜히 여고생 교복치마만 뚫어지게 쳐다보다가 변태취급이나 받지 마라. 특히, 너 교복에 무척 약하잖아."

병희가 밥을 먹다말고 오빠를 흘끔 보더니 그렇게 말했다.

"내가 무슨. 아니야, 난……."

"아니긴. 내가 모를 줄 아냐. D드라이브, 따오기 폴더랑 가마우지 폴더 안에 들어있는 너의 컬렉션을."

"헉! 너 언제 내 노트북을…… 비번까지 걸어놨는데 어떻게 봤어."

“단순하긴. 비번을 자기 생일로 해놨는데 모를 거 같니? 너 그래가지고 교생실습 제대로 할 수 있겠어?”

동생의 맹공에 병진은 울상을 지었다.

“응? 따오기는 뭐고, 가마우지는 또 뭐니?”

엄마가 병진에게 물 컵을 건네며 궁금하다는 듯이 물었다.

“아, 아무것도 아니야, 엄마. 정말 아무것도 아니야.”

병진은 밥알을 뿜을 정도로 화들짝 놀라며 허둥지둥 손사래를 쳤다.

“그런 게 있다우, 야구 동영상이라고. 저 인간 유일한 취미가 그걸 보는 거거든. 아마 가지고 있는 파일이 40기가는 거뜬히 넘을 걸? 밤마다 그렇게 열심히 보니 살이 찌지 않지, 쯧.”

병희가 야비하게 웃으며 말했다.

“야구? 병진이 넌 공으로 하는 운동 싫어했잖니? 참, 별일이구나. 근데 야구 경기만 봐도 살이 좍좍 빠지니? 신기하네, 그럼 엄마랑 같이 볼까?”

설명을 듣고도 모르겠다는 듯 엄마는 고개를 갸웃하며 병진을 쳐다보았다. 병진의 얼굴이 빨갛게 물들었다. 그때 언제부터 있었는지 옆에서 아빠가 컵을 소리가 나도록 식탁에 내려놓으며 굵고 짧게 말했다.

“물.”

흠칫 놀라 옆을 보니, 여전히 아빠는 신문을 펼쳐들고 있
어서 얼굴을 볼 수가 없었다.

엄마가 구시렁거리며 아빠가 내민 컵에 물을 따라주었다.
하나뿐인 아들, 병진을 대할 때와는 180도 다른 태도다.

“그나저나 너 안 늦었니? 아침 조회에 참석하려면 일찍 가
야된다고 어제 그러더니…….”

“아! 맞다, 조회!”

병진은 그때서야 생각났다는 듯 밥을 먹다말고 벌떡 일어
섰다. 그러고는 출랑거리며 현관으로 뛰어갔다.

“엄마, 나 학교 다녀올게.”

“그래, 아들. 잘 다녀와. 차 조심하고.”

“응, 알았어.”

병진은 부푼 가슴을 안고 씩씩하게 집을 나섰다. 비록 아
직은 교생 신분이지만 꿈에도 그리던 여고 교사로서 그 첫발
을 내딛는 날이었다.

벌써부터 마음은 문화여고에 가 있었다.

“애들아, 기다려라. 고쌤이 너희들에게 간다.”

3

"야, 이년들아! 죽고 싶냐! 수업 시작종이 울린 게 언제인데 아직도 그러고 있어. 빨리 안 튀어들어 가냐?"

복도에 쩌렁쩌렁하게 울려 퍼지는 목소리. 거기다가 청순한 소녀들만 다니는 여고의 이미지와는 백만 광년이나 동떨어진, 아주 폭력적이고 저렴한 멘트가 병진을 바짝 긴장하게 만들었다. 하지만 그런 소리를 듣고도 대수롭지 않은 듯 복도를 점령하고 있던 여자애들은 키득거리며 교실로 달아났다. 어쩌면 이것이야말로 21세기 여고의 실상인지도 모르지만.

"썩을 년들."

방금 전, 어여쁜 여고생들에게 저렴한 멘트를 아낌없이 날려준 40대 중반의 남자는 희열에 찬 표정을 지으며 병진에게 눈길을 주었다.

"고 선생, 그냥 저것들은 사람이 아니다, 말 안 듣는 동물이다, 생각하시고 편하게 되하면 됩니다. 아주 편하게~."

그러더니 아직 교실에 들어가지 않은 아이들을 발견했는지 손에 쥔 몽둥이를 마구 휘두르면서 다시 소리를 질러댔다.

"야, 새끼들아. 귀때기에 쎄멘 처발랐냐? 뭣들 해! 빨리 처

들어가지 않고, 이년들아. 아주 선생님 하는 소리를 아주 똥으로 들어요. 똥으로. 아, 고 선생. 내가 어디까지 이야기했더라? 맞다, 저것들을 편하게 대하라, 까지 이야기했지.”

남자는 다시 그윽한 눈빛으로 병진을 보더니 언제 그랬냐는 듯이 입가에 미소를 띠며 느끼한 목소리로 말했다. 정말 변화무쌍한 표정의 남자였다. 모르긴 몰라도 몸 안에 사디스트의 피가 팍팍 흐르고 있을 것이라고 병진은 생각했다. 하지만 불행히도 이 남자가 당분간 병진의 인생사에 적잖은 영향을 미칠 1학년 3반의 담임이었다. 언뜻 아이들끼리 하는 소리를 들으니 ‘미친개’라는 별명을 가지고 있는 것 같았다. 미친개. 오늘 아침에 처음 인사를 나눈 사이지만 왠지 딱 어울리는 별명이라고 생각되었다.

“내가 선배로서 요령을 하나 알려주지. 일단 초장에 대충 첫사랑 얘기나 무서운 얘기 하나 해주고 시작하면 금방 분위기 잡혀요. 오늘은 날씨도 우중충하니까 무서운 얘기가 낫겠네. 응, 그래. 그게 좋네, 좋아.”

‘미친개’ 선생은 거기까지 말하고는 피곤하다는 듯 늘어지게 기지개를 켜며 하품을 했다. 간밤에 얼마나 마셨는지 술 냄새가 진동했다.

“아, 으, 아하아아앙. 역시 나이가 들면 몸이 술을 못 이기는 거 같아. 아무래도 난 고 선생이 수업하는 동안, 한숨 때

려야겠어. 고 선생, 이건 우리끼리 비밀이당, 알았징? 혹시라도 교장선생님에게 일러바치면, 당신은 정말 나쁜 사람~."

저렴한 멘트 작렬에 이은 느끼한 윙크까지. 병진은 구역질이 나오는 것을 초인적인 정신력을 발휘해 가까스로 버텼다.

이때, 저쪽에서 아직도 교실에 들어가지 않은 여학생 하나가 "개야, 개야, 미친개야!" 라고 소리치더니 냅다 계단으로 도망쳤다. 그러자 '1학년 3반' 담임은 집어던질 듯이 출석부를 병진에게 건네자마자 콧김을 내뿜으며 그 여학생을 쫓아갔다. 물론 조금 전보다 훨씬 더 저렴한 육두문자를 내뱉으면서.

"헐이다, 헐."

병진은 고개를 절레절레 흔들었다. 어쨌든 미친개 선생의 활약으로 복도는 쥐 죽은 듯이 고요해졌다. 병진은 교실에 들어가기 전에 옷매무새부터 고쳤다. 무엇보다 첫인상이 중요하니 아이들에게 좋은 느낌을 심어주고 싶었다.

"좋아, 고병진. 넌 할 수 있다. 아자, 아자!"

주먹을 움켜쥐고 나직하게 파이팅을 외친 병진은 환하게 웃으면서 교실로 들어갔다. 하지만 문을 지나자마자 병진의 얼굴은 굳어버렸다. 병진을 바라보는 아이들의 표정이 너무나 싸늘했다. 일부 아이들은 입모양으로 '병신'이라고 했고, 어떤 아이는 보란 듯이 엎어져서 자고 있었다. 특히 교탁 앞

 무서운 이야기 2

에 정면으로 마주 앉은 안경소녀는 눈빛이 무척 날카로워서 심약한 병진이 감당하기엔 너무 강렬했다. 능히 눈빛만으로도 사람을 죽이고도 남을 아이였다. 그만큼 포스가 남달랐다.

"하하하, 애들아, 안뇽?"

딴에는 애교를 부려봤지만 아이들은 뭐 저런 인간이 다 있나, 하는 표정을 지었다. 병진은 시작부터 꼬였다는 생각에 이 난국을 이떻게 타개하면 좋을지 머릿속으로 궁리하며 교단 위로 올라갔다. 그런데 너무 긴장한 탓인지 그만 발끝이 모서리에 걸려 꼴사납게 앞으로 넘어져버렸다. 그것도 납작 엎드린 개구리처럼 두 팔을 쭉 뻗은 채로.

"아하하하하."

잽싸게 털고 일어선 병진은 어색하게 웃으며 아이들의 표정을 살폈다. 여전히 아이들은 냉담한 반응을 보였다. 식은 땀이 흘렀다.

"Attention!"

교탁 맞은편, 강렬한 포스를 유감없이 뿜어대던 안경소녀가 벌떡 일어나 우렁찬 목소리로 구령했다. 포스가 남다르다 싶더니 아니나 다를까 반장을 맡고 있는 아이였다.

"Bow!"

안경소녀의 절도 있는 구령에 맞춰 아이들은 고개만 까닥

하며 인사했다. 그 와중에도 책상에 엎어져서 자는 아이도 있었다. 하지만 병진은 아이들의 기세에 눌려 그 아이를 깨울 엄두도 내지 못했다.

"어, 그래. 반갑다……."

뭔가 분위기를 전환할만한 게 필요하다고 여긴 병진은 전날 밤에 생각해낸 필살기를 써먹기로 마음먹었다. 회심에 찬 미소를 지으면서 칠판에 'Ko Byung zin'이라고 썼다. 한문도, 한글도 아닌 영어 스펠링. 이만하면 센스 있는 선생님으로 봐주리라.

"내 이름은 높을고에. 병은 그러니까…… 음, 그냥 편하게 고쌤이라 불러 고쌤! 아하하하!"

"……."

아이들의 반응은 여전히 냉담했다. 오로시 안경소녀만이 흔들리지 않는 눈빛으로 병진을 쏘아보았다.

"저기, 애들아. 선생님한테 뭐 궁금한 거 없어?"

여전히 무반응.

"첫사랑 얘기 해줄까?"

병진은 담임의 충고를 떠올리곤 슬쩍 운을 띄어보았다.

"수업 하시죠."

안경소녀가 사무적인 어조로 내뱉었다.

병진은 잠시 갈등했다. 이대로 그냥 지나가면 영영 아이들과 친해질 기회를 못 잡을 거란 생각이 들었다.

"아이, 그럼 있잖아. 날씨도 음침한데 쌤이 무서운 얘기 하나 해줄까? 어때, 좋지?"

그러자 안경소녀가 두 손으로 책상을 내려치더니 벌떡 일어났다.

"수업이나 하시죠. 수! 업!"

자그마한 몸집에서 어디서 그런 목소리가 나오는지 교실 안에 쩌렁쩌렁하게 울렸다 그 바람에 엎어져서 자고 있던 아이가 움찔하더니 고개를 들었다.

"아니 난 그냥 너희들과 좀 친해보려고……."

병진이 울먹거렸다.

아이들은 이제 한심하다는 표정을 지었다.

"난 정말…… 잘 지내보려고…… 근데 왜 화를 내고 그래, 힝."

정말로 눈물까지 글썽이자 한 아이가 짜증난다는 반응을 보였다. 어떤 아이는 어깨를 으쓱하며 "오 마이 갓!"이라고 중얼거렸다.

"알겠습니다. 그러면 하나 해주세요. 무서운 이야기."

안경소녀가 선심 쓰듯 말했다.

"안 해. 칫, 이제 와서……."

울먹울먹, 당장이라도 눈물을 쏟을 기세다.

“해보세요.”

“나, 안 해.”

병진이 기어들어가는 목소리로 소심하게 내뱉었다. 그러자 안경소녀는 한숨을 내쉬며 고개를 가로저었다.

“후우, 그럼 수업하시죠.”

“하께.”

병진은 얼른 말을 바꾸었다. 그러고는 아이들이 다른 소리를 하기 전에 잽싸게 이야기를 시작했다.

“음, 그러니까 스튜어디스를 죽인 연쇄살인범이 있었는데, 그 연쇄살인범을 이송하는 비행기 안에서…….”

거기까지 이야기했을 때, 한 아이가 말허리를 끊더니 결말을 대신 말해버렸다.

“스튜어디스 귀신이 도와줘서 살인범을 죽었는데, 끝에 다시 살아난다능~? 에이, 그게 언제 적 이야기인데…….”

아이들은 그럴 줄 알았다는 듯이 고개를 끄덕거리며 병진을 한심하게 바라보았다.

“아, 다들 아는 이야기였구나. 그럼 이건 어때? 콩쥐팥쥐 공포버전인데…….”

병진은 포기하지 않고 다른 이야기를 꺼냈다. 하지만 그 이야기도 아이들이 이미 알고 있는 내용이었다. 계속해서 몇 개의 이야기를 더 해봤지만 번번이 실패를 맛보았다. 애초에

     무서운 이야기 2

인터넷을 검색해서 알아낸 이야기로는 역부족이었다.

"아, 이것도 안 되는 건가."

병진은 절망감에 사로잡혀 교탁에 이마를 찧었다.

그때까지 엎드려서 자고 있던 아이가 고개를 들더니 입가에 묻은 침을 슥 닦고 손을 번쩍 들었다. 단순하지만 대단한 박력이 느껴지는 동작이라고, 병진은 생각했다. 그리고 엎드려있을 때는 몰랐는데 의외로 예쁘장한 소녀였다. 게다가 남자들의 로망인 긴 생머리다. 병진은 괜히 기대에 부풀어 가슴이 두근거렸다.

"선! 생! 님!"

목소리마저 씩씩하다.

병진은 교실에 들어와서 처음으로 맘에 드는 아이를 만났다고 여겼다. 아직까지는 흠잡을 데 없는 어여쁜 소녀였다. 병진은 흐뭇하게 웃으며 소녀를 바라보았다. 그래서일까. 그 소녀를 바라보는 반 아이들의 시선이 영 곱지 않았다. 특히 반장의 분위기가 예사롭지 않다. 할 수만 있다면 주먹이라도 날릴 기세다. 아마도 그 아이가 꽃미남 교생의 사랑과 기대를 한 몸에 받고 있다는 것을 알아차린 모양이었다. 역시 여고생들은 감수성이 예민하다. 병진은 모처럼 발견한 사랑스러운 소녀의 원활한 학교생활을 위해 애써 미소를 지우고 최대한 무덤덤한 표정을 지어보였다. 그랬더니 웃는 것도, 우는 것도 아닌 아주 우스꽝스러운 표정이 나왔다. 하지만 정작 본인은 그 사실을 전혀 모르고 있었다.

"응, 거기, 왜? 무슨 일?"

병진은 사심을 드러내지 않으려고 애쓰며 최대한 부드러운 목소리로 물었다.

"분위기도 조낸 잡혔는데, 스타트 하죠. 무서운 이야기."

소녀는 자리에서 박력 있게 일어나며 말했다. 그때 뒷줄에 앉은 아이 중 하나가 나지막하게 구시렁거리는 소리가 들렸다.

"아, 저 사탄 숭배자년. 그냥 처잘 것이지. 왜 또 나대지."

병진은 다른 아이의 반응 따윈 가볍게 무시했다. 이 소녀는 한 줄기 희망의 빛이었다. 자칫 아이들과 친해질 기회가 물거품처럼 사라지려는 순간, 소녀가 혜성처럼 나타나 구원의 손길을 보내고 있는 것이다.

"제가 할게요."

소녀는 병진의 대답을 기다리지도 않고 성큼성큼 앞으로 나왔다. 그러자 또 다른 아이가 지우개를 던지며 야유를 보냈다. 하지만 병진은 모든 게 아이들의 시기심이라고 생각했다. 맞아. 그럴 수 있지, 저 나이에는. 병진은 고개를 주억거리며 소녀의 이름을 물었다.

"그래, 그래. 근데 이름이 뭐니?"

　　　　　　　　　　　　　　　무서운 이야기 2

“사, 탄, 희.”

소녀는 병진을 흘끔 보더니 한 자, 한 자, 또박또박 말했다.

“어휴, 저 관심병자. 인생 포기하고 사탄한테 제사나 지내는 중2병 환자가 왜 나서는 거야, 짜증나게…….”

창가 쪽, 맨 뒤에 앉은 아이가 악의에 찬 목소리로 내뱉었다. 하지만 병진의 귀엔 그 이야기가 들어오지 않았다. 지금은 오로지 자신을 돕기 위해 나선 소녀, 탄희에게만 온 신경을 집중하고 있었다.

“그래, 탄희야. 사실, 내가 이럴 거 같아서 분위기 좀 잡아본 거야. 얘들아, 우리 탄희 얘기를 한번 들어보자. 자, 박수.”

아무도 박수치지 않았다. 병진만 혼자서 경박하게 웃으며 박수쳤다. 정면에 마주 앉은 반장은 아예 팔짱을 끼고 떨떠름한 얼굴로 탄희와 병진을 번갈아 쳐다보았다. 머쓱해진 병진은 박수를 멈추고 어색한 미소를 지었다. 그사이에 탄희는 병진의 이름 바로 아래 ‘딴 세상 가는 법’이라고 커다랗게 썼다. 예쁘장한 얼굴과는 달리 필체가 워낙 악필이어서 큼직하게 썼는데도 간신히 알아볼 수 있었다.

“딴 세상 가는 법?”

병진은 들릴 듯 말 듯 나지막하게 읽었다. 그에 반해 탄희는 칠판을 탕탕 두드리더니 복도까지 울릴 만큼 큰소리로 말했다.

"딴 세상 가는 법, 엘리베이터 버전!"

그러자 갑자기 아이들이 휴지, 노트, 필통 등을 던지며 온 갖 야유를 퍼부었다. 병진이 알고 있는 모든 욕, 그리고 알지 못했던 욕들이 한꺼번에 쏟아졌다. 심지어 어떤 아이는 저주에 가까운 말도 서슴지 않았다. 당황한 병진은 이러지도 저러지도 못하고 전전긍긍했다. 하지만 이런 대우에 익숙하기라도 한 듯 탄희는 대범하게 웃어 보이며 아이들이 잠잠해질 때까지 기다렸다. 그러다가 적당한 타이밍이라고 여겼는지 출석부로 교탁을 세차게 내리쳤다. 그 기세에 눌려 아이들이 일순 조용해졌다.

"어이, 너희들 중 누구! 이걸 시도해본 친구들 있니? 가본 사람 있어? 없지? 없지? 그럴 줄 알았어."

탄희는 아이들을 바라보며 자신만만한 표정을 지었다. 누구 하나 대꾸하는 아이가 없었다. 기세를 잡았다고 생각한 탄희는 씩 웃으면서 말을 이었다.

"내가 구라 아니고 레알로 가르쳐주겠다는 거야, 친구들아."

아이들의 눈초리가 싸늘해지자 어색한 분위기를 타개하려는 듯 병진이 눈치없이 끼어들었다.

"그래, 그래. 레알이면 엄청 재미있겠다. 우리 탄희 이야기를 들어보도록……."

그때 반장이 병진의 말을 끊고 벌떡 일어났다.

"Shut up!"

깜짝 놀란 토끼눈으로 반장을 쳐다보았다. 그러거나 반장은 병진을 무시하고 탄희를 노려보았다. 탄희도 지지 않고 안경소녀를 째려보았다. 두 사람은 그렇게 한동안 신경전을 벌였다. 워낙 살기등등해서 병진은 감히 끼어들 엄두도 내지 못하고 멍청히 바라만 보고 있었다.

"사탄희. 너 아니면, 알지? 엄창?

안경소녀가 먼저 침묵을 깼나.

탄희는 기다렸다는 듯이 응수했다.

"그래, 엄창 그리고 기면 네가 엄창?"

안경소녀는 잠시 머뭇거리더니 다소 기가 꺾인 목소리로 대답했다.

"엄창."

아이들이 동요를 보이며 웅성거렸다. 그러자 안경소녀는 아이들을 돌아보며 박력 있는 목소리로 외쳤다.

"Listen!"

그 한마디에 약속이라도 한 듯 아이들은 일제히 입을 다물었다.

탄희는 의미심장한 미소를 짓더니 이야기를 시작했다.

"얼마 전에 언니 친구 두 년이 야자도 까먹고 이 짓을 벌이다가 아직까지 돌아오지 않았지. 그냥 뿅. 그러니까 이거 우습게보고 따라했다간 아주 그냥……."

처음엔 고깝단 표정으로 탄희를 바라보던 아이들은 점차 하나둘씩 이야기에 빠져들기 시작했다. 나중에는 시종 고자세로 일관하던 안경소녀까지도 경청하고 있었다. 그런 아이들을 흐뭇하게 바라보던 병진은 문득 지금 이 순간 자신은 들러리로 전락했단 사실을 깨달아버렸다. 그리고 뒤늦게 수습하려고 탄희의 이야기를 끊으려고 하자, 아이들은 마치 한 사람이 된 것처럼 이구동성으로 외쳤다.

"Shut up!"

병진은 주먹으로 입을 막고 울먹거렸지만 아무도 신경 써주지 않았다.

그렇게 병진의 역사적인 첫 수업은 주연에서 조연, 아니 엑스트라로 강등당하는 최악의 시간을 보내야했다.

4

오전 내내 아이들에게 시달리던 병진은 점심시간이 되어서야 겨우 한시름을 놓을 수 있었다. 여고 교사의 현실은 상상했던 것과는 많이 달랐다. 지친 몸을 이끌고 구내식당으로 가서 대충 식사를 마친 병진은 담배라도 피울 요량으로 사람들 이목을 피해 몰래 건물 옥상으로 올라갔다. 혹시 다른 사람이 없나 주변을 꼼꼼하게 살핀 후, 난간에 기대고 서서 담배를 꺼냈다. 세상의 고뇌는 모두 떠안고 있는 사람처럼 갖은 표정은 다 지어가며 담배를 입에 문 병진은 불을 댕기기 위해 주머니에 손을 넣었다. 그런데 라이터가 손에 잡히지 않는다. 아뿔싸! 아침에 출근할 때 정장으로 갈아입으면서 그만 라이터를 챙기는 걸 잊은 모양이다.

병진은 손바닥으로 이마를 때리며 크으, 하고 신음했다. 마치 80년대 홍콩영화배우처럼 온갖 폼을 잡으면서.

"불 빌려드려요?"

머리 위에서 들리는 목소리였다.

흠칫 놀라서 고개를 드니, 출입문 옥탑 위에 긴 머리 소녀가 교복 치마를 짧게 줄여 허벅지를 하얗게 드러낸 채 요염하게 허리에 손을 얹고 병진을 내려다보고 있었다. 아는 얼굴이었다. 구원의 손길을 건네는 줄 알았는데 오히려 병진에게서 주역을 빼앗아 가버린 사탄희, 바로 그 문제의 아이였다.

"야야, 위험하게 왜 거기 있어."

"촌스럽기는."

"어허, 선생님에게 무슨 말버릇이야. 그게."

"아, 예."

탄희는 귀찮다는 듯 손을 휘젓더니 상의 주머니에서 담배를 꺼냈다. 그래도 명색이 교생선생님인데 대놓고 무시하고 있었다.

"너, 학생이 웬 담배야."

"왜요? 담임한테 일러바치게요?"

탄희는 전혀 주눅 들지 않고 당당하게 물었다.

"아니, 꼭 그렇다는 건 아니고……."

"알았어요, 알았어. 아깝네, 돗대였는데."

그러더니 입에 물었던 담배를 미련 없이 던져버렸다. 굉장히 쿨하다.

"탄희야, 위험하니까 이제 거기서 내려와. 그리고……."

"자꾸 팬티 보인다고요?"

"응, 응? 아니, 그게 아니라 내 말은……."

병진은 당황해서 급히 손사래를 쳤다. 하지만 언뜻언뜻 팬티가 보이는 것도 사실이긴 하다. 속마음을 들킨 사람처럼 얼굴이 벌겋게 달아오른 병진은 차마 눈을 마주칠 수 없어서 고개를 돌려버렸다.

"그냥 한번 찔러봤는데 의외로 잘 낚이네요, 쌤은. 역시 그런 타입인가."

탄희는 알쏭달쏭한 말을 중얼거리며 옥탑에서 훌쩍 뛰어
내렸다. 그러더니 체조선수처럼 두 팔을 쫙 벌리며 착지자세
를 취했다.

"짜잔, 10점 만점. 짝, 짝, 짝! 뭐해요, 박수 안 쳐요?"

"응? 그래."

병진은 얼떨결에 박수를 쳤다. 그러자 탄희는 자기가 시켜
놓고도 한심하다는 듯 고개를 절레절레 흔들었다.

"쌤, 쌤 별명 병신이죠?"

"아, 아냐."

"맞네, 맞아."

"아니라니까."

"맞는데 뭘."

"아니래두!"

병진은 자기도 모르게 발끈해서 목소리를 높였다.

탄희가 황당하다는 얼굴로 병진을 쳐다보았다.

"아, 미안. 소리 질러서. 난 그냥……."

"됐어요. 뭘 또 사과하고 그래요."

"으응, 그래."

"줏대 없기는."

탄희가 훨씬 어린데도 병진을 들었다놨다했다.

병진은 딱히 할 말이 없어지자 입에 물고 있던 담배를 손

에 옮겨 쥐고 만지작거렸다. 탄희도 큼직한 헤드폰을 머리에
쓰고 스마트폰에 저장해둔 음원파일을 들으며 콧노래를 흥
얼거렸다. 서로 눈길조차 주지 않았다.

그렇게 잠시 어색한 침묵이 흘렀다.

"저기 말이야. 이름이 탄희였지? 사탄희, 맞지?"

병진이 먼저 입을 열었다.

"그런데요?"

탄희는 먼 곳을 바라보며 귀찮다는 듯이 되물었다.

"아까 말이야. 그 이야기 있잖아……."

"그 이야기?"

병진의 두서없는 말에 탄희는 멀뚱하게 쳐다보기만 했다.
이 사람이 지금 무슨 소릴 하고 있나 싶나보다.

"그거 말이야, 딴 세상 가는 법……."

"아아. 근데 그게 뭐요?"

탄희는 여전히 이유를 모르겠다는 표정을 지었다.

"정말이니?"

"네?"

"정말 그대로 하면 딴 세상으로 가?"

"쌤, 아까 내가 말했죠. 구라면 엄창이라고. 진짜라니깐
요."

"으응, 그래."

화젯거리가 떨어졌는지 병진은 다시 침묵했다.

조금 후, 탄희가 시간을 확인하더니 출입문으로 타박타박 걸어갔다. 그러다가 문득 뭔가 생각났다는 얼굴로 병진을 흘끔 돌아보았다.

"쌤."

"응, 응?"

"꿈도 꾸지 말아요."

"이? 네기 뭘……."

"하지 마요, 그거."

탄희는 미간을 찌푸리며 인상을 썼다.

"뭘 하지 말라는 거야."

병진은 약간 긴장한 목소리로 대꾸했다.

"나는 분명히 경고했어요."

그렇게 말하더니 탄희는 옥상을 떠났다. 홀로 남은 병진은 어벙하게 눈을 깜빡거리며 멀뚱히 서 있다가 수업 시작종 소리를 듣고서야 정신을 차리고 옥상에서 내려갔다. 탄희가 마지막에 남긴 말을 곱씹으며 2층 복도를 걸어갈 때다.

"고 선생."

갑자기 들리는 느끼한 목소리. 고개를 돌리니 아침에 사라졌던 3반 담임이 불쑥 나타나 허락도 없이 병진의 어깨에 팔을 두르며 얼굴을 들이밀었다. 그새 사우나라도 다녀왔는지 얼굴이 벌겋게 익었다.

"좀 전에 보니까 옥상에서 내려오던데? 그보다 앞서선 우리 반 탄희가 내려왔고. 뭐야? 무슨 시추에이션이야?"

"옛? 제가 뭘요."

허를 찔린 병진은 도둑질하다가 들킨 사람처럼 당황했다.

"설마, 아니지?"

일명 '미친개'인 3반 담임이 음흉하게 웃으면서 병진의 가슴을 더듬었다. 병진은 몸서리를 치며 미친개를 떼어냈다.

"내가 선배로서 충고하는데 말이야. 교사가 학생하고 엮이면 끝이 안 좋아. 선생질은 물론이고 인생 종치는 수가 있어."

"네? 아닙니다. 그런 거. 그냥 옥상에서 우연히 마주쳤을 뿐이에요."

"오오, 역시 만났군."

"아니, 그게 아니라요."

"알아, 알아. 농담 한 번 해봤어."

정말 방심할 수 없는 남자라고 병진은 생각했다.

"근데 정말 이것만 말해줄게. 이번엔 농담 아냐. 아주 진지하게 말하는 건데, 쟤는 가까이 하지 마."

담임은 어울리지 않게 사뭇 진지한 표정으로 말했다.

"누굴 말인가요?"

병진이 되물었다.

"사탄희 말이야. 쟨, 나도 무서워."

"예?"

너무 의외여서 병진은 이건 또 무슨 꿍꿍인가 하는 표정으로 담임을 쳐다보았다. 그러거나 말거나 담임은 굳은 얼굴로 질문을 던졌다.

"고 선생, 재 별명이 뭔지 알아?"

"뭔데요?"

담임은 잠시 뜸을 들이더니 콧구멍을 벌렁거리며 나직이 속삭였다.

"마녀."

5

"마녀?"

"응, 그렇다니까."

며칠 후, 병진은 오랜만에 여자 친구인 수정을 만났다. 두 사람은 이태리요리 레스토랑에서 저녁을 먹고 가까운 커피숍을 찾아 이야기꽃을 피웠다. 주로 이야기하는 쪽은 병진이었다. 병진은 그동안 학교에서 겪었던 일을 수정에게 들려주었다. 그러다가 우연히 '사탄희'에 대한 이야기까지 꺼내게 되었다.

"걔, 예뻐?"

"응?"

갑작스러운 수정의 질문에 병진은 선뜻 대답하지 못하고 말을 얼버무렸다. 하지만 그런다고 포기할 수정이 아니었다.

"예쁘냐고."

"예쁘네, 예뻐."

"너, 반했지? 반했네, 반했어."

"아니라니깐."

"맞잖아. 이 로리콘."

"맹세해, 정말 아니야."

"정색하니까, 더 수상해. 확실해, 네 타입이지?"

"진짜, 아냐."

"예쁜 건 사실이지?"

"그건……."

"음흉 떨기는. 예쁜 애, 맞네."

수정은 단정하듯 말했다.

"아냐, 그래도 우리 자기가 훨씬 더 예뻐. 여신이잖아, 자기는."

병진은 황급히 당장 생각해낼 수 있는 최고의 찬사로 립

　　　　　　　　　　　　　　　

서비스를 했다. 수정도 싫지 않은 듯 피식 웃더니 음료수를
홀짝거렸다.

"그래서 그게 어떻게 하는 거라고?"

"아아, 딴 세상 가는 법?"

"응, 갑자기 궁금하네."

"정말? 그럼 가르쳐줄까?"

"어, 가르쳐줘봐."

"알았어. 잠깐 기다려봐."

병진은 마치 이 순간만을 기다렸다는 듯 눈을 초롱초롱 빛
내며 스마트폰을 꺼내 저장해둔 이미지 파일을 열었다. 교생
실습 첫 수업 시간에, 탄희가 직접 칠판에 판서한 내용들을
몰래 사진으로 담아둔 것이었다.

"자기야, 잘 들어봐. 먼저 죽방 소금물을 입에 물고 엘리베
이터에 타는 거야. 이때 절대로 혼자서 타야해."

병진은 수정에게 사진들을 보여주며 열띤 목소리로 설명
하기 시작했다.

"죽빵? 죽빵 날린다고 할 때, 그 죽빵?"

"아니 죽방 소금물. 인터넷에선 그냥 소금물이라고 돼있는
데 그건 구라래. 무조건 죽방 소금물이야 한데."

"그렇군. 암튼 그래서 7층, 2층, 6층, 3층, 5층, 4층, 8층을
순서대로 들러라?"

그새 흥미를 잃었는지 수정은 뚱한 얼굴로 말했다.

"응, 그렇지. 숫자만 나열하면 7, 2, 6, 3, 5, 4, 8."

"그래서 그걸로 끝?"

"아니, 아니. 4층에 도착하면 여자가 탄대. 여기서부터 클라이맥스야. 그 여자가 아무리 말을 걸어도 절대 쳐다보면 안 돼. 왜냐고? 그 여자는 인간이 아니거든."

"어머, 어머, 그래서?"

수정이 맞장구를 쳐주자, 병진은 신이 나서 설명을 이어갔다.

"그러면 여자가 1층 버튼을 누른다는 거야. 그런데 여기서 엘리베이터가 1층으로 가지 않고 8층으로 올라가면, 짠! 하고 다른 세계로 가는 거야."

"오홍, 그렇군."

"마무리가 정말 중요해. 8층에서 내리면 그 여자가 또 말을 거는데, 절대 뒤돌아보지도 말고 버텨야 해."

"아아, 그래서?"

병진은 점점 흥분해서 목소리를 높였지만, 수정은 시큰둥한 얼굴로 딴청을 피웠다.

"그러다가 엘리베이터가 다시 여자를 태우고 내려가면 꼼짝 말고 계속 소금물을 머금고 있다가, 1층에 도착하는 걸 확인하는 순간에 뱉는 거야. 그러면 다른 세계 도착 성공!"

“웅, 소름 돋는다.”

수정은 건성으로 말했다. 그러더니 표정을 싹 바꾸고 한심하다는 듯이 병진을 쳐다보았다.

“대박이네. 네 폰 번호랑 같아서 외우기 싫다야.”

“응?”

병진은 눈을 휘둥그레 뜨며 수정을 쳐다보았다.

“봐봐, 똑같잖아. 칠이륙에 삼오사팔. 딱 네 번호잖아.”

수정은 병진의 스마트폰을 가리키며 내뱉듯이 말했다.

순간 병진은 벼락에 맞은 것 같은 표정을 지었다.

“아, 진짜 죽빵 날리고 싶은 얼굴이다. 야, 가서 오지 마.”

그러더니 수정은 핸드백을 챙겨서는 병진을 남겨두고 커피숍을 나가버렸다.

“자기야, 가지 마. 나랑 놀아.”

병진이 기어들어가는 목소리로 수정을 불렀다.

“콱, 그냥!”

수정은 고개를 홱 돌리더니 눈을 부라렸다. 그러자 병진은 기가 죽어서 고개를 푹 숙이고 어깨를 움츠렸다. 그사이에 수정은 혼자 욕설을 내뱉으며 때마침 지나가는 택시를 잡아타고 병진의 시야에서 사라져버렸다.

“자기야, 힝.”

병진이 계속 훌쩍거리자 뒤에서 다른 테이블을 치우던 아르바이트생이 인상을 찌그리며 나직이 중얼거렸다.

"병신."

6

결국 아무리 기다려도 수정이 돌아오지 않자 낙심한 병진은 커피숍을 나와 다른 데를 갈 생각도 하지 않고 집으로 돌아왔다. 지하철을 타고 가다가, 다시 마을버스로 갈아탔다. 그러고는 단지 앞 정류장에서 내리는데, 집에서 전화가 왔다. 액정에는 '엄마'라는 발신자 정보가 떴다. 대낮부터 무슨 일인가 싶어 받아보니 갑자기 소금을 사오라는 것이다. 그것도 그냥 소금이 아니라…….

"엄마 지금 뭐라고? 죽방 소금!"

갑자기 얼떨떨했다. 하필이면 죽방 소금인가. 병진은 까닭 없이 두근거렸다. 전화를 끊고 병진은 마치 올림픽에 출전한 국가대표 선수처럼 결연한 각오를 다지며 단지 내 마트로 씩씩하게 걸어갔다. 하지만 막상 마트 앞에 서니 선뜻 들어갈 용기가 나지 않았다. 단지 소금 하나 사오는 일인데 묘하게 긴장되었다. 하긴 그냥 소금도 아니고 죽방 소금이다. '그것'을 시행하는 데 있어 아주 중요한 촉매제 역할을 하는 죽

방 소금! 병진의 머릿속에선 엉뚱한 생각이 떠올랐다. 그것
은 엄마 전화를 받기 전만 하더라도 전혀 고려하지 않고 있
던 일이었다.

"에이, 내가 무슨 어린애도 아니고……."

병진은 피식 웃으면서 고개를 흔들었다. 그러고는 마트로
들어갔다. 카운터를 지나서 조미료 코너로 가니 다양한 브랜
드의 소금들이 진열되어 있었다. 그중에는 기다란 대나무 통
도 보였다. 죽방 소금이었다. 병진은 대나무 통을 하나 집었
다. 냉장고에 잠시 들러서 생수도 하나 샀다. 물건 값을 계산
하고 나온 병진은 봉지를 들고 터벅터벅 집으로 향했다.

다시 전화가 걸려왔다. 액정을 보니 '자기'라는 문구가 떴
다. 수정이었다. 병진은 얼굴에 화색이 돌며 냉큼 전화를 받
았다.

"여보세요? 자기야?"

"어. 지금 어디?"

"아아, 집 앞이야."

"아깐 미안했어. 화 많이 났어?"

"아냐, 아냐."

병진은 마치 수정이 앞에 있는 것처럼 어깨를 흔들며 애교
를 떨었다. 마침 놀이터 앞을 지나치고 있었는데 아이들이
그런 병진을 보더니 고개를 갸웃했다. 다 큰 어른이 그러고

있으니 이상하게 보였을 것이다.

"그럼 다행이고. 그럼 곧장 집에 들어간 거야?"

"응, 카페에서 자기를 기다리다가 안 와서 그냥 왔지. 아, 오는 길에 마트 들렀어. 엄마가 심부름을 시켜서."

"심부름?"

"응. 맞다! 자기야, 엄마가 뭘 사오라고 했게?"

"뭔데?"

병진은 뭔가 대단한 발표라도 하는 듯 잠시 뜸을 들이더니 목소리를 잔뜩 깔았다.

"죽, 방, 소, 금."

"……."

수정은 아무런 대꾸도 하지 않았다. 틀림없이 지금 어이없어하며 통화를 끝내고 싶은 충동을 가까스로 억누르고 있을 것이다.

"야, 고병진. 너, 설마 그거 진짜 해보려고?"

수정은 그래도 데이트 중이었는데 무작정 커피숍을 박차고 나온 일도 있고 해서 조금 미안한 마음에 최대한 말을 순화해서 물었다.

"응? 아냐, 아냐. 내가 언제 그런댔어. 그냥 애들이 지어낸 이야기잖아. 그런 건 생각 없는 무뇌아들이나 따라하는 거지."

무서운 이야기 2

병진은 강하게 부정했다.

"너 가끔 생각 없이 행동하잖아."

수정이 퉁명스럽게 말했다.

"힝, 자기야 난 안 그래."

딴에는 귀여운 척하려고 병진이 콧소리를 냈다.

"아, 진짜 죽빵 날려주고 싶다."

바로 그때였다. 한 아이가 미끄럼틀을 타고 내려오면서 "탈출!"이라고 외쳤다. 그 소리에 깜짝 놀란 병진은 뒤를 돌아보았다. 동시에 뭔가를 밟았는지 발밑에 미끄덩하는 기분이 느껴졌다. 얼른 밑창을 확인하니 개똥이었다.

"왜 그래, 무슨 일 있어?"

병진이 갑자기 아무 말도 하지 않자, 수정은 조금 걱정스러웠는지 다급하게 물었다. 병진은 밑창에 묻은 개똥을 우울하게 쳐다보며 울상을 지었다.

"여보세요? 여보세요? 왜 그러냐니까!"

"똥 밟았다."

"아, 진짜 이 병신이……."

그러더니 수정은 신경질적으로 전화를 끊어버렸다.

"자기야, 히잉."

7

몇 분 후, 병진은 엘리베이터 앞을 서성이고 있었다. 비닐봉지에 든 죽방 소금을 쳐다보기도 하고, 주변을 둘러보기도 하면서, 똥마려운 강아지마냥 안절부절 이리로 갔다가 저리로 갔다하며 좀처럼 가만히 있질 못했다. 그러다가 뭔가 결심했다는 듯, 콧김을 내뿜으며 입술을 꽉 깨물었다. 다시 주변을 살피더니 병진은 비닐봉지에서 죽방 소금과 생수를 꺼냈다. 대나무 통에 든 소금을 입에 털어놓고 생수병의 물을 머금었다. 그러고는 입안을 헹구듯 고개를 세차게 흔들었다. 병진은 여전히 소금을 입에 머금은 채, 엘리베이터 버튼을 눌렀다. 10층에 머물러있던 엘리베이터가 1층으로 내려오고 문이 열렸다. 소금물을 물고 있느라 입을 잔뜩 부풀린 병신은 조심조심 엘리베이터 안으로 들어갔다.

"아저씨! 잠깐만이요. 같이 가요."

그때 놀이터에서 놀던 아이들이 우르르 몰려왔다.

병진은 황급히 닫힘 버튼을 누르고 나서 7층을 눌렀다. 아이들은 어떻게든 엘리베이터에 올라타겠다는 기세로 돌진해왔다.

병진은 다급하게 닫힘 버튼을 연타했다.

한 아이가 선두로 나서더니 경이로운 속도로 엘리베이터

 무서운 이야기 2

앞까지 달려왔다. 그러더니 손을 뻗어 문을 닫히는 것을 막
으려고 했다.

그 순간, 병진은 본능적으로 몸을 움직여 오른손으로 아이
의 이마를 밀어버렸다. 그 바람에 아이는 그대로 엉덩방아를
찧었다.

아이가 황당하다는 얼굴로 병진을 쳐다보았다.

병진은 고개를 돌려 아이의 시선을 피했다. 아이가 뭐라고
욕설을 나직이 내뱉었지만 못들은 척했다.

아이가 포기하지 않고 벌떡 일어나 다시 들어오려고 하는
데, 엘리베이터 문이 스르륵 닫히며 상승하기 시작했다.

7층에 도착. 문이 열렸다.

병진은 잽싸게 닫힘 버튼을 누르고 2층을 눌렀다.

엘리베이터가 2층에 도착했다.

문이 열리자 병진은 조심스럽게 고개를 내밀고 밖을 살폈
다. 아직까지는 별다른 변화를 느끼지 못했다.

병진은 코로 숨을 내쉬며 6층을 눌렀다.

기분 탓인지 오늘따라 엘리베이터가 유난히 삐걱거리는
것 같았다. 병진은 긴장한 얼굴로 구석에 몸을 바짝 붙였다.

이윽고 엘리베이터는 6층에 도착했다.

문이 스르륵 열렸다.

아직까지는 순조롭다. 다행히 중간에 엘리베이터를 타는

사람도 없고, 1층에서 병진을 쫓아왔던 아이들도 다른 엘리베이터를 이용한 모양이었다. 계획이 착착 진행되는 기분이었다. 가슴이 두근거렸다.

병진은 탄희가 들려준 이야기를 상기하며 3층을 눌렀다.

금세 3층에 도착했다.

너무 오래 물고 있었는지 입술사이로 소금물이 조금 흘러나왔다. 병진은 손등으로 입술을 훔치고는 서둘러 5층 버튼을 눌렀다.

5층에는 더 빨리 도착했다.

병진은 닫힘 버튼을 누르고 잠시 멈칫했다가 조심스럽게 4층을 눌렀다.

드디어 문제의 4층이다.

병진은 자기도 모르게 뒤로 주춤주춤 물러섰다. 콧구멍을 벌렁거리며 눈을 크게 뜨고 엘리베이터 문을 주시했다. 몹시 긴장한 탓인지 겨우 한 층만 올라가면 되는데 엘리베이터가 무척 더디게 내려간다고 느껴졌다.

이윽고 4층에 도착했다는 차임이 울리고 문이 스르륵 열렸다.

순간 병진은 그대로 얼어붙었다.

진짜로, 여자가 있었다.

거의 발목까지 내려오는 긴 원피스에, 허리를 덮는 긴 머

리의 여자가 새빨간 립스틱을 바른 채 엘리베이터 앞에 서
있었다.

"4층에 도착하면, 어떤 여자가 타는데. 그 여자가 말을 걸
어도 절대로 쳐다보지 말고 소금물을 문 채 가만히 있어야
돼. 왜냐고? 그 여잔 인간이 아니니까."

불현듯 탄희가 해준 이야기를 떠올랐다. 병진은 하얗게 질
려서 구석으로 물러났다.

여지는 천천히 엘리베이터에 올라탔다.

"몇…… 층……?"

엘리베이터 문이 닫히자, 여자가 천천히 고개를 돌리더니
허옇게 치켜뜬 눈동자로 병진을 쳐다보며 물었다.

'힉! 정말이야! 정말로 있었어!'

소스라치게 놀란 병진은 눈을 마주치지 않으려고 황급히
고개를 돌렸다. 너무 심하게 몸을 떨어서 입에 물고 있는 소
금물이 자꾸만 흘러나오려고 했다. 병진은 두 손으로 입을
틀어막으며 여자의 뒷모습을 바라보고 있다가 문득 8층을
누르지 않았단 사실을 깨달았다. 그때 여자가 창백한 손으로
1층 버튼을 눌렀다.

'아차차! 이걸 어떡하지. 여기까지 왔는데 이렇게 허무하게
끝나면 너무 억울한데. 어떡하지, 어떡하면 좋지.'

병진은 돌진하듯 몸을 앞으로 내밀어 잽싸게 8층을 누르고

는 다시 구석으로 물러났다.

여자가 병진을 스윽 쳐다보더니 배시시 웃었다.

바로 그 순간, 실내조명이 깜빡거리더니 엘리베이터가 요란하게 흔들리기 시작했다. 마치 지진이라도 일어난 것 같았다. 병진은 중심을 잡지 못하고 엉덩방아를 찧었다. 엘리베이터는 점점 더 강렬하게 요동쳤다. 병진은 손잡이를 단단히 잡고 매달렸다. 그러면서 여자를 슬쩍 보았다. 놀랍게도 여자는 전혀 흐트러지지 않는 자세로 오롯이 서 있었다.

병진의 시선을 느꼈는지 여자가 고개만 움직여 천천히 뒤를 돌아보았다.

병진은 움찔하며 눈을 질끈 감았다.

이윽고 불빛의 깜빡임이 멈추고, 엘리베이터의 진동도 멎었다.

엘리베이터가 8층에 도착했다.

문이 열리자 병진은 엉금엉금 기어서 엘리베이터에서 빠져나왔다.

"어……디……가……요?"

뒤에서 여자가 병진을 불렀다. 정말 소름끼치는 목소리였다. 병진은 뒤를 돌아보지 않고 가만히 서 있었다.

서늘한 한기가 점점 다가오는 게 느껴졌다.

병진은 두 주먹을 꽉 움켜쥐고 천천히 일어섰다.

엘리베이터 문이 닫히는 소리가 들렸다.

"……."

천천히 뒤를 돌아보니 엘리베이터가 내려가고 있었다.

병진은 재빨리 입에 머금고 있던 소금물을 뱉었다. 그러고는 크게 심호흡을 했다.

"후아, 후아. 정말 죽는 줄 알았네. 으으, 살 떨려."

정신을 차리고 주변을 살펴보았다. 그런데 아무리도 둘러보아도 평소랑 다른 점이 느껴지지 않았다.

"뭐야, 낚인 거야? 그럼 그 아줌마는 뭐지. 위층 사는 아줌만가? 아놔, 이게 뭐냐고."

병진은 투덜거리며 비닐봉지를 들고 집으로 갔다. 걸음을 옮기면서 혹시나 하는 마음으로 다시 살펴보았지만 여전히 평소랑 달라진 점을 찾아볼 수가 없었다. 하기야 원래부터 개성이 없던 아파트다. 요즘엔 흔치 않은 복도식. 준공년도가 언제인지 기억나지 않을 정도로 오래되었고, 어쩌면 병진보다 더 나이를 먹었을지도 모를 낡은 아파트. 하지만 아빠는 이런 데가 뭐가 그리 좋은지 자기가 세상을 떠나기 전까지는 절대로 이사할 생각이 없다고 선언까지 했다.

'평소랑 똑같네, 똑같아.'

병진은 그럼 그렇지, 하며 고개를 끄덕이고는 문 앞에 서서 길게 한숨을 내쉬었다.

"한심해. 고병진, 너 진짜 한심한 놈이야."

병진은 그렇게 자책하며 도어 록의 비밀번호를 눌렀다. 그리고 문을 열고 들어갔다.

"엄마, 사랑하는 아들 왔어. 엄마?"

병진은 두리번거리며 엄마를 불렀다. 몇 번을 불러도 대답이 없어서 주방으로 가, 식탁에 비닐봉지를 내려놓았다.

다용도실에서 인기척이 들렸다.

출입문 옆에 난 조그만 창으로 세탁기를 만지고 있는 엄마의 뒷모습이 보였다.

"뭐야, 집에 있었으면서 대꾸도 안 한 거야. 엄마, 나 소금 사왔어. 식탁에 내려놓는다. 나 지금 똥 마려."

병진은 허물을 벗듯 바지와 팬티를 한꺼번에 훌러덩 벗어 버리고는 화장실로 달려갔다.

"사탄희, 선생님을 놀렸다 이거지. 어디 내일 학교 가서 보자, 이 녀석!"

변기에 앉아서 중얼거리고 있는데 밖에서 벨소리가 들렸다. 혹시 수정인가 싶어서 황급히 문을 열고 바지에서 스마트폰을 꺼내 화장실로 돌아왔다. 그리고 변기에 앉아서 액정을 보는데 발신자가 '엄마'였다. 병진은 의아해하면서 전화를 받았다.

"왜?"

“병진아, 너 어디야?”

역시 엄마였다. 뭐지, 이건. 같이 집에 있으면서 웬 전화람. 병진은 이해할 수 없다는 듯이 어깨를 으쓱거렸다.

“화장실, 똥 눈다고 했잖아.”

“집이야? 엄마, 지금 402호 양숙이 아줌마네 있는데 이야기가 좀 길어질 것 같아서 말이야. 병희 오면 그냥 라면 끓여 먹어. 집에 반찬도 없으니까.”

402호리고? 병진은 깜짝 놀라며 문틈으로 밖을 내다보았다. 그때 다용도실에서 나온 또 다른 ‘엄마’가 베란다로 지나가는 모습이 보였다. 심장이 방망이질치기 시작했다. 무섭기도 하고, 황당해서 말도 잘 나오질 않았다.

“엄마, 지금 집에 있는 거 아냐?”

병진은 간신히 떨리는 목소리로 물었다.

“말했잖아. 양숙이 아줌마네 있다고.”

당황한 병진의 눈에 베란다로 갔던 ‘엄마’가 주방 쪽으로 가는 모습이 스쳐 지나갔다. 병진은 눈을 휘둥그레 뜨고 떨리는 목소리로 물었다.

“엄마가 양숙이네 있으면, 그럼 ‘엄마’는 누구야?”

“얘가 지금 뭔 소리를 하는 거야. 엄마가 엄마지. 암튼 오늘 저녁은 너희들끼리 먹어. 엄마 바쁘다, 끊어.”

전화가 끊겼다.

“엄마? 여보세요. 엄마? 여보세요, 엄마? 그럼 엄마는 누구냐고. 엄마, 엄마는 누구냐고! 가만 그러면 혹시…….”

병진은 똥을 누다말고 주섬주섬 바지를 입고 슬그머니 화장실을 나왔다.

주방에서 칼질을 하는 소리가 들렸다.

설마, 하는 마음으로 조심스럽게 주방 쪽으로 고개를 내밀었다. 등을 지고 서서 칼질을 하고 있는 엄마의 뒷모습이 보였다.

그런데 어딘가 모르게 이상했다.

뚝, 뚝, 뚝.

엄마가 자르고 있는 것은, 바로 자기 팔뚝이었다. 도마에 왼팔을 올려놓고 칼을 사정없이 내리치고 있었다. 그때마다 핏물이 사방으로 튀고, 바닥으로도 흘러내렸다. 너욱 놀라운 것은 곧바로 잘려나간 부분이 원래 모습으로 재생되었다. 엄마는 스스로 토막 낸 팔뚝의 살점들을 아무렇지도 않게 냄비에 쓸어 담았다.

“엄마?”

그러자 엄마가 손을 멈추고 고개를 돌렸다.

몸은 가만히 있고, 고개만 180도로!

“금방 기다려. 엄마가 맛있는 선짓국 끓여줄게. 그러니까…….”

엄마의 얼굴이 갑자기 일그러지더니 괴물처럼 변했다.

"죽빵 날리기 전에, 얌전히 방에서 기다려."

병진은 비명도 지르지 못하고 황급히 방으로 달아나버렸다. 엄마의 목소리는 인간은 결코 흉내 낼 수 없는 낮은 음역대의 보이스였다. 병진은 문을 걸어잠그고 침대 위로 올라가 이불로 몸을 감쌌다.

"뭐야, 이거. 정말로 된 거야? 그런 거야? 그럼 난 지금 딴 세상에 와 있는 거야, 레알? 아, 이거 장난 아니잖아. 미치겠네."

그러다가 뭔가 생각났는지 침대에서 내려와 책상 앞에 앉았다. 서랍이란 서랍을 다 뒤져서 학교에서 받아온 교사일지를 찾았다. 학급 비상연락망을 정리해놓은 페이지를 펼쳐놓고 떨리는 손가락으로 짚어가며 이름 하나를 찾았다. 지금 이 순간, 병진을 구해줄 수 있는 유일한 사람을. 한번은 자신을 실망시켰지만 이번만큼은 그러지 않기를 바라면서.

"사탄희, 사탄희……."

8

"헉!"

의자에 앉아서 꾸벅꾸벅 졸고 있던 최 씨는 어떤 섬뜩한 느낌을 받고 소스라치게 놀라며 눈을 번쩍 떴다. 아니나, 다를까. 건물주가 팔짱을 끼고 서서 경비실 창문으로 안을 들여다보고 있었다. 특유의 뱁새눈이 '지금 한가롭게 잠이 오냐?' 라고 묻는 것 같았다. 최 씨는 허둥지둥 경비실을 나와 건물주에게 굽실거렸다.

"사장님, 지금 들어오시는 길입니까."

"회장님."

건물주는 낮은 목소리로 호칭을 정정해주었다. 밖에서 무슨 안 좋은 일이라도 있었는지 심기가 불편해보였다.

"예, 회장님."

최 씨는 넙죽 허리를 굽혔다.

"오늘은 주말이라고 설렁설렁 게으름을 피우면 안 됩니다, 아시겠습니까?"

"아, 예. 물론이죠."

"그리고 근무 중엔 술 드시지 말고요."

"아닙니다, 회장님. 저는 일할 때는 절대로 술을 마시지 않습니다."

"아니기는."

건물주는 콧방귀를 뀌었다.

분명히 며칠 전에 있었던 일을 두고 이러는 것이리라. 최 씨는 입술을 꽉 깨물었다. 그날 일은 지금 생각해도 귀신이 곡할 노릇이다. 분명히 계집애 두 명이 건물로 숨어들었는데 무슨 영문인지 감쪽같이 사라진 것이다. 너무 섬뜩해서 경찰에 신고까지 했지만 결국 아이들을 찾지 못했다. 경찰들이 건물로 드나드니 건물주 입장에서는 무척 신경이 쓰였을 것이다. 거기다가 첨단기기를 다루는 일에 서툰 최 씨가 그만 실수로 녹화 화면을 모두 삭제하는 바람에 허위 신고라는 의신까지 받았다. 특히 건물주는 최 씨가 술에 취해서 헛것을 보고 벌인 소동이라고 여겼다. 그게 아니라고 아무리 변명을 해봐도 소용이 없었다. 하기야 최 씨의 말을 입증해줄 근거가 사라졌으니 어쩔 수 없는 노릇이었다.

건물주는 못마땅한 얼굴로 최 씨를 흘끔 쳐다보고는 엘리베이터로 걸어갔다. 최 씨도 수행원처럼 그 뒤를 조용히 따라갔다.

두 사람은 어색한 침묵 속에서 엘리베이터를 기다렸다. 그런데 무슨 영문인지 잘 내려오던 엘리베이터가 8층에서 멈추더니 꼼짝도 하지 않았다. 아무리 버튼을 눌러도 복지부동이었다. 건물주가 최 씨를 쳐다보았다. 최 씨는 당황해서 계속 버튼을 눌러댔다. 엘리베이터는 여전히 움직일 생각을 하지 않았다.

"그렇게 버튼만 누른다고 됩니까."

건물주가 짜증 섞인 목소리로 핀잔을 주었다. 최 씨는 이게 왜 자기 탓인가 싶어 속으로 구시렁거렸지만 내색하지 않고 허리를 넙죽 숙였다.

"아, 예, 죄송합니다. 회장님."

"말만 죄송하다고 하지 말고……."

그때였다. 멈췄던 엘리베이터가 다시 내려오기 시작했다.

최 씨가 건물주를 바라보며 어색하게 웃었다.

건물주는 겸연쩍어하며 고개를 돌렸다.

그사이에 그렇게 속을 썩이던 엘리베이터가 도착했다.

"회장님."

엘리베이터 문이 스르륵 열리자, 최 씨는 옆으로 비켜서서 길을 내주었다.

"에헴."

건물주가 낮게 헛기침을 하고 엘리베이터에 타려고 하는데 갑자기 안에서 뜨거운 열기와 함께 시커먼 연기가 뿜어져 나왔다.

"뭐, 뭐야!"

화들짝 놀란 건물주는 뒤로 황급히 물러났고, 최 씨는 부리나케 뛰어가서 소화기를 가지고 돌아왔다.

"비키세요, 회장님!"

그 순간, 검은 연기를 뚫고 시커먼 그림자들이 밖으로 뛰

무서운 이야기 2

어나왔다.

"으헉!"

건물주가 기겁하며 최 씨를 끌어안았다. 그 바람에 최 씨와 건물주는 둘 다 중심을 잃고 서로 부둥켜안으며 바닥에 쓰러졌다.

그사이에 엘리베이터에서 뛰쳐나온 그림자들은 건물 밖으로 쏜살같이 달려갔다. 어안이 벙벙해진 두 사람은 서로 얼굴을 쳐다보고는 다시 엘리베이터로 고개를 돌렸다. 언제 그랬냐는 듯, 엘리베이터 안은 깨끗하게 텅 비어있었고 불에 탄 흔적도 찾아볼 수가 없었다.

"혹시 오늘도 술 마셨습니까."

"회장님은 드셨습니까?"

"그런 것 같군요."

"저도 그런 것 같습니다."

두 사람은 뭔가에 홀린 것처럼 멍하니 엘리베이터 안을 쳐다보았다.

9

과격한 기타 사운드를 뚫고 끔찍한 비명소리가 방안 가득히 울려 퍼진다. 비명소리는 스피커에서 흘러나왔다.

블랙메탈. 어둠의 세력인 사탄을 숭배하는 헤비메탈의 하위 장르. 17세의 여고생이 감상하기엔 그리 아름답지 않은 음악이다. 하지만 이 방의 주인, 사탄희는 스피커 볼륨을 한껏 올리고 미친 듯이 헤드뱅잉을 하고 있었다. 뿐인가. 머리부터 발끝까지 검정색 일색의 옷차림에다가 스모키 화장을 하고 있고 코와 귀에 액세서리를 주렁주렁 매달고 있다. 학교에서의 청순한 모습은 눈곱만큼도 찾아볼 수가 없었다. 책상과 화장대 위에는 촛농이 녹아내린 촛불더미들이, 벽에는 온갖 마법과 악마를 상징하는 그림들로 가득하다. 모르는 사람이 문을 열고 들어왔다가는 기겁할 정도로 음산하고 기괴스러운 방안 풍경이다.

탄희는 거의 무아지경에 빠져 알 수 없는 밀들을 중얼거렸다.

그때 한쪽 구석에 놓은 서랍장 위, 아마도 모형이라고 여겨지는 해골들 사이에서 뭔가 반짝거렸다. 누군가가 전화를 건 모양이었다. 한참 만에 발견한 탄희는 음악을 줄이고 휴대폰을 들었다. 그런데 모르는 번호였다.

"후, 아, 유?"

탄희는 목소리를 낮게 깔고 물었다.

"선생님이야."

무서운 이야기 2

낯선 남자가 울먹이는 목소리로 받았다. 장난전화인가 싶어서 끊으려다가 뭔가 이상한 느낌이 들어서 다시 물었다.

"누구? 선생님?"

"교생선생님, 고쌤."

그때서야 상대를 알아차린 탄희는 어이없다는 듯 의자에 털썩 앉았다.

"아놔, 뭐에요. 사탄 제사지내는데 왜 방해를 하고 그래요!"

"미안. 오늘이 사탄 기일인 줄은 몰랐네."

병진은 계속 울먹거렸다.

"아, 됐고. 왜요? 무슨 일로 전화했는데요?"

탄희는 짜증 섞인 목소리로 물었다.

"나, 딴 세상이다……."

탄희는 허탈해져서 쓰게 웃었다. 이 인간이 지금 술 먹고 전화하는 건가. 처음에는 무슨 말인지 몰라 그냥 전화를 끊으려고 했다. 그러다가 설마? 하는 생각에, 울지만 말고 똑바로 말을 해보라고 다그쳤다.

"지금 뭐라고 하는 거예요. 지금 어디라고요?"

"딴 세상."

탄희는 스마트폰을 귀에서 떼고 액정을 노려보았다. 이런 병신, 하고 중얼거리고는 다시 귀에 댔다.

"그걸 진짜로 한 거예요?"

"으응."

"내가 그래서 경고했죠. 그거 하지 말라고."

"미안, 잘못했어."

탄희는 고개를 흔들었다.

"살려줘……."

병진은 다 죽어가는 목소리로 애원했다.

"내가 왜요?"

"흑흑, 네가 가르쳐줬잖아."

"가르쳐주기만 했지. 가라고 그러진 않았죠. 그리고 분명히 경고도 했잖아요. 하지 말라고. 내 말을 무시한 건 선생님이잖아요. 괜히 내 탓하지 말아요."

"아니야, 그런 거. 탄희야. 나 좀 살려줘. 우리 '엄마'가, 엄마가 아니다."

"아니겠죠 아빠도 아빠가 아니고."

탄희가 키득거리며 말했다.

"거기는 말 그대로 딴 세상이니까요. 말하자면 거울 속의 세계라고 할까. 사람들의 욕망과 어두운 감정들이 투사된 세상이에요. 다른 말로 한다면 지옥?"

"나, 그럼 이제 어떡해?"

병진은 금방이라도 울음을 터뜨릴 것처럼 흐느끼는 목소

리로 물었다.

"한마디로 X된 거죠."

"그때 말한 언니 친구들은?"

"X됐죠."

"탄희야, 나 좀 구해줘!"

"내가 왜요?"

"제발……."

병진은 필사적으로 사정했다.

탄희는 잠시 생각해보더니 불쑥 반말로 되물었다.

"그럼 나…… 쌤을 도와주면…… 재미있을까?"

"그러어엄, 넌 아주 재미있을 거야아아아아."

탄희는 다시 고민해보더니 손가락을 딱, 하고 튕겼다.

"음, 좋아요. 재미있을 것 같네. 그럼 내가 돌아오는 방법을 알아볼 테니까, 쫌만 버텨봐."

"정말 고맙다, 탄희야. 정말 고마워."

병진은 감동했는지 떨리는 목소리로 대답했다.

탄희는 전화를 끊으려다가 뭔가 생각났다는 듯 황급히 스마트폰에 대고 말했다.

"아! 깜빡했다. 졸라 중요한 거 하나! 무슨 일이 있어도 그것들이랑 절대로 눈을 똑바로 마주쳐선 안 돼! 알았어? 절대로! 그랬다간 영혼이 거기에 묶여서 영원히 못 빠져나온대."

"그래, 그래. 명심할게. 알았으니까 조금만 서둘러줘. 부탁할게, 탄희야."

"오케이."

탄희는 스마트폰을 들고 방을 나갔다.

10

"……조금만 서둘러줘. 부탁할게, 탄희야."

병진은 의자 위에 웅크리고 앉아서 스마트폰에 대고 간절히 도움을 청했다.

"오케이."

탄희가 씩씩하게 대답하고는 방을 나가는 소리가 들렸다.

조마조마하며 탄희를 기다리고 있는데 갑자기 밖에서 누군가가 방문을 부술 듯이 마구 두들겼다. 깜짝 놀란 병진은 그만 핸드폰을 떨어뜨리고 말았다. 다시 전화를 주우려는데 이번에는 소름끼치는 목소리가 들렸다.

"밥 먹자~!"

병진은 너무 놀란 나머지 딸꾹질을 하며 휴대폰을 줍고는 의자 위로 올라가 다시 웅크리고 앉았다.

"나와라~!"

다시 목소리가 들렸다.

병진은 고민에 빠졌다. 이번에도 안 나가면 문을 열고 들어올 것만 같았다. 그럴 바엔 자진해서 나가는 게 나을 듯싶었다. 괜히 '저것'들의 비위를 건드렸다가 끔찍한 일을 당할 수도 있기 때문이다. 병진은 심호흡을 하며 마음을 추스른 다음, 조심스럽게 방문을 열었다. 그러자 식탁에 오순도순 앉은 '가족들'이 보였다. 아빠, 엄마, 그리고 여동생 병희로 보이는 '가족들' 말이다. 불현듯 탄희가 당부한 말이 떠올랐다.

"아! 깜빡했다. 졸라 중요한 서 하나! 무슨 일이 있어도 그것들이랑 절대로 눈을 똑바로 마주쳐선 안 돼! 알았어? 절대로! 그랬다간 영혼이 거기에 묶여서 영원히 못 빠져나온대."

슬그머니 방에서 나오는 병진은 시선을 깔고 주춤주춤 주방으로 걸어갔다. 그러면서 곁눈질로 '그들'을 살폈다.

힘겹게 식탁까지 걸어간 병진은 의자를 뒤로 빼고 살포시 앉았다. '엄마'와 '아빠'가 마주 앉았고 옆자리엔 '여동생'이 앉아있었다.

"일찍 왔네?"

갑자기 여동생이 병신의 손을 덥석 쥐며 '깜찍한' 목소리로 말했다. 그런데 여동생의 손이 얼음장처럼 차가웠다. 깜짝 놀라 손을 바로 빼려고 했지만 마치 공업용 바이스에 물린 것처럼 단단히 붙잡혀서 손을 뺄 수가 없었다.

"으으으으응."

병진은 애써 태연한 척하며 간신히 대답했다. 그러면서 슬쩍 곁눈질로 여동생을 보고는 흠칫 놀라고 말았다. 자기가 알고 있는 '병희'의 모습이 아니었기 때문이다.

원래 병희는 식도락에 심취한 나머지 이미 고등학교 때 오빠의 체중을 넘어서 얼마 전까지만 하더라도 세 자릿수 등극을 눈앞에 두고 있었다. 그런데 지금 옆에 있는 '병희'는 놀라울 정도로 날씬한 몸매였다. 치렁치렁하게 흘러내렸던 머리도 깔끔한 커트머리로 바뀌었고, 평소에 멀리하던 향수까지 뿌렸다.

하지만 병진이 놀란 이유는 바뀐 외모 때문만이 아니었다.

얼굴이, 그러니까 이목구비의 위치가 정상적이지 않았다. 눈이 있어야할 위치에 입이 있고, 코가 있어야할 자리엔 한쪽 눈이, 입이 붙어 있어야할 곳에는 코가 있었다. 이마에도 눈이 달려있었는데, 눈동자가 움직이더니 병진을 흘끔 쳐다보았다.

"아, 맛있겠다."

병진은 탄희의 당부가 떠올라 마주치지 않으려고 재빨리 고개를 숙였다.

"오호호호호호. 우리 아들, 많이 먹어라."

하이 소프라노 톤의 웃음소리. 그렇게 말한 사람은 '엄마'가 아니라 '아빠'였다.

아빠도 병희와 마찬가지로 완전히 달라진 모습을 하고 있었다. 남산만 하게 불룩 튀어나왔던 배는 쏙 들어가서 식스팩이 자리 잡았고, 점점 정수리를 드러내며 벗어지던 머리도 로커를 방불케 할 정도로 길게 자라서 허리를 덮고 있었다. 그리고 몸에 착 달라붙는 빨간색 내복을 입고 있었는데, 얼굴에는 신문지로 만든 보자기 같은 것을 뒤집어쓰고 살짝 구멍만 내서 두 눈만 내놓고 있었다. 이번에도 탄희의 당부를 되새기며 얼른 고개를 숙였다.

"아들, 이거 좀 먹어봐라."

완전히 착 깔리는 낮은 목소리. 이미 겪어봐서 누군지 알 수 있다. '엄마'였다. 외모의 변화는 거의 없었지만 풍기는 분위기만큼은 다른 두 식구보다 더 섬뜩했다. 특히 저 깊은 지저에서 흘러나오는 것 같은 음산한 목소리는 도무지 적응할 수 없었다.

"널 위해 특별히 만들었단다."

엄마는 그렇게 말하며 그릇에 국을 담아 건넸다. 조금 전에 주방에서 자기 팔뚝을 잘라 만든 그 국물요리였다.

"얼른 먹어야지?"

병진은 떨리는 손으로 간신히 한 술 떠먹었다, 그러고는 무슨 맛인지도 모르고 재빨리 정체불명의 국물과 건더기를 목구멍으로 넘겼다. 하지만 곧바로 뱃속이 부글거리며 욕지기가 일었다. 참아보려고 했지만 자꾸 신물이 올라왔다. 두 손으로 입을 틀어막고 버텨보았다. 불가항력이었다. 뱃속으로 들어갔던 내용물들이 꾹꾹거리며 이미 식도를 타고 올라오고 있었다.

"우우에에에엑!"

결국 참지 못하고 병진은 허리를 접으며 바닥에 토하고 말았다. 그러자 식구들이 재미있는 구경이라도 되는 양, 박수를 치며 좋아했다.

"오호호호호호!"

"깔깔깔깔!"

"와하하하하하하!"

병진은 거의 엉금엉금 기어서 방으로 향했다. '아빠'가 어디 가냐고 묻자, 입맛이 없어서 먼저 일어난다고 둘러댔다. 그러자 식구들은 "입맛이 없대, 저 병신이!" 하면서 또 한 차례 웃음을 터뜨리며 발을 동동 굴렀다. 병희는 아예 배를 부여잡고 바닥을 데굴데굴 굴렀다.

"살려줘, 탄희야……."

11

"언니, 언니!"

탄희는 조언을 구하기 위해 언니 방으로 들어갔다. 두 살 터울인 언니, 탄미의 방은 탄희 방보다 훨씬 더 요란하고 음산했다. 그리고 마찬가지로 탄미도 머리부터 발끝까지 검정색 의상에 요란한 장신구를 주렁주렁 매달고 짙은 스모키 화장을 하고 있었다. 자매라서 외모도 비슷했다. 다른 점이라면 언니인 탄미가 좀 더 성숙한 이미지라는 정도다.

"노크."

탄미는 시크하게 동생의 실수를 지적했다.

"아, 미안."

그러자 탄희는 다시 나가서 방문을 두드렸다. 담임조차도 '마녀'라고 부르며 두려움의 대상으로 여겨지는 탄희도 언니한테만큼은 기를 펴지 못했다. 그도 그럴 것이, 탄희에게 탄미는 친언니 이상의 존재였다. 바로, 흑마술을 가르쳐준 사람이 바로 언니였다.

"컴 인."

탄미는 시크하게 대답했다.

"언니, 언니! 대박이야, 대박."

탄희는 잔뜩 흥분한 목소리로 말했다.

“뭐가?”

탄미는 호들갑을 떠는 동생을 시큰둥하게 바라보았다.

“이번에 우리학교에 온 교생이 있는데, 글쎄 그 인간이 그걸 실천해버렸어.”

“그걸?”

“있잖아. 그거, 엘리베이터.”

“레알?”

“어, 레알.”

“헐, 대박.”

“그치, 그치? 대박이지.”

탄희는 언니가 흥미를 보이자 본론을 이야기했다.

“그래서 이 인간이 지금 딴 세상에 있대. 조금 전에 전화 왔어. 나보고 도와달라고. 어쩌지. 어떡히지? 돌아오는 방법이 있을까?”

“흠.”

“그 쌤, 잘 생겼어? 섹시해? 돈 많아?”

“아니, 전혀.”

탄희는 고개를 절레절레 흔들었다.

“그럼 뭣 하러 도와줘?”

“으음, 그냥 재미있을 것 같아서.”

탄미는 여전히 시큰둥한 얼굴로 동생을 쳐다보았다.

"재미? 다른 속셈은 없는 거고?"

"없어, 그런 거."

"기다려봐, 그럼."

탄미는 잠시 고민하더니 책상 서랍에서 낡은 수첩 하나를 꺼냈다. 그러고는 어떤 페이지를 찾아서 탄희에게 보여주었다.

"이거야, 돌아올 수 있는 방법."

딘희기 수첩을 받아들려고 하자, 탄미는 혀를 차며 단호하게 고개를 가로저었다.

"어허, 그냥 외워. 이건 내 보물1호야."

"알았어."

탄희는 수첩에 적힌 내용을 빠르게 숙지한 후, 잽싸게 자기 방으로 돌아왔다. 그러고는 병진에게 전화를 걸었다.

"여보세요, 탄희니? 어떻게, 알아냈어?"

병진이 울먹이며 전화를 받았다.

"당근이지. 자, 돌아오는 방법은!"

"그래, 방법은?"

"딴 세상에 도착한 첫날."

"첫날!"

병진이 상기된 목소리로 따라했다.

"정각 12시가 되는 순간!"

"그래, 정각 12시에!"

"베란다 문을 열고 밖으로 뛰어내릴 것."

"베란다……."

병진은 말문이 막혀버렸다.

"여기 8층인데……."

"아, 싫음 말고. 방법은 이것뿐이에요. 뛰어내려도 죽지 않으니까 걱정하지 말고. 아, 할 거야, 말 거야. 아니면 거기서 계속 살든가."

"후우, 알았어. 해볼게. 12시 정각에 뛰어내리면 된다는 거지?"

"한 가지 더."

"또 있어? 이왕이면 한 번에 말해주면 안 되겠니?"

"뭐야, 지금 짜증내는 거?"

"아니, 안 내는 거."

"좋아, 주문을 외워야 해요. 뛰어내리는 동시에."

"주문? 잠깐만. 적을 것 좀 찾고."

주문이라니. 미처 생각지도 못했던 부분이었다. 병진은 서랍을 뒤져 필기도구를 찾으면서 주문에 대해 고민했다. 슬쩍 시간을 보니, 이제 밤 11시. 남은 시각은 고작 한 시간 남짓이다. 그 한 시간 동안 주문을 완벽히 외워둬야 한다. 통상 주문이라면 고대 히브리어나, 수메르어, 아니면 산스크리트

어로 이뤄진, 엄청나게 복잡하면서 아주 길고 어려운 주문이
많다. 만화나 영화를 보면 대부분 그렇다. 과연 짧은 시간 동
안 발음하기도 힘든 말들로 가득한 주문을 다 외울 수나 있
을는지. 하지만 여기서 빠져나가려면 선택의 여지가 없다.
어떻게든 외우는 수밖에. 좋아, 그러면 일단 얼마나 긴 주문
인지 모르니 적어두자!

그런데 당장 받아 적으려고 해도 필기도구가 보이지 않았
다. 서랍이란 서랍을 다 뒤져서 간신히 연필 하나를 찾았지
만 연필심이 부러진 상태다. 병진은 혀를 차고 이번에는 연
필을 깎을 도구를 찾았다. 다행히 서랍 안에 연필깎이가 있
었다.

병진은 씩씩거리며 열심히 연필을 깎았다.

"자, 이제 불러봐. 하아, 하아, 하아······."

마침내 주문을 받아 적을 준비를 마친 병진은 숨을 몰아쉬
며 한껏 상기된 목소리로 말했다.

"쌤, 웬 신음?"

"아, 그런 거 아냐. 하아, 하아, 하아, 힘들어서 그래."

"흠, 알았어. 주문은······."

"그래, 주문을 불러!"

"타알~출!"

"타······."

연필심이 똑 부러졌다.

병진은 그대로 굳어버렸다.

"그게 다야?"

"이게 다임."

허탈해진 병진은 연필을 내려놓고 메모지를 구겨서 바닥
에 패대기쳤다. 그리고 숨을 고르다가 무심결에 복도로 나
있는 창문을 보았다.

"허어억!"

언제부터 있었던 것일까.

가짜 '식구'들이 창문 밖에 나란히 서서 방을 들여다보고
있었다. 병진은 황급히 일어나 커튼을 쳤다.

"여보세요? 쌤, 왜 그래요? 여보세요?"

탄희가 걱정스럽게 병진을 불렀다.

"바, 밖에 있어. 그것들이 전부 보고 있었어. 다 들었나봐."

병진은 다시 울먹거렸다.

"그럼 어떡해요? 방법은 그거 하나뿐인데……."

"어떻게든 해봐야지."

그러고는 전화를 끊었다.

병진은 방안을 서성이며 어떡하면 방해받지 않고 베란다
에서 뛰어내릴 수 있을지 궁리했다. 머릿속으로 몇 가지 시
뮬레이션을 해보았다. 하지만 아무리 짜내고 짜내보아도 해

피엔딩은 하나도 없었다. 절망적이었다.

"아, 어쩌지……."

그러다가 흘끔 시계를 보니 고민하는 사이에 어느덧 시간이 흘러버려서 벌써 11시 50분이었다. 이제 고작 10분밖에 남지 않았다. 미치고 팔짝 뛸 노릇이었다. 빨리 그럴싸한 방법을 생각해내지 못하면 영영 이곳에서 살아야한다. 그렇게 발을 동동 구르며 고민하고 있는데 별안간 밖에서 엄마의 기괴한 목소리가 들렸다.

"병진아, 베란다에서 빨래 좀 걷어라."

오오, 할렐루야!

병진의 얼굴에 경이와 환희가 동시에 떠올랐다. 너무 기뻐 눈물이 날 지경이었다. 이런 말도 안 되는 일이 벌어지다니!

"예, 엄마! 지금 나가요."

병진은 기쁨에 찬 목소리로 대답하며 사뿐사뿐 방을 나갔다. 하지만 기쁨은 오래가지 않았다. 거실로 나오자마자 다시 두려움에 휩싸이고 말았다. 거실 불을 모두 끈 채, 세 식구가 나란히 거실 소파에 앉아 미동도 하지 않고 TV를 보고 있었다. 드라마도, 예능프로도 아닌 그냥 파란 화면을 보고 있었다. 덕분에 얼굴에 파란음영이 드리워져서 안 그래도 섬뜩한 모습들이 더욱더 괴기스러워졌다. 더욱이 베란다로 가려면 그 앞을 지나야한다. 병진은 크게 심호흡을 하고 천천히 걸음을 뗐다.

번쩍! 갑자기 마른하늘에 벼락이 번뜩였다. 동시에 천둥소리가 요란하게 울렸다. 그러자 TV만 쳐다보고 있던 세 식구가 동시에 고개를 돌려 병진을 쳐다보았다. 병진은 화들짝 놀라며 자기도 모르게 빠른 걸음으로 베란다로 달음질쳤다. 그러고는 서둘러 창문을 열고 베란다로 나갔다. 드디어 베란다로 나가는 데 성공한 병진은 속으로 쾌재를 부르며 시간을 확인했다. 이제 밤 11시 59분, 어떻게든 1분만 버티면 된다.

병진은 주섬주섬 빨래를 걷는 시늉을 하면서 거실을 살폈다. 거실 벽에 걸린 시계의 초침이 앞으로 30초가 남았음을 알려주었다. 다행히 세 식구는 TV를 보느라 정신이 없어서 병진에게 눈길도 주지 않았다. 병진은 이때다 싶어서 베란다 창문의 잠금장치를 몰래 풀어놓았다. 언제든 뛰어들 채비를 갖춘 병진은 벽시계를 흘끔 보았다.

이제 10초가 남았다. 크게 심호흡을 하고 마음을 추슬렀다.

9초, 손을 쥐락펴락하며 긴장을 풀었다.

8초, 7초, 6초, 5초, 4초…….

3초가 남았을 때, 병진은 보란 듯이 베란다 창문을 활짝 열었다.

그러자 천둥소리와 함께 벼락이 번뜩이더니 엄청난 강풍

이 불어 닥쳤다. 빨래들이 바람에 날려 여기저기 흩뿌려졌다.

"으으으으으으!"

세 식구가 벌떡 일어서더니 이상한 소리를 내며 손가락으로 병진을 가리켰다.

이제 1초!

병진은 난간을 잡았다. 그러고 나서,

"타아아일!"

탄희가 가르쳐준 주문을 외우며 몸을 날리려는 찰나, 갑자기 아빠가 손가락으로 벽시계의 분침을 12시 5분으로 홱 돌려버렸다. 그걸 보고 병진은 휘청하며 맥없이 주저앉았다. 이게 무슨 시추에이션이지? 병진은 너무 당황해서 어떻게 하면 좋을지 몰랐다. 그러자 아빠가 하이 소프라노 톤의 목소리로,

"이거 5분 느려."

라고, 청천벽력 같은 말을 해주었다. 그러고는 세 식구는 용무가 끝났다는 듯 의기양양하게 각자 방으로 돌아갔다.

"으아아아아악!"

홀로 남겨진 병진은 두 손으로 머리를 쥐어뜯으며 비명을 질렀다.

<h1 align="center">12</h1>

"어떻게 된 거야. 나온 거야, 만 거야."

탄희는 휴대폰만 뚫어져라 바라보고 있었다. 벌써 12시 5분이다. 하지만 병진에게선 아직까지 연락이 없었다. 성공했다면 벌써 연락이 왔어야했다. 초조해진 탄희는 방안을 서성거리기 시작했다.

"아, 궁금해 죽겠네. 이 인간, 뭐하고 있는 거야."

밖에서 초인종 소리가 들렸다. 언니가 문을 열어주는 소리도 들렸다. 그러더니 비명소리인지, 환호성인지 모를 소리가 연이어 들렸다. 반가운 손님이라도 온 모양이었다. 거실이 점점 시끄러워졌다. 냉장고를 여닫는 소리, 가스레인지를 켜는 소리도 들렸다. 계속 소음이 끊이실 않았다. 평소라면 궁금해서라도 밖에 나가봤겠지만 지금은 병진의 탈출여부가 더 궁금했다.

"도저히 안 되겠어."

탄희는 뭔가 결심한 듯 방문을 박차고 나갔다.

"언니! 언니 친구들은 어찌……."

탄희는 말문이 막혀버렸다.

싱크대 앞에 무심한 얼굴로 찻잔을 들고 서 있는 탄미가 턱짓으로 식탁을 가리켰다. 언제 왔는지 식탁에는 언니 친구

둘이 며칠 굶은 사람마냥 음식을 게걸스럽게 먹고 있었다. 바로 얼마 전에 '딴 세상 가는 법'을 실천했다가 사라졌다는 그 친구들이었다. 두 사람은 탄희를 보더니 씩 웃으며 브이자를 만들어보였다.

"어떻게 왔어?"

탄희는 경악했다.

"12시 정각에 못 빠져나왔다면, 그 세계에선 절대 못 나와."

경희, 언니 친구이며 지난번의 그 무모한 일을 벌인 친구 중 하나. 탄미의 추종자이기도 하며 최근에 흑마술에 입문한 초보마녀였다. 탄희에게 자초지종을 들은 경희는 입가에 묻은 밥풀을 떼어먹으며 단언하듯이 말했다.

"맞아, 유일한 길이 막힌 거지."

옆에서 맞장구를 치는 사람은 주리라고, 역시 언니의 친구이자 경희와 함께 지옥 구경을 하고 나온 일행이다. 경희와 마찬가지로 주리도 탄미의 추종자로 최근에 흑마술을 배우기 시작한 초보마녀였다.

"그럼 어떡해?"

탄희가 물었다.

"방법이 아주 없는 건 아니야."

"그렇지. 방법이 있긴 해."

“그치, 그치, 하나 있긴 하지. 위험부담이 커서 그렇지.”

“졸라 크지.”

지옥을 함께 경험한 두 친구는 마치 만담 콤비처럼 말을 주거니 받거니 했다. 경희가 먼저 말하면, 주리가 거기에 맞장구를 쳤다.

“그러니까, 그게 뭔데?”

탄희가 재촉했다.

“지옥으로 가서 거기 출구로 나와야해.”

“그치, 지옥으로 가야지.”

“지옥?”

“응, 그리고 일단 가위가 있어야 해.”

“맞아, 아주 큰 가위.”

그러면서 두 사람은 의미심장한 미소를 지었다.

“그 가위로 졸라 익사이팅하고 열라 스릴 넘치는 방법을 써야해.”

“아주 화끈한 방법이지. 살 떨리기도 하고.”

13

“가위, 가위, 가위…….”

　방으로 돌아온 병진은 탄희의 연락을 받고 다급히 가위를 찾았다. 그러자 마치 이때를 기다렸다는 듯이 맨 아래 서랍 안에서 밝은 빛이 새어나왔다. 의아해하며 서랍을 열자, 안에서 날에 괴이한 문양이 새겨진 커다란 가위 하나가 나왔다.

　"오오오! 있다, 있어!"

　병진이 환호하며 가위로 손을 뻗는 순간, 가위가 마치 살아 있는 것처럼 서랍 안으로 쏙 들어가 버렸다.

　"어라?"

　병진은 고개를 갸웃하고는 가위를 잡으려고 손을 더 집어넣고 서랍 끝을 더듬었다. 그러자 갑자기 서랍 바닥이 푹 꺼지면서 병진의 손을 쑥 빨아들였다. 기겁한 병진은 비명을 지르며 황급히 손을 빼려고 했지만, 그럴수록 점점 빨려 들어갔다. 그렇게 실랑이를 벌이던 병진은 이를 악물고 손을 힘껏 잡아당겼다.

　"이야야아아아아아압!"

　그러자 우지끈하면서, 서랍이 아예 통째로 빠져나와버렸다. 동시에 서랍 안에 있던 가위가 뎅그렁 소리를 내며 방바닥으로 굴러 떨어졌다.

　"후우, 후우."

　병진은 심호흡을 하며 가위를 주워들었다. 공교롭게도 이때 휴대폰 배터리의 게이지가 깜빡거리기 시작했다. 당장이라도 전원이 꺼질 것만 같았다. 그걸 보자 병진은 마음이 급해졌다. 빨리 서둘러야했다.

"가위를 구했어, 그 다음은? 빨리 말해!"

병진이 급한 마음에 목소리를 높였다.

"화장실로 가."

"화장실로?"

"토 달지 말고 그냥 가라면 좀 가!"

탄희가 빽 소리를 질렀다. 수화기 너머로 처음에 봤을 때의 그 박력이 고스란히 전해졌다. 병진은 움찔하며 기어가는 목소리로 대꾸했다.

"알았어, 가면 되잖아."

병진은 한 손에는 가위를, 다른 손에는 휴대폰을 쥐고 방을 나갔다.

거실에는 다시 식구들이 나와 있었다. 뭔가 이상한 낌새를 차린 모양이었다. 농구에서 수비하는 팀이 지역 방어를 하듯 일정한 간격으로 서서 화장실로 가는 길목을 지켜서고 있었다. 난감해진 병진은 어쩔 줄 몰라 그대로 굳어버렸다.

바로 그때, 딩동댕 하며 종소리가 울리더니 관리실에서 안내방송을 했다.

—주민 여러분, 금일은 반상회를 하는 날이오니. 지금 당

장 반상회하는 장소로 모여라, 이 자식들아!

마왕의 포스가 느껴지는 무시무시한 목소리였다. 그러자 세 식구는 혼비백산하여 집 밖으로 우르르 나가버렸다.

황당한 전개에 넋이 나가버린 병진은 잠시 멍청히 서 있다가 탄희의 목소리를 듣고 겨우 정신을 차렸다.

"지금 뭐 해요? 화장실이에요?"

"응? 아, 잠시만."

병진은 잽싸게 화장실로 달려가 문을 걸어 잠갔다. 배터리가 얼마 남지 않았다는 사실을 알고 나서는 동작이 매우 민첩해졌다.

"왔어. 다음은?"

"아, 맞다! 근데 이걸 하기 전에, 집이 비어야 해요."

"비었어."

"네?"

"다들 반상회에 갔어."

"그건 좀……."

탄희가 황당하다는 반응을 보였다.

"암튼 그렇게 됐어. 그래서 다음은 뭐야?"

"혹시 거기 간 뒤로 오줌을 눈 적 있어요?"

병진은 가만히 지난 일을 회상해보았다. 똥을 누려고 화장실을 쓴 적은 있지만 결국 너무 놀라서 똥도, 오줌도 누질 못했다.

“없어, 없어.”

“좋아, 그렇다면 아직 기회가 있어요. 자, 이제 오줌을 눠
요.”

“오줌?”

“아니, 갑자기 무슨 오줌이야.”

“정말 중요한 거니까 빨리 해요.”

“아, 알았어.”

병진은 더는 망설이지 않고 지퍼를 내리고 오줌을 눴다.
그런데 너무 경황이 없는 나머지 탄희가 듣고 있다는 걸 깨
닫지 못했다. 게다가 오줌을 누느라 휴대폰을 내리고 있는
바람에, 오줌 누는 소리가 더욱 적나라하게 전달되었다.

“아, 이런 개 매너.”

탄희가 짜증 섞인 목소리로 내뱉었다.

“다 눴어!”

병진이 지퍼를 올리며 소리쳤다.

“오줌을 입에 머금어요!”

“뭐?”

“아, 빨리요. 거기서 나오려면 죽방 소금기가 빠지지 않은
오줌이 필요해요!”

“야, 그건 쫌…….”

　　　　　　　　　　　　　　　　무서운 이야기 2

탄희의 설명을 듣고도 선뜻 행동으로 옮길 수 없었다. 아무리 그래도 오줌을 입에 머금다니, 병진은 변기를 내려다보며 망설였다.

"저기 딴 방법은 없어?"

병진이 조심스럽게 물었다.

"싫으면 거기서 살든가."

탄희가 단호하게 말했다.

"알았이."

병진은 심호흡을 하고 변기 앞에 무릎 꿇고 앉았다. 심호흡을 하고 마음을 다스리고 있는데 밖에서 문 열리는 소리가 들렸다. 반상회에 갔던 식구들이 벌써 돌아온 모양이다. 아니, 무슨 반상회가 벌써 끝나! 마음이 다급해진 병진은 생각할 겨를도 없이 두 손을 모아 오줌을 떠서 냉큼 입에 머금었다. 짭조름한 맛이 느껴졌다. 욕지기도 일었다. 당장 토하고 싶었지만 여길 빠져나가야겠다는 일념으로 버텼다.

밖에서 발소리가 들렸다.

분명히 '식구들'이다!

발소리는 점점 가까워지더니 화장실 앞에서 멎었다. 틀림없이 '그것'들이 문 앞에 서 있는 게 분명했다.

"……."

병진은 가만히 다가가 문에 귀를 대보았다. 그러자 쿵! 하면서 누군가가 문을 두드렸다. 그러더니 아예 부술 기세로 문을 걷어차기 시작했다. 그 소리를 탄희도 들었는지 다급한 목소리로 다음 행동을 지시했다.

"오줌을 머금었으면 샤워기를 틀어놓고 변기 물을 내려요! 한번이 아니라 초당 백천만 헤르츠 광속 진동으로 졸라, 아주 졸라 빠르게 계속 눌러야 해요!"

병진은 시키는 대로 샤워기를 틀고 변기의 물 내림 버튼을 마구 눌러댔다. 밖에선 계속해서 문을 두들겼다. 병진은 가슴을 졸이며 미친 듯이 버튼을 눌렀다. 그렇게 수백 번, 아니 수천 번을 누르자 갑자기 버튼 안쪽에서 파팟! 하며 스파크가 튀더니 불길이 치솟았다. 검은 연기가 뭉게뭉게 피어오르더니 갑자기 변기에서 핏물이 솟구쳤다. 샤워기에서도 시뻘건 물줄기가 나오기 시작했다. 이어서 화장실 바닥 타일, 벽면이 갈라지면서 핏물이 흘렀다.

"자, 이제부터가 중요해요! 조금 있으면 욕조에 핏물이 차오를 거예요. 그러면 완전히 찼을 때, 욕조 안으로 들어가 몸을 담그는 거예요. 그리고 최대한 숨을 참고 버티는 거예요. 이때 절대로 오줌을 뱉거나 삼켜선 안 돼요. 오케이? 어떻게든 버텨!"

탄희가 기운을 모아 버럭 소리를 질렀다.

병진은 휴대폰을 벨트 안에 밀어 넣고, 가위는 바지 뒤춤

무서운 이야기 2

에 찔러 넣었다. 그러고는 커튼 봉을 뜯어서 문고리에 받쳤
다. 그사이에도 '식구들'은 문을 계속 두들기며 안으로 들어
오려고 했다. 역시 커튼 봉만으로는 안심이 되지 않았다. 어
디서 그런 기운이 났는지 병진은 변기를 통째로 뽑아서 문을
막았다.

괴물들이 소리를 질러댔다.

천둥소리도 들렸다.

사방에서 핏물이 봇물처럼 터져 나와 바닥에서부터 점점
차오르기 시작했다. 화장실 문이 금방이라도 떨어져나갈 것
처럼 크게 흔들렸다.

콰직! 하며 두툼한 손이 문을 뚫고 들어왔다.

아빠였다.

"어디 가, 아들! 가지 마, 우리 아들!"

이번엔 슬리퍼를 신은 발이 아래쪽을 부수고 들어왔다.

핑크색 슬리퍼, 여동생인 것 같았다.

이대로 가다가는 문이 부서지는 건 시간문제였다.

병진은 흘끔 욕조를 쳐다보았다.

어느새 핏물이 가득 채워졌다.

이제 결단의 시간이 온 것이다.

병진은 결의에 찬 표정으로 욕조로 다가갔다. 작별 인사이
라도 하듯 문 쪽을 한번 쳐다보고는 두 손을 가지런히 모으

고 욕조에 몸을 담갔다.

꾸르르륵.

들어가자마자 숨이 차올랐다.

하지만 탄희의 말을 떠올리며 꿋꿋하게 버텼다.

점점이 의식이 가물가물해졌다.

무언가 보이지 않는 손들이 병진을 잡고 밑바닥으로 끌어당기는 것 같았다. 병진은 그 힘에 저항하지 않고 그대로 몸을 맡겼다.

자꾸만, 자꾸만 몸이 밑으로 가라앉았다.

하지만 아무리 깊이 내려가도 바닥에 닿지 않았다.

계속, 계속 가라앉았다.

계속…….

그러다가 어느 순간, 저편에서 밝은 빛이 나타났디.

병진은 의식이 멀어져가는 와중에도 그 빛을 느낄 수가 있었다. 본능적으로 알았다. 그곳으로 가면, 원하는 장소로 갈 수 있다는 것을.

병진은 손을 뻗어보았다. 있는 힘껏!

그리고 다음 순간!

"푸하아!"

병진은 숨을 내뱉으며 욕조에서 일어났다. 그러고는 눈을 비비고 주변을 둘러보았다. 더는 화장실이 아니었다. 집도 아니었고, 그 낡아빠진 아파트도 아니었다. 처음 보는 곳이었다. 어디를 보아도 끝없는 붉은 황무지가 펼쳐져 있었다. 고개를 들어 위를 보았다. 마치 노을이 진 것처럼 검붉은 하늘에는 이제껏 살면서 한 번도 본적이 없는 검은 태양이 떠 있었다.

'그래, 여기가 지옥이구나.'

성공한 것이다! 병진은 기뻐서 눈물이 나올 지경이었다. 천천히 일이나 욕조에서 나왔다. 옆을 보니 빈 욕조 두 개가 덩그러니 놓여있었다. 아마도, 탄희 언니의 친구들이 탈출할 때 썼던 욕조인 모양이었다. 욕조들을 보자, 더욱더 확신이 섰다.

이제, 여기서 빠져나갈 수 있다! 라고.

미소를 짓는 병진의 눈에 저편에서 검은 구름처럼 뭉게뭉게 피어오르는 무언가가 보였다. 뭔지는 몰라도 엄청난 수의 어떤 '존재'들이 이쪽으로 몰려오고 있는 것 같았다. 그런데 이상하게도 겁이 나지 않았다. 내가 이렇게 대범했던 적이 있었나? 스스로 생각해도 놀라웠다. 마치 다른 사람이 된 기분이었다.

병진은 맹렬한 기세로 몰려오는 어둠을 바라보며 여유롭게 휴대폰을 꺼내들었다. 배터리 게이지가 여전히 깜빡거렸지만 이제는 조바심이 나지 않았다. 천천히 버튼을 눌렀다.

그리고 탄희에게 전화를 걸었다.

14

연락이 끊기고 나서 벌써 한 시간이나 지났다. 하지만 병진으로부터 연락이 없다. 탄희는 불안한 마음으로 전화가 오기만을 기다렸다. 밖에선 언니가 친구들과 인사를 나누는 소리가 들렸다. 밝게 웃는 그들의 웃음소리가 오히려 탄희를 불안하게 만들었다.

"내가 먼저 걸어볼까?"

그렇게 중얼거리는 순간, 기다렸다는 듯이 전화벨이 울렸다. 탄희는 얼른 발신자 정보를 확인했다. 액정에 '병신'이라고 떴다.

"여보세요? 쌤?"

"그래, 나야."

병진이었다. 그런데 목소리가 한결 거만해졌다. 마치 다른 사람이랑 통화하는 것 같았다.

"어떻게 됐어요?"

탄희가 걱정스럽게 물었다.

"나, 여기 지옥이야."

병진은 한껏 멋을 부린 목소리로 대답했다.

"우와, 대박!"

"후후후후."

역시나 거만하게 웃는다.

"쌤, 이제 악령들이 쌤의 영혼을 차지하려고 몰려올 거예요."

"응, 보여. 지금 저기서 놈들이 똥 빠지게 달려오고 있어."

병진의 목소리엔 여유가 넘쳤다. 대단한 변화였다. 고초를 겪고 나니 완전히 상남자로 바뀌어있었다.

"자, 이제 피니쉬는?"

병진이 느끼한 목소리로 물었다.

"피니쉬는 이거예요. 놈들을 바라보고 아까 가르쳐준 주문을 외우면서!"

"외우면서?"

"가위로 두 눈을 빡!"

"빡? 오케이. 그쯤이야, 아주 쉽네."

병진은 아무것도 아니라는 듯 대수롭지 않게 말했다.

"쌤! 부탁 하나."

"뭔데?"

"저도 볼 수 있게, 영상통화 모드로 바꿔주세요. 지옥을 두 눈으로 보고 싶어요. 아주 죽일 거 같거든요."

"오케이, 알았어."

그러더니 액정에 영상이 나타났다. 화면 속에서, 핏빛처럼 붉은 세계가 펼쳐졌다.

"우와, 죽이는데!"

탄희는 감탄해서 소리를 질렀다.

"자, 그럼 간다!"

병진이 호기롭게 외쳤다.

"타아아아알, 추우우우울!"

바로 그때였다.

방문이 빼꼼 열리더니 언니가 고개를 내밀었다.

"야, 근데 깜빡했는데 그거 여자만 된다."

"헐."

탄희는 입을 딱 벌리며 휴대폰을 떨어뜨렸다.

바닥에 떨어진 휴대폰에서 '까똑!'하는 소리가 들리더니 이미지 파일 하나가 전송되었다. 그것은 가위로 자기 눈을 찌른 병진이 악령들에게 잡아먹히는 순간이 찍힌 사진이었다. 탄희는 사진을 보더니 이렇게 중얼거렸다.

"대박."

에필로그

세영의 이야기가 끝난 후에도 박 부장은 충격에서 헤어 나오지 못하는지 벌린 입을 다물지 못했다. 그러다가 세영의 시선을 의식하고 나서야 입을 다물며 입맛을 다셨다. 하지만 여전히 이야기의 여운에서 벗어나지 못하는 눈치였다.

"확실히 위에서 좋아할 만한 이야기는 아니네."

박 부장은 갑갑한지 넥타이를 완전히 풀어헤쳤다.

"위에서? 누가 저에 대해서 뭐라고 했나보죠?"

세영이 묻자, 박 부장은 시선을 피하며 낮게 헛기침을 했다.

“아니, 뭐 꼭 그런 건 아니고……..”

“그래요?”

“으흠, 그나저나 난 솔직히 세영 씨, 처음 입사할 때만 해도 걱정 많이 했어. 학벌이 좋은 것도 아니고 말이야. 사실, 난 반대했거든. 세영 씨, 입사.”

“어쨌든 전 들어왔고요.”

“그렇지. 들어왔지. 자, 이제 볼만큼 본 거 같으니까 그만 올라가지. 아이쿠, 시간이 벌써 이렇게 되었나.”

“정말 이렇게 끝이에요?”

세영이 물었다.

“응? 그럼 또 뭐가 남았나?”

박 부장이 어리둥절한 표정을 지으며 되물었다.

세영은 야릇하게 웃더니 손가락으로 박 부장의 가슴팍을 콕 찔렀다. 박 부장은 움찔하며 뒤로 물러섰다.

“왜, 왜 이래…….”

“솔직하게 말해보세요. 아직 남은 게 있잖아요. 안 그래요?”

“무슨 말이야, 그게.”

세영이 피식 웃으면서 요염하게 입술을 핥았다.

박 부장은 코를 벌렁거리며 마른침을 꿀꺽 삼켰다. 지난 몇 시간 동안 겪어서, 이 여자가 보통내기가 아니라는 것은 이미 알고 있다. 그러니 더욱더 주의해야한다고 생각했다. 잘못하면 나쁜 일이 생길지도 모른다는 불길한 예감이 들었다.

"허허, 자꾸 왜 이래."

"말해 봐요, 어서."

"뭘 자꾸 말해보라는 거야."

박 부장은 도무지 영문을 모르겠다는 듯이 대꾸했다.

"누구예요, 그 사람. 부장님한테 나에 대해서 알아보라고 한 사람, 아니 아마도 그 이상의 일을 시켰겠죠? 그게 누구죠."

세영은 서로 코가 닿을 만큼 얼굴을 바짝 들이밀며 박 부장을 압박했다.

"그건 그러니까……."

박 부장은 혼란스러웠다. 지금껏 보여준 이 여자의 능력이라면 이미 모든 걸 파악하고 있는지도 몰랐다. 다 알고 있으면서 자신을 떠보고 있는 것인지, 아니면 정말로 물어서 캐묻고 있는 것인지, 선뜻 판단이 서지 않았다. 하지만 아무리 감춰봤자 그 이상한 능력을 발휘하면 결국 들킬지도 모른다. 그렇다고 사실대로 말하자니 조 전무가 걸렸다. 결국 어느 쪽이든 자신에게 안 좋은 결과로 돌아올 게 뻔했다. 박 부장은 머릿속이 복잡해졌다. 당장 직면한 문제를 해결할 것인가, 아니면 보다 먼 일을 걱정할 것인가.

"세영 씨, 그건 말이야."

＊　　＊　　＊

잠시 후, 박 부장은 주차장에서 차를 가져와 세영을 태우고 회사를 나섰다. 약속한 대로 그녀의 집까지 차로 바래다주기로 했다. 한동안 두 사람은 말이 없었다. 세영은 하룻밤 동안, 너무 많이 말을 해서 그런 것이고, 박 부장은 자신이 저지른 일에 대한 후폭풍이 염려스러워 대책을 고민하느라 말을 하지 않았다.

"부장님도 우리 회사 보험을 들어두었죠?"

세영이 불쑥 말을 꺼냈다.

"응? 뭐, 당연하지."

"사망보험금은 가족들에게 가고?"

"안타깝게도."

박 부장은 진심을 담아서 말했다.

"약정은요? 사망시 최대 지급액이요."

세영의 질문은 끝이 없었다.

뭔가 이상한 낌새를 차린 박 부장은 세영의 말을 자르더니 언짢다는 투로 물었다.

"이봐, 내 사망보험금에 왜 자기가 관심을 가져?"

"그쪽이야말로 딴 사람 보험금에 지나치게 관심을 가진 것
으로 아는데?"

세영은 은근히 말을 놓기 시작했다.

"뭐라고?"

박 부장은 당황해서 흘끔 세영을 쳐다보았다. 세영도 팔꿈
치를 창틀에 대고 손으로 머리를 받친 자세로 박 부장을 쳐
다보고 있었다. 세영의 도발적인 눈빛과 마주치자 박 부장은
조금 전의 일을 떠올리곤 마른침을 꿀꿀 삼켰다.

"나는 부장님이 의심스러운 보험사기 몇 건에 동조했다는
걸 알았지만 그냥 관심을 안 가졌어요. 그게 사회생활이니
깐."

거기서 화들짝 놀란 박 부장은 브레이크를 밟았다. 그러거
나 말거나 세영은 계속 말을 이었다.

"또 후배 앞길을 막는 짓도 서슴지 않는 사람이라는 것
도?"

"승진시켜주려고 했는데 말이야."

박 부장은 말을 더듬었다.

"아하, 그러셨어요?"

세영이 비아냥거렸다.

"그냥 좀 의문이 들었어. 자기 그 요상한 능력이 과연 나한

테 도움이 될까 하고.”

“회사에 이로운 사람이면 부장님한텐 해로운 거겠죠.”

“먹고 사는 게 그리 호락호락한 게 아니거든. 자기는 어려서 아직 몰라도. 나는, 나에겐 회사가 전부야. 더 갈 데도 없고.”

“그러시겠죠. 그래서 조 전무의 오더가 떨어지자마자 나를 떨어낼 궁리를 하셨고요.”

“아니, 뭐 그건 그냥……”

박 부장은 답변이 옹색해져서 그냥 말을 얼버무렸다.

세영은 피식 웃더니 안전벨트를 풀었다.

“오케이. 내가 먼저 사라져줄게요. 하지만 그전에 하나. 마지막으로 조언을 하나 해줄게요. 그래도 그동안 같이 지낸 정이 있으니까.”

“응? 무슨 조언……”

그러자 세영이 대시보드의 시계를 가리키며 말했다. 새벽 4시 11분이었다.

“저 시계가 4시 44분을 가리키기 전에, 무조건 집에 도착하거나. 그게 안 되면 차를 버리세요. 알았죠? 정확히는 4시 44분 44초이지만, 뭐 그건 오차가 있을 수 있으니. 어쨌든 내 말 명심해요.”

그러고는 세영이 문을 닫았다.

　박 부장은 바로 출발하지 않고 사이드미러로 세영을 훔쳐보았다. 세영은 차에서 내리자마자 뒤도 돌아보지 않고 어딘가로 터벅터벅 걸어갔다. 그러다가 이내 완전히 모습을 감추자 그때서야 박 부장은 차를 출발시켰다.

　"뭐야, 끝까지. 겁이나 주고."

　박 부장은 투덜거리면서도, 흘끔 시계를 보았다. 그사이에 시계는 벌써 4시 20분을 가리키고 있었다.

　"쳇, 뭐하자는 거야, 정말."

　박 부장은 속도를 올렸다.

　기분 전환을 하려고 음악도 크게 틀었다. 어깨를 들썩이며 흥얼거리고 나니 기분이 한결 좋아졌다. 조금 더 속도를 내고 싶다는 생각이 들었다. 그래서 주위를 살피다가 가까운 외부순환도로를 찾아 들어갔다. 새벽녘이라 그런지 오가는 차가 거의 보이지 않았다. 박 부장은 속도를 더 높였다. 단속 카메라쯤은 과감하게 무시했다. 그까짓 벌금은 얼마든지 내주겠다고 생각했다. 어느덧 세영의 일은 까맣게 잊어버렸다. 슬쩍 옆을 보았다. 잘생긴 자기 얼굴이 차창에 비치자 괜히 우쭐해졌다. 그런데 바로 그 순간, 차안에서 쾌쾌한 악취가 났다.

　박 부장은 대수롭지 않게 여기며 차창을 내렸다. 그러면서 눈길은 계속 차창에 비친 자기 얼굴을 보았다.

차창이 점점 내려갔다.

순간, 박 부장의 입가에서 미소가 사라졌다.

완전히 내려간 차창 밖에선 여전히 또 하나의 '자신'이 이쪽을 바라보고 있었기 때문이다.

깜짝 놀란 박 부장은 소리를 지르며 브레이크를 밟았다.

하지만 그만 실수로 액셀을 밟고 말았다. 때마침 공교롭게도 커브 길이었다. 박 부장의 차는 그대로 가드레일을 들이받고 공중으로 날아올랐다. 그러고는 기다란 포물선을 그리다가 아스팔트 위로 추락해버렸다.

형편없이 구겨진 박 부장의 차에선 검은 연기가 뭉게뭉게 피어올랐다.

운전석의 박 부장은 그대로 즉사해버렸다.

그리고 대시보드의 시계는, 4시 44분을 가리키고 있었다.

*　　　*　　　*

며칠 후, 정당한 절차를 밟아서 박 부장의 사망보험금이 가족에게 지급되었다. 보험금은 보험사가 지급할 수 있는 최대 지급액이었다. 그 건을 담당한 여직원은 보험금이 지급되자마자 사직했다고 한다.

그리고 다시 사흘 후, 차기 회장으로까지 거론되었던 조영우 전무가 자택에서 목을 매고 자살했다.

그런데 이상한 점은 유서가 없다는 것이었다. 경찰에선 타살의 가능성도 있다고 보고 수사에 나섰지만 별다른 소득을 올리진 못했다. 결국 경찰도 자살이라고 결론을 내렸다. 하지만 정말로 이해할 수 없는 점은 조 전무에겐 자살할 이유가 전혀 없다는 것이다. 그래서 지금까지도 조 전무의 자살을 두고 온갖 억측이 난무하고 있다. 그중에서 가장 황당한 이야기는, 그가 자살하던 날 낮에 회사근처 커피숍에서 어떤 젊은 여자를 만나고 있었는데, 목격자인 카페 직원의 말을 빌리면 그 여자가 떠난 직후 조 전무는 몹시 겁에 질려 부들부들 떨고 있었다는 것이다. 그리고 그 여자는 불과 3분도 채 되지 않아서 대화를 끝내고 커피숍을 나섰다고 한다. 또 다른 목격자에 의하면 조 전무가 만났다는 젊은 여자는 한때 같은 회사에 근무하던 직원으로, 박 부장의 사망보험금 지급을 담당하던 사람과 동일인이었다고 한다.

그 여직원의 이름은……

특별 단편

Cafe Nirvana

"그렇군요. 어쩐지 당신에게서 그믐누리의 체향이 강하게 느껴진다 했습니다. 아마 자신도 모르게 넘어서면 안 되는 경계에 발을 들여놓은 모양이군요."

정말이지 묘한 사내다.

상우는 자신의 옆자리를 차지하고 있는 중절모의 사내를 바라보며 그런 생각이 들었다. 그가 카페 허쉬(Hush)에 처음 들어왔을 때 받았던 첫 인상 그대로였다.

시대착오적인 코디라고도 할 수 있는 중절모를 무난하게 소화하는 30대 중반의 사내.

빛이 바랜 듯한 회색 정장 역시 모던한 이미지와는 상당한 거리가 있었고 오른손으로 만지작거리고 있는 회중시계나 상의 주머니에 꽂혀있는 하얀 손수건도 복고적인 분위기가 물씬 풍겼다. 그렇게 옷차림만으로는 굉장히 고리타분한 인상을 받을 수도 있었지만 상대의 의중을 꿰뚫어보는 듯한 날카로운 눈빛을 보면 또 그렇지도 않았다. 흔히 카이저수염이라고 불리는 멋들어진 콧수염 역시 그의 독특한 분위기를 형성하는 것에 일조했다.

늘 그래왔듯 상우가 바에 자리를 잡고 일전에 키핑 해두었던 위스키를 거의 비었을 때쯤, 마치 호러 영화에서 봤을 법한 익숙한 장면처럼 그가 뇌성벽력을 동반한 폭우를 등에 업고 카페에 들어섰다. 덕분에 카페 안의 이목이 그에게 집중되었다.

확실히 등장부터 남다른 인상을 심어준 그였다.

비록 우산을 썼다고는 하지만 사방팔방으로 들이치는 빗속에서 옷깃 하나 젖지 않은 채로 들어서는 그에게서 기이한 위화감을 느꼈는지 카페 안의 다른 손님들은 일순 침묵을 유지했다. 그것은 상우도 마찬가지였다.

그는 번들거리는 시선을 뿌리며 한 차례 카페를 둘러보더니 곧장 상우의 옆자리로 걸어갔다. 그의 접근에 상우가 위축된 모습을 보인 것은 당연한 반응이었다.

"불 좀 빌릴 수 있겠습니까?"

듣기에 따라선 거만하게 느낄 수도 있는 목소리였다. 그러나 상우는 내색하지 않고 잠자코 라이터를 꺼내 불을 붙여주었다.

"감사합니다."

그가 양해도 구하지 않고 상우의 옆자리에 앉더니 길게 담배연기를 내뿜었다. 상당히 무례한 태도다. 담배를 피우지 않는 상우는 미간을 좁히며 불편한 심기를 드러냈다. 이쯤

되면 담배를 끄거나 사과를 했을 법한데도 그는 상우의 기분
에 아랑곳하지 않고 연신 담배를 빨아댔다.

담배연기가 흔들리며 메마른 웃음이 들려왔다.

상우는 사과는커녕 오히려 조소어린 눈빛으로 바라보는
그에게 거북함을 느끼고 자리를 옮기려고 했다.

그때 자리에서 일어서는 상우에게 건넨 말이,

"그렇군요. 어쩐지 당신에게서 그믐누리의 체향이 강하게
느껴진다 했습니다. 아마 자신도 모르게 넘어서면 안 되는
경계에 발을 들여놓은 모양이군요."

그 순간 상우는 멈칫거리며 사내를 돌아봤다. 무슨 의미인
지는 몰랐지만 이상하게도 그의 다음 말을 들어야 할 것 같
다는 느낌을 받았다.

정말 이상한 사내다.

상우는 다시 자리에 앉고는 위스키가 채워진 스트레이트
잔을 단숨에 비웠다. 그리고 그에게 잔을 돌리며 물었다.

"지금 한 말, 무슨 뜻입니까? 그믐누리? 그믐누리라고 했
습니까?"

그는 상우가 따라주는 잔을 비우고는 조용히 고개를 끄덕
였다.

"이 세상은 사실 두 개로 나뉘어져 있습니다. 간단히 말하
면, 그냥 사람들이 알고 있는 이 세상이 이든누리, 그리고 그

뒤에 숨겨진 세상이 바로 그믐누리. 물론 대개의 경우는 그
뒤에 숨겨진 세상의 실체를 모르고 지냅니다. 하지만 분명히
실재하는 세상이죠. 저와 같은 사람은 그 가려진 세상을 가
리켜 그믐누리라고 부르지요.”

“세상에 가려진 또 다른 세상? 그것이 그믐누리라고?”

상우는 납득하기 힘들다는 눈빛으로 그를 바라봤다.

“그 눈빛은 마치 그믐누리의 실재를 부정하고 싶은 것처럼
보이는군요. 하지만 이미 당신도 경험했을 거라 여겨지는데
요. 아닙니까?”

과음을 한 탓일까? 갑사기 그의 눈동자 속에서 시피런 불
길이 이글이글 타오르는 것처럼 보였다.

“그게 무슨…… 난 그런 건 모릅니다. 그 무슨 황당한 소리
를…….”

상우는 궁지에 몰린 쥐처럼 옹색한 태도를 취하며 말끝을
흐렸다.

“하기는 누구나 처음에는 부정하려고 들지요. 이해할 수
있습니다.”

여전히 알 수 없는 소리다. 상우는 도움을 청하기 위해 바
텐더를 겸하고 있는 카페의 오너를 바라봤지만 어찌된 영문
인지 그는 둘의 대화를 전혀 못 듣고 있는 것 같았다. 아니
두 사람의 존재 자체를 느끼지 못하고 있었다. 마치 보이지

않는 장벽이 가로막고 있는 것처럼 보였다.

"놀라실 거 없습니다. 원활한 대화를 위해 제가 잠시 장난을 쳤으니까요. 지금 우리가 나누고 있는 대화는 아무도 듣지 못합니다. 존재감마저 느끼지 못할 겁니다. 도가에서 흔히 장신(藏身)이라고 불리는 술법이죠. 그리 내세울 것은 못되지만 나름대로 쓸만한 잔재주라 할 수 있지요. 특히 지금처럼 다른 사람이 들으면 곤란한 대화를 나눌 때면 말입니다."

기분 나쁜 웃음과 함께 그가 이유를 설명해줬다.

"자……장신이라니. 도대체 당신은 누굽니까?"

상우가 떨리는 목소리로 물었다.

"그러고 보니 인사가 늦었군요. 저는 모수라고 합니다. 그믐누리의 세계에선 모수선생(毛手先生)이라 불리지요."

그가 자신을 소개하면서 자세히 볼 수 있도록 손을 들어보였다. 소매 밖으로 드러난 손등은 '모수'라는 이름에 어울리게 거뭇한 털로 뒤덮여 있었다. 왠지 손등 이외의 신체 다른 부위에도 그렇게 털이 잔뜩 나있을 거란 생각이 들었다.

"말하자면 저는 일종의 브로커인 셈이죠. 선생처럼 원치 않게 그믐누리의 발에 들여 놓은 사람들이 어려움을 겪지 않도록 적당한 해결사를 붙여주는 일을 하는 사람이랄까요. 우연히 지나는 길에 그믐누리의 기운을 느끼고 곧장 이리로 들어왔더니 선생이 있더군요."

"도무지 지금 무슨 이야기를 하고 있는지 모르겠군요. 이런 농담에는 별로 익숙하지 않으니까 이제 그만했으면 좋겠군요."

상우는 짐짓 화난 목소리로 말해봤지만 모수선생이란 사내는 빙긋 웃기만 했다.

"아직도 전화가 오지 않습니까? 얼마 전부터 걸려오는 그 전화 말입니다. 한밤중에 울리는 전화벨이 두려워서 이렇게 밤늦도록 귀가하지 않고 술을 마시고 있는 것이 아닙니까?"

"당신 누구야!"

모수선생의 말에 상우는 자리를 박차며 버럭 소리를 질렀다. 쩌렁쩌렁하게 울리는 큰 목소리였는데도 모수선생의 말처럼 장신의 술법이 걸려 있는 탓인지 아무도 듣지 못하는 것 같았다.

"후후후. 그렇게 화를 내는 것은 역시 선생께서 그믐누리의 존재를 믿고 있다는 뜻이겠죠."

"너, 뭐하는 새끼야! 오호라, 네놈이 그 장난전화를 건 새끼지? 맞지?"

상우는 필요이상으로 흥분하며 모수선생의 멱살을 움켜쥐었다. 그러나 그럴수록 모수선생에게 비웃음만 살 뿐이다.

"좀더 현명하게 생각해보시길 바랍니다. 그래도 선생은 운이 좋다고 할 수 있으니까요. 바로 저를 만났으니 말입니다.

다른 사람들은 이런 기회조차 얻지 못하고 그믐누리의 어둠에 휘말려 영원히 빠져나오지 못하는 경우가 많답니다.”

모수선생의 말이 효과가 있었는지 상우는 멱살을 쥔 손을 풀며 그대로 털썩 주저앉았다.

“정말이지 뭐가 뭔지 모르겠군. 일주일 내내 괴상한 전화에 시달리지 않나, 정체를 알 수 없는 사람이 나타나서 이해할 수 없는 말들을 늘여놓지를 않나…….”

“굳이 이해할 필요도 없습니다. 지금 선생께서는 두 가지 선택을 할 수 있습니다. 하나는 이대로 저를 무시하고 끝내 그믐누리의 어둠에 삼켜지던지, 아니면 저를 통해서 해결사를 만나 그믐누리의 어둠으로부터 벗어나던지 말입니다. 아주 간단한 겁니다.”

상우는 선뜻 대답을 하지 못하고 망설이는 모습을 보였다.

“마침 제가 가려던 곳이 그믐누리의 세계에선 가장 솜씨 좋은 친구들이 모여 있는 곳이죠. 혹시 들어보신 적이 있을지도 모르겠습니다. 카페 니르바나라고…….”

“니르바나?”

*　　　*　　　*

비가 부슬부슬 내리는 탓에 을씨년스런 분위기가 물씬 풍기는 밤이다.

상우는 지하주차장에 차를 세워두자마자 무언가에 쫓기는 듯한 잰걸음으로 걷다가 나중에는 현관까지 단숨에 달려갔다. 주차장에서 상우가 사는 8동 현관까지는 고작 100여 미터도 되지 않는 짧은 거리였지만 늦은 밤이라 그런지 지나가는 사람이 없어 내심 겁을 먹은 모양이다. 물론 훤칠한 키에 다부진 체격에다가 군대도 공수부대를 다녀온 상우는 그리 심약한 성격의 소유자는 아니었지만 최근에 겪은 일들이 불안요소로 작용한 것이다.

상우는 연신 주위를 두리번거리며 현관으로 들어서더니 관리실에 경비가 없다는 사실에 다시 한번 불안한 마음에 사로잡혔다. 아마도 의례적인 주변 순찰을 나갔으리라. 월급을 받는 처지에 당연한 의무겠지만 하필이면 지금 나가다니, 상우는 은근히 자리를 비운 경비가 원망스러웠다.

"후우, 마냥 여기서 밤을 샐 수는 없지. 슬슬 올라가 볼까……."

불안한 시선으로 현관 밖을 살피던 상우는 아주 조심스럽게 엘리베이터의 버튼을 눌렀다. 마침 엘리베이터는 1층에 머무르고 있어서 바로 문이 열렸다.

상우는 길게 심호흡을 하고는 신중을 기하며 천천히 한 걸음씩 내딛었다.

　엘리베이터는 최대 수용인원이 7명에 불과해서 실내 공간이 비교적 좁은 편이었다. 상우가 사는 11층까지는 7, 8초가 소요된다. 다시 말해서 약 8초 동안은 2평 남짓한 밀실에 갇혀 있어야 하는 것이다. 몸을 숨길 수도 없는 비좁은 공간에서 말이다.

　너무나 비좁은 공간…….

　상우는 새삼스럽게 아파트의 낙후된 시설을 투덜거리며 11층 버튼을 눌렀다. 그런 상우의 불평에 대한 조건반사일까, 엘리베이터가 덜컹거리는 불협화음을 내며 올라가기 시작했다. 상우는 불현듯 영화 스피드의 오프닝을 떠올렸다. 연쇄반응으로 테러리스트의 조작으로 엘리베이터가 추락하는 장면이 반복되어 머릿속에 그려졌다. 불과 7, 8초라는 짧은 시간임에도 상우가 느끼는 주관적 시간은 몇 배로 늘어나는 느낌이었다. 불안한 마음에 주먹을 쥐어보지만 땀이 흐르는 탓에 그것도 맘처럼 되지 않았다. 정말이지 이래저래 어려운 상황이었다. 상우는 구석에 몸을 바짝 붙이고는 버튼의 램프가 상승하는 것을 뚫어지게 바라봤다.

　잠시 후, 11층을 알리는 차임벨이 울리자 안도의 한숨을 내쉬며 잽싸게 엘리베이터에서 뛰어내렸다.

　문득 복도에 걸린 거울을 보니 땀에 흠뻑 젖은 자신의 모습이 비춰졌다.

상우는 손수건을 꺼내 이마의 땀을 훔치고는 복도를 따라 걸었다. 공교롭게도 상우는 복도의 가장 끝에 위치한 1128호에 살고 있었다. 천장에 달린 형광등은 수명이 다했는지 깜빡거리며 점멸했고 어떤 형광등은 아예 불이 들어오지 않았다. 당연히 복도는 어두컴컴했고 상우의 발걸음도 한층 무거워졌다.

"제기랄, 도대체 관리비는 왜 내는 거야. 형광등이 나갔으면 당장 교체할 것이지. 정말 짜증나서 못 살겠네. 이러면서 월급은 잘도 받아가지. 망할 놈의 경비 같으니라고."

상우는 경비를 욕하며 주차장을 나설 때와 마찬가지로 현관까지 단숨에 달려갔다. 물론 스스로는 무서워서가 아니라 1초라도 빨리 집으로 들어가 침대에 눕고 싶기 때문이라고 자위했다.

도어 록에서 방범 체인까지 일사처리로 풀어버린 상우는 거실에서부터 양말을 벗어던지더니 침실로 들어설 때는 팬티바람이 되어 침대에 몸을 던졌다. 그리고는 덩치에 안 어울리게 이불을 끌어당겨서 머리까지 뒤집어쓰고 조용히 숨을 죽였다. 마치 누군가로부터 숨기 위한 행동처럼 보였다.

바로 그때, 기다렸다는 듯이 침대 머리맡에 있는 무선전화기와 거실의 유선전화기 벨소리가 동시에 울렸다.

상우는 화들짝 놀라며 반사적으로 시계를 봤다.

지난 일주일 내내 그랬듯 1초도 모자라지 않는 정확한 자정이다. 상우는 순간 걷잡을 수 없는 공포감에 휩싸였다. 분명 전화가 걸려오는 시간을 피하기 위해 시간을 체크하며 거리를 배회하다가 귀가하지 않았던가. 주차장에 차를 세웠을 때 이미 자정이 지나고 있음을 확인했었다. 그런데 어째서 지금이 자정이란 말인가.

상우는 바들바들 떨며 이불을 내리고는 전화기를 바라봤다. 그러나 감히 받을 생각은 하지 못하고 있었다. 그냥 제풀에 끊어지길 바라지만 기대와는 달리 벨소리는 좀처럼 끝날 기미가 보이지 않았다.

'제발 그냥 끊어라! 제발!'

벨이 19번 정도 울렸을 때다. 신호음과 함께 자동응답기가 실행되었다.

―안녕하세요, 최상우입니다. 지금은 제가 외출중이오니 용건이 있으신 분은 메시지와 연락처를 남겨주시길 바랍니다. 메시지를 확인하면 바로 연락을 드리도록 하겠습니다. 감사합니다.

의례적인 멘트가 끝나고 녹음 시작을 알리는 신호음이 울렸다.

―…….

아무런 말이 없다. 다만 규칙적인 숨소리만 미세하게 들려왔다.

 상우는 침대에서 내려와 거실로 나갔다. 자동응답기가 작동중임을 알리는 빨간 램프가 불길하게 점멸하고 있었다. 불빛을 보고 있으니 이상하게도 숨결이 거칠어졌다. 긴장한 탓일 게다.

 자동응답기에 녹음할 수 있는 최대 시간은 고작해야 2분이다. 그 말은 이제 1분 정도만 더 버티면 전화는 저절로 끊기게 되다는 뜻이다. 상우는 초조한 마음으로 벽시계를 바라보며 시간의 경과를 기다렸다.

 ─소용없는 짓이야.

 시계에만 정신 팔렸던 상우는 갑작스런 목소리에 헛기침을 했다. 응답기의 스피커에서 들려오는 목소리는 여성도 남성도 아닌 중성적인 느낌이었다. 게다가 전에 한 번도 들어보지 못한 낯선 이의 것이었고 무엇보다도 쇳소리가 섞인 기분 나쁜 허스키 보이스였다.

 상우는 주춤거리며 전화기로부터 물러났다.

 ─2분이 지나도 전화는 끊어지지 않아. 내가 원하기 전까지는. 그보다 좀 더 가까이 오지 않겠어. 오늘은 제대로 대화를 나누고 싶어.

 목소리가 부르고 있었지만 상우는 그럴수록 뒷걸음쳤다. 왠지 가까이가면 좋지 않은 일이 일어날 거라는 불길한 예감 때문이다. 계속해서 뒷걸음을 치던 상우는 등에 딱딱한 이물감을 느끼고는 화들짝 놀라 돌아섰다. 어느 틈에 방문까지 물러선 것이다.

─싫어? 그럼 직접 얼굴을 맞대고 대화할까? 기다려 봐. 지금 당신 집 앞이거든.

그때 현관문을 두드리는 소리가 들려왔다.

"으헉!"

상우는 너무 놀란 나머지 그대로 주저앉고 말았다. 다시 일어서려고 했지만 두려움 때문인지 다리에 힘이 들어가지 않았다. 문을 두드리는 소리가 점점 커져갔다. 그 소리에 맞춰 상우의 이빨이 딱딱 부딪친다. 정말로 목소리의 주인공이 찾아온 것일까. 알 수 없다. 감히 확인해볼 용기도 없다. 그러는 동안에도 문을 두드리는 소리는 위협하듯 점점 커지고 있다. 그냥 두면 문을 부수고 들어올 것만 같았다. 착시 현상인지 현관문이 주먹질로 군데군데 우그러지는 것처럼 보인다. 비명을 지르고 싶었지만 목소리가 나오지 않았다. 그저 입안에서만 맴돌 뿐이다.

두렵다. 두렵다. 두렵다. 두렵다. 두렵다.

이젠 어떻게 해야 하지. 누구든 날 도와줄 사람은 없는 건가. 누구든지 좋아. 제발 날 좀 도와줘. 도와? 그래 있었어. 그들이 날 도와준다고 했어. 바로 어제였었지. 이제야 생각이 나

                    무서운 이야기 2

다니. 모수선생, 그와 함께 찾아간 카페, 그리고 그들…….

상우의 귓가에 지난밤 찾아갔던 니르바나라는 카페 오너의 목소리가 들려왔다.

아마 그의 이름이…….

*   *   *

"어서 오십시오, 저는 이 카페의 오너인 이수한이라고 합니다."

"아, 예. 저는 최상우라고 합니다."

수한이 악수를 청하자 상우는 얼떨결에 그 손을 잡으며 한편으로는 곁눈질로 카페 안을 살펴봤다.

카페 니르바나.

이름만큼이나 이상한 카페였다. 니르바나는 다른 카페에서는 느낄 수 없는 특이한 분위기를 풍기고 있었는데 예를 들면 실내 인테리어가 그렇다.

출입문을 중심으로 봤을 때 우측 벽면은 검정색 일색으로 도색되었고, 그 위에 붉은 색으로 각종 부적의 문양이 그려져 있었다. 반면에 좌측 벽면은 반대로 흰색 바탕에 푸른색으로 오망성이나, 카발라나 만다라 같은 비교(秘敎)적인 상징을 지닌 문양들이 그려져 있었다. 전체적으로 본다면 우측 벽면은 동양적인 분위기, 좌측 벽면은 서양적인 분위기라 할 수 있었다. 테이블도 통나무를 그냥 잘라서 다리만 만들어서 쓰고 그 위에 넓은 원형 유리판을 올려놓은 것이 고작이다. 그리고 그 유리판 아래에는 타로 카드나 러시안 집시카드라든가, 각종 부적이 진열되어 있었다. 그 외에도 각종 명상도구, 종교 제의에 쓰이는 법구들이 전시되어 있었다. 종류도 다양해서 금강저, 칸타, 수정구, 수정목걸이, 다우징, 소형 피라미드 등, 카페 곳곳에 있는 기타 장식물도 비슷한 분위기였다. 마치 작은 규모의 오컬트 박물관이라고 할까?

카페 안의 사람들에게서도 범상치 않은 기운을 읽을 수 있었다.

상우를 이 카페로 데려온 모수선생이란 남자도 특이하다고 할 수 있었지만 카페의 오너라고 인사한 수한도 그에 못지않았다. 아니 더 강한 느낌이었다. 모수선생은 단순히 남다른 분위기를 지녔다는 인상을 받은 것에 불과했지만 수한에게선 보다 강렬한 카리스마가 느껴졌다. 그것은 편한 듯하면서도 쉽게 범접할 수 없는 무형의 벽과도 같았다.

수한의 뒤로 보이는 창가의 테이블에는 지적이면서도 왠지 차가운 느낌을 주는 20대 중후반의 미녀가 턱을 괸 채 창밖을 바라보고 있었다. 그런데 몸에 걸치고 있는 옷은 특이하게도 일본의 승려들이 곧잘 입는 스타일의 남색 가사였다.

　　　　　　　　　　　　　　무서운 이야기 2

옆에 5개의 고리가 달린 석장도 기대어져 있다. 그렇다면 비구니? 하지만 흑단 같은 머리가 허리까지 닿아있었다. 상우는 그녀의 정체를 파악하려다가 머리가 지끈거리는 것을 느끼고 곧 포기해버렸다.

그때 무뚝뚝해 보이는 인상의 청년이 그녀에게 차와 다과를 가져다주었다. 아마도 이 카페에서 일하는 청년인 듯싶었는데 외모가 이렇다할 특징이 없을 정도로 평범했다. 너무나 평범한 나머지 한, 두 번 봐서는 도저히 기억해낼 수 없는 그런 외모였다. 만일 그 청년이 군중들 사이에 서있거나, 거리에서 마주친다고 하더라도 쉽게 알아보지 못할 것 같았다. 입고 있는 옷차림도 아무런 특징이 없는 검정색 바지에 검정색 셔츠다. 마치 상갓집에 찾아가기 위한 복장 같았다. 그래서인지 청년을 보고 있으니 자연스레 '죽음'이란 단어가 떠올려졌다. 귀를 기울이자 두 사람이 나누는 대화가 어렴풋이 들려왔는데 여자의 이름은 반야(般若), 남자의 이름은 난엽이라고 하는 것 같았다. 어느 쪽이든 흔히 들을 수 있는 이름은 아니었다.

다른 테이블에 앉아있는 사람들도 '평범'이라는 단어와는 상당한 거리가 있어 보였다.

가까이 가면 악취가 날 것 같은 남루한 차림의 남자가 굵직한 대나무 통에서 산대를 뽑으며 뭔가를 연신 중얼거리는

가 하면, 검은색 드레스를 입고 짙은 화장을 한 여자가 큼지막한 수정구를 심각한 표정으로 바라보고 있고, 말끔한 정장 차림의 노인이 눈을 감고 가부좌를 틀고 앉아서 명상에 잠겨 있다든가, 정말 판박이처럼 꼭 빼닮은 귀여운 외모의 쌍둥이 아가씨가 타로카드를 뒤집으며 점을 치는 등, 어림잡아서 40여개에 달하는 테이블을 차지하고 있는 사람들 모두가 비슷한 수준이었다. 그나마 지극히 일반적인 기준에서 정상적인 사람을 찾는다면 상우가 유일하다고 할 수 있었다.

상우는 왠지 두통이 심해진다 싶어 주방 쪽으로 고개를 돌렸다.

니르바나의 주방은 개방형이었는데 여자라고 봐도 무방할 정도로 곱상한 외모의 청년이 차를 준비하고 있었다. 상우가 지금껏 봐온 카페 안의 사람들 중 가장 정상적으로 보였다. 물론 이 청년에게도 이상한 점은 있었다. 청년은 실내임에도 맹인들이나 쓸법한 짙은 선글라스를 쓰고 있었다. 그러나 행동을 봐서는 맹인으로 보이지는 않았다.

상우는 이 카페가 점점 이상하다는 생각이 들었다.

헛기침이 들려 다시 고개를 돌리니 카운터 옆에서 흡사 KFC 할아버지의 젊은 시절을 보는 듯한 외모의, 검정색 개량한복을 입은 남자가 단정한 자세로 붓글씨를 쓰고 있었다. 언뜻 카페 이미지와 언밸런스하면서도 묘하게 어우러지는

무서운 이야기 2

모습이었다. 먹을 잔뜩 머금은 붓을 들더니 일필휘지(一筆揮
之)로 문장을 써내려갔다.

其安也易持也, 其未兆也易謀也. 其脆也易判也, 其微也易散也.
(고요히 있을 때는 유지하기 쉽고, 아직 드러나지 않은 것은
도모하기 쉬우며, 허약한 것은 쪼개기 쉽고, 작은 것은 흐트
러뜨리기 쉽다.)

　노자 덕편에 나오는 구절이다. 그는 화선지를 들어 꼼꼼히
살피고는 마지막으로 '현천(玄天) 진우(眞雨)'라는 나관을 찍
고 마무리를 지었다. 상우는 아마도 현천은 휘호고 진우가
이름일 것이라 짐작했다.
　문득 시선이 마주치자 그가 화선지를 접어 건네며 조용히
웃었다. 왠지 보고 있으면 마음이 편해지는, 부처를 닮은 미
소였다.
　"어서 오십시오. 이진우라고 합니다. 가끔 저 친구가 자리
를 비울 때 대리 사장 노릇을 하고 있는 사람입니다. 이건 카
페를 방문해주신 것에 감사하는 작은 선물입니다. 그럼 편히
있다 가시길."
　상우의 예상대로 그의 이름은 진우였다. 진우는 사람 좋은
미소를 짓고는 다시 카운터 옆 자리로 돌아가 새로 먹을 갈

기 시작했다. 역시 수한의 경우처럼 독특한 분위기를 지닌 남자였다.

"손님, 이쪽으로 앉으세요."

상우는 진우에게 받은 화선지를 멍하니 바라보다가 귀를 즐겁게 하는 아리따운 목소리에 정신을 번쩍 차리며 고개를 들었다.

"네?"

순간, 술이 확 깨는 상우였다.

무표정한 청년과 마찬가지로 카페에서 일하는 종업원인 듯 싶었는데, 그야말로 '아름답다'라는 형용사를 위해 태어난 것 같은 미모의 아가씨가 쟁반을 허리에 끼고 생글거리며 웃고 있었다. 더구나 남자들의 로망(?)인 짧은 미니스커트의 메이드 차림이라니. 상우는 자꾸만 스커트 밑으로 쭉 뻗은 각선미로 시선이 가는 것에 어쩔 줄을 몰라 했다. 정작 당사자인 메이드 차림의 아가씨는 크게 신경 쓰지 않는 눈치였지만.

"험험, 이쪽으로 앉으라고 했나요?"

너무 노골적으로 시선을 주었다고 생각한 상우는 낮게 헛기침을 하며 그녀가 권한 자리에 앉았다. 이미 테이블에는 오너인 수한과 모수선생이 기다리고 있었다. 잠시 한눈파는 사이에 먼저 앉은 것이다. 상우는 머쓱한 표정을 지으며 고개를 숙였다.

　　　　　　　　　　　무서운 이야기 2

“희선아, 차를 좀 내와.”

“알았어.”

수한의 부탁에 화사한 미소를 지으며 차를 준비하러 가는 미모의 웨이트리스.

아, 이름이 희선이구나. 상우는 혹시 모를 인연을 위해 그녀의 이름을 머릿속에 입력했다.

“최상우 씨라고 하셨죠? 여기 모수선생에게 들었습니다. 매일 밤, 괴상한 전화에 시달린다고요? 그것 때문에 잠도 제대로 자지 못한다면서요.”

수한이 물었다.

“네? 아, 네. 그렇습니다. 이거 이야기를 해도 되는 건지 모르겠지만…….”

상우는 아직은 얼떨떨한 기분인데다가 평범하지 않은 카페 분위기 때문인지 말을 더듬거리며 망설이는 모습을 보였다.

“그냥 편하게 생각하세요. 성당에 가서 고해성사를 한다거나 가까운 친구에게 고민상담을 한다고 생각하심 될 겁니다. 익숙하지 않으시겠지만 아무래도 속에 담고 있는 말씀을 하시다보면 마음은 편해질 것 아닙니까?”

수한의 말에 상우는 몇 번의 한숨을 내쉬고는 천천히 입을 열었다.

“알겠습니다. 뭐가 뭔지 모르지만…… 그러니까 전화가 걸려오기 시작한 것이 지난주 수요일부터였습니다. 오늘이 꼭 일주일째로군요. 전화는 항상 자정에 걸려왔습니다. 단 1초도 틀리는 법이 없었어요. 전화를 받으면 소름끼치는 목소리가 들려와요. 남자도 여자도 아닌 그런 목소리 말입니다. 그런데 정말 무서운 것은 내가 무엇을 입고 있는지 뭘 하고 있었는지 마치 옆에서 보고 있는 것처럼 모두 알고 있다는 점입니다.”

“흥미롭군요.”

“처음엔 누군가 장난질을 한 거라 생각하고 경찰에 의뢰해서 발신자 추적을 해봤더니 그 시각에는 저희 집으로 걸려온 전화가 없다는 겁니다. 전화국에도 통화기록이 남아있지 않고 하더군요. 이게 믿어지십니까?”

“세상에는 논리적으로 설명할 수 없는 일이 얼마든지 있는 법입니다. 게다가 저는 상상할 수 없는 엄청난 포용력을 갖춘 보기 드문 사람이므로 당연히 최상우 씨의 말을 믿고 있습니다. 진심으로 말입니다.”

수한은 뻔뻔스럽게도 자화자찬의 말을 아무렇지도 않게 내뱉었다. 스스로 생각해도 낯뜨거울만한데도 표정하나 바뀌지 않는 걸 보면 상당한 내공(?)의 소유자인 듯싶었다. 여느 때 같았으면 초면이라도 한마디 했을 상우였지만 지금은 상황이 상황이니만큼 잠자코 수한의 말을 들어주었다.

“그런데 전화가 걸려오기 시작한 것이 지난 수요일부터라고 하셨죠? 혹시 그즈음에 뭔가 이상한 일을 겪거나 의심쩍은 것은 없습니까? 이를테면 가까운 사람이 다쳤거나, 누군가에게 원한을 살만한 일을 했다든지…….”

“아닙니다! 전 누구에게 원한을 살만한 일을 한 적이 없습니다.”

상우는 수한의 물음에 완강하게 부정하며 목소리를 높였다.

“하하하, 죄송합니다. 기분이 상하셨다면 용서해주시길 바랍니다. 그런 의도에서 꺼낸 말은 아니었어요. 다만 그 전화가 만에 하나 초자연적인 현상으로 해석된다면 뭔가 원인이 되었을 법한 일이 있을 거라 생각했기 때문입니다. 아실지 모르겠지만 그믐누리의 세계를 지배하는 것은 인과율(因果律)의 법칙이니까요.”

“인과율이라고요?”

“네. 잘 생각해보세요. 뭔가 징후가 될 만한 일이 있었을 겁니다.”

잠시 생각에 잠기던 상우는 뭔가 생각났다는 듯 고개를 번쩍 들더니 수한을 바라봤다.

“그렇다면 혹시…… 생각났어요. 하지만 정말 그 것과 연관이 있는지는 모르겠지만.”

“뭔지 말해보세요.”

"그러니까 지난주 월요일이었습니다. 그날따라 특별히 피곤하지도 않았는데 늦잠을 자버렸죠. 덕분에 회사에 지각하고 말았습니다. 아시죠? 월요일 아침 출근길의 러시아워가 어떤 건지. 늦어도 너무 늦어버린 겁니다. 아침 조회가 끝나서야 사무실에 도착했으니까요. 당연히 과장에게 한소리 듣게 되었죠. 그런데 재수가 없으려고 그랬는지 그 날은 계속 일이 꼬이는 겁니다. 결제를 올려야 하는 서류가 갑자기 사라지질 않나. 점심시간에는 식당에서 식사를 하고 나오다가 문턱에 걸려서 넘어지질 않나. 정말이지 머피의 법칙이란 말이 실감나는 하루였죠."

"정말 짜증나는 하루였겠군요."

"그렇게 하루 종일 일이 계속 꼬이기만 하니 그냥 집에 갈 수가 없겠더군요. 그래서 친구들을 불러내서 술을 마셨죠. 그런데 술자리가 거의 파할 무렵에 친구 하나가 그 '공중전화'에 관한 이야기를 꺼냈습니다."

"공중전화요?"

"네, 공중전화요. 우리가 술을 마신 주점에서 조금 떨어진 곳에 공중전화 부스가 하나 있는데 친구 말로는 워낙 으슥한 장소에 세워진 거라 사고도 많이 발생하고 사람들도 잘 다니지 않아서 폐쇄가 된지 오래라고 하더군요. 그런데 무슨 영문인지 전화국에서 전화기를 수거해 가지 않았는데 언제부터인가 어두운 밤에 사람이 지나가면 공중전화의 벨이 울린다는 겁니다. 귀신이 붙은 전화기라나요. 그래서 전화국에서도 수거하지 않은 거라더군요. 물론 처음 그 이야기를 들었을 때 저는 웃었죠. 요즘 세상에 귀신이라니 그게 말이 되는 소리입니까. 제가 말도 안 된다고 하자 친구 녀석이 절대로 거짓말이 아니라면서 그렇게 믿을 수 없다면 직접 가보자고 하더군요. 술도 마셨겠다, 아침부터 계속 짜증나는 일만 생겨서 기분도 꿀꿀한 참에 잘됐다 싶었죠. 그냥 기분 전환삼아 가보는 것도 나쁘지 않을 거라 생각했어요."

"그래서 그곳에 가보셨나요?"

"네. 정말 친구 말대로 인적이 드문 장소더군요. 서울 시내에서 그렇게 으슥한 곳이 또 있을까 싶을 정도로 외진 장소였습니다. 낡은 벤치가 하나 있고 고장이 났는지 불 꺼진 가로등 아래 공중전화 부스가 있었습니다. 역시나 오래되었는지 페인트가 군데군데 벗겨져 있더군요. 처음엔 호기로 그곳까지 갔었는데 막상 어두컴컴한 장소에 공중전화부스 하나만 서있는걸 보니 왠지 으스스한 느낌이 들었어요. 그렇다고 없던 일로 하자니 자존심이 허락하지 않았습니다. 옆에선 친구 녀석이 지켜보고 있어서 더욱 그럴 수가 없었죠."

"꽤 곤란하셨겠네요."

"그렇죠. 조금 망설이다가 친구 녀석이 은근히 약을 올리는 바람에 결국 공중전화 부스까지 걸어갔습니다. 다른 친구들은 무섭다며 멀찌감치 서서 구경을 했죠. 그렇게 조심스럽게 다가가고 있는데 정말로 친구 말대로 벨이 울리는 겁니다. 순간 다리에 힘이 쭉 빠지는 느낌이었어요. 공중전화기는 구형 모델이어서 요즘처럼 착신기능이 있을 리가 없었거든요. 게다가 오래 전에 폐쇄된 부스였다고요. 회선이 살아있지도 않은데 실수라도 전화가 걸려올 확률은 제로인 겁니다. 갑자기 겁이 덜컥 났습니다. 그런데도 그 자존심이 뭔지 물러설 수도 없겠더라고요.”

“그럼 그 전화를 받은 겁니까?”

“네, 받았어요. 망설이다가 마음 굳게 먹고 수화기를 들었죠. 제가 공수부대에서 복무를 했는데 그때도 담력훈련을 자주 받았지만 정말 살 떨리는 경험이었습니다. 수화기가 그렇게 무거울 수가 없었죠. 입도 잘 떨어지지 않고. 아주 간신히 수화기를 귀에 댈 수 있었습니다. 식은땀이 다 나더군요. 그런데 수화기에선 아무 소리도 나지 않았습니다. 소문처럼 귀신이 들린 게 아니었던 겁니다. 아마 잘은 모르지만 너무 오래된 기계라서 고장으로 벨이 울렸던 것 같아요. 저는 친구들을 향해 보란 듯이 수화기를 흔들며 웃어주었죠. 그런데 말이죠. 마냥 웃을 수가 없었어요.”

“왜죠?”

"그때 친구들의 표정이…… 그게 그러니까…… 다들 뭔가를 보고 놀란 표정을 짓고 있었어요. 하얗게 질린 얼굴을 하고는 손가락으로 제 등뒤를 가리키고 있었습니다. 어떤 말을 하려고 하는 것 같은데 모두 입만 벌린 채 아무 소리도 내지 못했어요. 바로 그 순간이었습니다. 갑자기 등골이 오싹해지는 기분이 들더니 온몸에 소름이 돋더군요. 마치 냉장고를 열었을 때 서늘한 한기가 피부에 닿는 느낌이랄까요. 그런 기운이 엄습했습니다. 바로 제 뒤에서 말입니다. 옴짝도 할 수 없었죠. 친구들은 아예 사색이 되어서 저를 바라보고 있었습니다. 저는 용기를 내서 뒤를 돌아보기로 마음먹었습니다. 그리고 심호흡을 하고 천천히 고개를 돌렸죠. 아주 천천히…… 절반 정도 고개를 돌렸을 때, 별안간 친구 하나가 비명을 질렀습니다. 그리고 그것을 신호로 친구들이 앞 다투어 뛰기 시작하더군요. 덩달아 저도 뛰었습니다. 이유는 모르지만 왠지 그래야 할 것 같았어요."

"그래서 어떻게 됐습니까."

"다시 주점까지 달려가는 동안 한 번도 멈추지 않았습니다. 정말 눈썹이 휘날리도록 뛰었죠. 주점에 도착해서 숨을 돌리는 동안, 친구들에게 물었습니다. 도대체 뭘 봤냐고. 그랬더니 다들 말은 안하더군요. 그러다가 제가 계속 다그치니까 처음 제안을 했던 친구 녀석이 가르쳐줬습니다. 제가 전화를 받았을 때, 공중전화 부스의 유리창 너머로 어떤 여자가 싸늘하게 웃고 있었더랍니다. 저를 보고 말입니다."

"그래요?"

"전 친구들이 작당을 하고 장난친 거라 여기고 그 말을 무시했죠. 웃기지 말라고. 장난인거 아니까 적당한 선에서 끝내라고. 그런데 친구들의 태도가 좀처럼 바뀌지 않더군요. 그냥 장난이라고 하기엔 녀석들의 얼굴이 너무나 진지했어요. 결국 전 찜찜한 마음에 바로 술자리를 끝내고 집으로 돌아왔습니다. 그리고 그냥 잊어버렸어요. 정말 녀석들 말대로 장난이 아니라면 다들 술에 취했었고 분위기가 그래서 헛것을 본거겠죠. 왜 그런 일이 가끔 있잖아요."

"그렇지요. 그래서 그 이튿날부터 전화가 걸려온 겁니까?"

"그게 서로 연관이 있는 건지는 모르지만 이튿날부터 전화가 걸려온 것은 맞습니다. 그 끔찍한 전화는 정말이지……."

"알겠습니다. 그렇게 된 거로군요. 이야기를 들어보니 최상우 씨의 경우라면 열반차를 주문할 수 있는 조건이 성립이 되는 것 같습니다. 어떻습니까? 열반차를 주문하시겠습니까?"

"네? 열반차요?"

상우는 생전 처음 들어보는 차의 이름에 고개를 갸웃했다.

"그렇습니다. 열반차, 아주 특별한 차라고 할 수 있습니다. 저희 카페에서만 취급하는 차니까요."

　수한이 열반차를 언급하자 갑자기 카페 안의 분위기가 술렁이며 사람들의 시선이 일제히 상우에게 집중되었다. 마치 그의 대답을 기다리는 것 같았다.

　"그 열반차라는 것을 주문하면 제 문제가 해결된다는 겁니까?"

　상우가 조심스럽게 물었다.

　"해결이 된다면 주문하시겠다는 말씀이군요. 좋습니다. 가마있어보자 이번 일을 누구에게 맡기면 좋을까."

　수한이 턱을 매만지며 고민하는 표정을 짓자 각 테이블에 앉아있던 사람들이 일어나고 종업원들도 하던 일을 멈추고 수한을 바라봤다. 알고 보니 상우를 제외하고는 카페 안의 사람들은 모두 손님이 아니었던 것이다. 그들은 마치 자신을 호명해달라는 눈빛으로 수한의 다음 말을 기다렸다.

　"그럼 간단히 열반차의 가격에 대해 설명 드리죠. 에에, 저희는 언제나 현찰을 기본으로 하고 있습니다. 뭐 예외적인 경우도 있습니다만……."

　만면에 가득 웃음을 띠우고 있는 수한의 모습은 어떤 특별한 힘을 지닌 능력자라기보다는 노련한 장사꾼처럼 보였다. 상우는 그런 수한을 보고 있자니 은연중에 가졌던 일말의 기대감이 거품처럼 사라지는 기분이 들었다.

　'이 사람, 정말 신뢰할 수 있을까…….'

쿵! 쿵!

바깥에서 문을 두드리는 소리에 상우는 퍼뜩 정신을 차리고 고개를 들었다.

얼마나 세게 내려쳤는지 현관문은 형태를 알아보기 힘들 정도로 심하게 우그러져 있었다. 지금 밖에서 문을 두드리고 있는 것의 정체는 무엇일까. 궁금하다고 해서 문을 열고 확인하고 싶은 마음은 조금도 없었다.

쿵! 쿵!

더 이상 현관문이 버티지 못할 것 같다. 보조 자물쇠는 이미 부서진 지 오래고, 방범체인마저 끊어져버렸다. 누군가에게 도움을 청하고 싶지만, 저렇게 요란한 소리를 내며 문을 부수고 있는데도 이 빌어먹을 이웃들이나 경비들은 코빼기도 보이지 않는다.

상우는 벽을 짚고 가까스로 몸을 일으키고는 휘청거리며 뒤로 물러섰다.

그 사이에도 문밖의 존재는 계속해서 현관문을 두드리며 집안으로 들어오려고 한다. 상우가 두려움 때문에 잘 움직여지지 않는 발을 바닥에 질질 끌어가며 물러서다가 베란다로

통하는 창문에 등이 닿는 순간,

콰직!

현관문이 비명을 지르며 떨어져 나갔다. 차디찬 유리창으로 전해지는 서늘한 기운을 느낄 겨를도 없이 상우는 반사적으로 팔을 들어 눈을 가리며 비명을 질러댔다.

"으아아아악!"

그 무언가가 접근하는 것을 막기 위해 눈을 감은 채, 필사적으로 팔을 휘젓는 상우. 그러나 손에 느껴지는 감촉이 없었다. 예의 기분 나쁜 서늘한 기운만이 상우를 휘감은 채 가슴을 답답하게 만드는 정적이 흐른다.

"최상우 씨? 괜찮으십니까? 최상우 씨."

귀에 익은 목소리다. 상우는 깜짝 놀라며 고개를 들었다.

눈부신 빛과 함께 인자한 미소로 상우를 내려다보고 있는 거구의 사내, 마치 후광을 안고 있는 부처의 모습을 보는 듯했다.

"당신은……."

상우는 손으로 빛을 가리며 사내의 얼굴을 확인하더니 떨리는 목소리로 말했다.

"어젯밤에 인사를 나눴었죠? 이진우라고. 기억나십니까?"

지난밤 니르바나란 카페를 찾아갔을 때 카운터 옆에서 붓글씨를 쓰고 있던 KFC 할아버지를 닮은 남자, 바로 그였다.

그때와 마찬가지로 검정색 개량한복을 걸치고 손에는 의사들이 왕진을 나갈 때나 쓸법한 커다란 가죽 가방을 들고 있었다. 살짝 지퍼가 열려진 틈으로 붓이라든가 먹, 벼루 같은 지필묵이 보였다.

상우는 기억한다는 의미로 조용히 고개를 끄덕였다.

"하하하, 죄송합니다. 제가 조금 늦었죠? 워낙 길치라 찾는 데 애를 먹었습니다."

진우는 멋쩍게 웃으며 손을 뻗어 상우를 일으켜주었다.

"네?"

상우는 갑작스런 그의 등장에 어리둥절한 표정을 지으며 고개를 갸웃했다.

"지난밤에 저희 카페에 오셔서 열반차를 주문하지 않으셨습니까? 이번 의뢰는 제가 맡게 되었습니다. 제비뽑기를 했더니 제가 걸리더군요. 하하하."

"그런데 집안으로 어떻게 들어오셨죠? 분명히 문을…… 아!"

순간 상우는 자신이 복도에 나와 있음을 깨달았다. 옷도 정장 그대로였고 손에는 현관열쇠가 쥐어져 있었다. 놀랍게도 상우는 집안으로 들어가지 않은 것이다. 깜짝 놀라 고개를 돌리니 심하게 우그러졌던 현관문도 멀쩡해 보였다. 혹시나 하는 마음에 꼼꼼히 살펴봤지만 작은 흠집하나 발견할 수

　　　　　　　　　　　무서운 이야기 2

없었다. 그렇다면 환각을 보았다는 말인가. 상우는 머리가 지끈거리는 것을 느끼며 현관문에 몸을 기대었다.

"이럴 수가…… 전 분명히 조금 전까지 집안에 있었습니다. 그러다가 누군가 문을 두드리는 소리가…… 문이 부서지고, 아까 주차장에서 올라와서 그러니까……."

상우는 적지 않은 충격을 입었는지 넋 나간 얼굴로 횡설수설했다.

"최상우 씨, 진정하세요. 괜찮습니다. 이렇게 놀라시는 것도 무리가 아니죠. 흔히 일어나는 일입니다. 건강했던 사람들도 원기가 쇄약해지면 환시나 환청을 듣는 경우가 생기죠. 그런 경험 없으십니까? 최상우 씨의 경우도 비슷한 겁니다. 흠, 이렇게 바깥에 있지 말고 일단 들어가서 다시 이야기하죠."

진우는 상우가 듣건 말건 간단한 설명을 해주고는 그가 쥐고 있는 열쇠로 현관문을 열었다. 현관문이 열리자 서릿발 같은 차가운 기운이 두 사람을 휘감았다. 어찌나 싸늘한지 입에서 입김이 나오질 지경이었다. 상우는 움찔거리며 진우의 뒤로 몸을 숨겼다.

"뭐, 뭡니까."

"이거 생각보다 심각하군요. 집안 가득 귀기(鬼氣)가 서려 있네요."

진우가 안경을 고쳐 쓰며 나직하게 말했다. 그러나 그의 목소리에선 상우와 같은 두려움의 기색은 느껴지지 않았다. 이런 일에는 익숙한 것인지 놀라울 정도로 차분한 어조였다.

"귀기라고요?"

상우의 물음에 진우는 무겁게 고개를 끄덕였다. 상우는 진우의 말을 확인이라도 하려는 듯 집안을 둘러봤다. 정말 진우의 말처럼 귀기가 보이는 것은 아니지만 말로 표현할 수 없는 어떤 오싹한 기운이 느껴졌다.

"일단 귀기부터 몰아내야겠군요."

진우는 말을 마치기가 들고 있던 가방을 열더니 지필묵을 꺼내 바닥에 늘어놓았다. 벼루와 먹, 붓, 문진을 꺼내고 마지막으로 화선지를 펼쳤다. 상우는 진우의 행동에 호기심이 생겨 두려움도 잊은 채 그의 옆에 쭈그리고 앉아서 조용히 다음 행동을 지켜봤다.

"우리가 쓰고 읽는 문자에는 신비한 힘이 담겨져 있습니다. 본래 주술의 가장 기본적인 것이 바로 말과 글이죠."

진우는 상우의 궁금증을 풀어주려는 듯 먹을 갈며 조용히 말을 이었다.

"그리고 이 문자의 힘으로 귀기를 몰아낼 수도 있습니다. 그럼 한번 볼까요? 우선 귀신 귀자를 써보도록 하지요."

진우는 조용히 웃더니 붓을 들어 화선지 위에 커다랗게 '鬼'라는 한자를 썼다. 그러자 집안 가득 충만해있던 오싹한 기운들이 좀더 구체적이고 강렬하게 느껴졌다. 온몸에 소름이 돋고 희미하게 구슬프게 우는 여인의 울음소리가 들리는 듯했다. 심지어는 거실의 가구들이 요동을 치며 흔들리고 있었다. 상우는 비명을 지르고 싶은 충동을 억누르며 피가 배어나올 정도로 입술을 깨물었다.

"이게 귀신 귀(鬼)자지요. 그런데 여기 위에 차츰 나아간다는 의미를 지닌 '점(漸)'이라는 한자를 써넣으면 의미가 완전히 달라지죠, 바로 '귀신 죽을 참'이 됩니다."

진우가 화선지 위에 '참'이라는 한자를 완성시키는 순간, 놀라운 일이 벌어졌다. 붓을 내려놓기가 무섭게 화선지 위에 쓴 '참'자가 눈부시게 빛나는가 싶더니 갑자기 찢어질 듯한 여자의 비명소리가 날카롭게 울려 퍼졌다. 상우 역시 귀를 틀어막으며 비명을 질렀다. 거실에 있는 작은 집기들이 날아오르며 이리저리로 내던져지고 형광등이 숨 가쁘게 점멸했다. 베란다 창문이 저절로 열리고 커튼이 심하게 나부꼈다. 그리고 잠시 후, 비명이 멎고 거짓말 같은 고요가 찾아왔다. 마치 아무 일이 없었다는 듯 모든 것이 제자리를 찾아갔다.

조심스럽게 눈을 뜬 상우는 믿을 수 없다는 표정을 지었다. 이번에도 환각이 아닌지 자신의 뺨을 꼬집어보더니 놀란 눈을 하며 진우를 바라봤다. 상우의 눈에는 진우가 대단한 마법이라도 부린 것처럼 보였다.

“당신 도대체 정체가 뭡니까.”

상우가 조심스럽게 물었다.

지필묵을 다시 가방 안에 집어넣던 진우가 손을 멈추고 상우를 바라보더니 사람 좋은 웃음을 지어보였다.

“저 말입니까? 말씀드렸다시피 이진우라고 합니다. 그냥 어디서나 흔히 볼 수 있는 평범한 서예가이지요. 아, 굳이 차이를 둔다면 문자가 지닌 힘을 다룰 줄 아는 정도랄까요? 그런 의미에서 문령술사(文靈術士)라고 부를 수도 있겠군요.”

“문령술사?”

“자, 그것보다 완전한 마무리를 하기 위해서는 그 공중전화 부스를 찾아가야 할 것 같습니다. 그게 어디 있지요?”

“공중전화 부스 말입니까? 지금 거길 찾아가겠다는 말씀입니까. 이런 늦은 시각에?”

“물론이죠. 일단 집안에 서려 있는 귀기를 몰아내기 했지만 근본적인 문제를 해결하지 않으면 또 다시 찾아오게 됩니다. 그럼 악순환만 거듭될 뿐이지요.”

“하지만…….”

“자자 머뭇거리다가는 시간만 지나갑니다. 어서 가시죠.”

진우는 머뭇거리는 상우를 이끌고 지하주차장으로 내려갔다. 어두컴컴한 주차장으로 들어서자 상우는 조금 전의 기억 때문인지 한 차례 몸을 떨고는 빠른 걸음으로 자신의 차가 있는 곳까지 걸어갔다.

"꼭 이 시간에 가야겠습니까? 날이 밝은 후에도 얼마든지…… 어?"

상우는 내키지 않는다는 얼굴로 진우에게 말을 걸다가 진우가 곁에 없음을 확인하고 깜짝 놀라고 말았다. 분명 함께 지하주차장까지 내려왔었는데…… 설마, 이번에도 환각이라는 건가. 상우는 연신 고개를 돌려가며 진우를 찾아봤지만 텅 빈 주차장에는 자신을 제외하고는 아무도 없었다. 정말이지 도깨비에게 홀린 기분이었다.

그때였다.

별안간 강한 빛이 들이치며 빠른 속도로 상우에게 돌진해 왔다. 더불어 맹수의 포효와도 같은 우렁찬 소리가 들렸다. 상우가 미처 피할 틈도 없이 그 빛은 그대로 상우를 덮쳤다. 상우는 두 팔로 얼굴을 가리며 비명을 질렀다.

"으아아악!"

낮은 맹수의 울음소리에 상우는 천천히 눈을 떴다. 그리고 자신을 덮친 빛의 정체를 확인하고는 실소를 머금었다. 그것은 거대한 체구를 지닌 4륜 구동의 랜드 쿠루저였다. 상우가 맹수의 울음소리가 생각한 것은 랜드 쿠루저 특유의 거친 엔진소리였다. 사실 차체도 엄청나게 커서 맹수라 불러도 손색이 없어 보였다. 국내에서는 거의 찾아 볼 수 없는 차종이라 그런지 왠지 묘한 이질감이 느껴졌다. 엔진소리가 낮아지고 상우의 시야를 어지럽히던 서치라이트가 꺼지자 운전석이 보였다.

"최상우 씨, 빨리 타세요."

부처를 닮은 듯한 미소의 소유자, 진우가 운전석에서 손짓을 하고 있었다.

상우는 잠시 멍한 표정으로 있다가 진우가 계속 부르자 그제야 정신을 차리고 조수석에 올라탔다. 진우는 상우가 옆자리에 올라타자 싱긋 웃으며 다시 라이트를 켰다. 강렬한 빛이 어두컴컴한 주차장 내부를 환하게 밝혔다.

"차가 꽤 크네요."

상우가 멋쩍게 웃으며 말했다.

"그렇습니까? 승차감은 그리 좋은 편은 아니지만 어떤 도로든지 구애받지 않고 달릴 수 있다는 장점이 있죠."

"네에……."

"그럼 그 공중전화부스가 어디 있는지 가르쳐 주시겠습니까? 제가 워낙 길눈이 어두워서 좀 도와주셔야겠습니다. 안 그러면 밤새도록 서울 시대를 빙빙 돌지도 모르거든요."

상우는 조용히 고개만 끄덕였다. 사실 마음 같아서는 그 기분 나쁜 곳에 다시 가고 싶지 않았지만 진우의 말처럼 완전한 마무리를 위해서는 어쩔 수 없었다. 끝낼 수만 있다면

지금 확실하게 끝내는 것이 좋다고 생각했다. 그러나 문제의
공중전화부스를 찾아가는 일은 여전히 내키지 않았다.

"여기서 어디로 가야 됩니까?"

"네? 아, 네에. 우회전 하시면 됩니다. 그리고 계속 직진이
요."

지하주차장을 빠져나온 랜드 쿠루저는 8차선 도로로 들어
서자 특유의 거친 엔진소리를 내며 어둠을 뚫고 달리기 시작
했다. 마치 사냥을 나서는 맹수처럼.

*　　　*　　　*

"하아, 이런 곳에 있었군요. 정말 구석진 곳이네."

문제의 공중전화부스는 상우의 이야기처럼 정말 외진 장
소에 있었다.

차에서 내린 진우는 더운지 합죽선으로 부채질을 하며 주
변을 둘러보았다. 오래전에 공사가 중단된 듯한, 뼈대만 앙
상하게 남은 건물 한 채가 휑하니 서있었고 가로등도 공중전
화부스를 밝히고 있는 것을 제외하면 모두 꺼진 상태라 그런
지 음산한 분위기를 자아냈다.

"꼭 여기에 와야 하는 겁니까."

뒤따라 내린 상우는 재빨리 진우의 뒤로 몸을 숨기며 다소

원망조로 물었다.

"단순히 몰아내는 것만으로는 해결이 되지 않으니까요. 저겁니까? 상우 씨가 말한 공중전화부스가."

진우가 혼자 덩그러니 서있는 공중전화부스를 가리키자 상우는 말없이 고개를 끄덕였다.

"그래요? 그럼 한번 가보죠."

"네?"

상우는 진우의 말에 놀라는 표정을 지으며 뒷걸음을 쳤다. 그러나 진우는 상우의 옷깃을 잡아끌며 공중전화부스 쪽으로 걸어갔다.

"저기 잠깐만요. 꼭 가야합니까? 아니 그게 아니라요. 저기 제 말은 전 여기서 그냥 기다리면 안 됩니까. 전 말이죠……."

상우가 질질 끌려가다 시피하며 하소연을 하자, 문득 고개를 돌린 진우가 하는 말.

"벌써 다 왔는데요."

어느 틈에 공중전화부스 바로 앞까지 걸어온 두 사람. 머쓱해진 상우는 낮게 헛기침을 하며 진우의 시선을 외면했다.

"그나저나 이거 정말 낡았군요. 공중전화기도 구형이고. 와아, 이게 도대체 몇 년도에 나온 전화기지. 요즘엔 보기 힘든 모델인데요. 어디보자."

진우는 연신 감탄을 하며 공중전화를 살펴보다가 수화기

로 손을 뻗었다. 그러자 갑자기 전화벨이 요란하게 울어댔다. 꽤 가까이 접근해있던 상우는 깜짝 놀라며 허둥지둥 뒤로 물러서다가 발이 꼬여서 그만 주저앉고 말았다. 진우는 상우를 일으켜주고는 아무렇지도 않다는 표정으로 수화기를 집어 들었다.

"일단 걸려온 전화는 받아보는 것이 좋겠지요. 아아, 여보세요?"

아무런 대답이 없다, 다만 치직거리는 잡음만 간헐적으로 들려오는 것이 상우의 경우와 비슷했다. 진우는 어깨를 으쓱거리며 상우를 돌아봤다. 그런데 무엇을 본 것일까. 상우는 백짓장처럼 하얗게 질린 얼굴로 진우의 등뒤를 가리키고 있었다. 잔뜩 겁을 먹은 나머지 말문도 제대로 열지 못하고 '으으'거리며 낮은 신음소리만 냈다.

"뭡니까? 왜 그러시죠?"

"으으으……."

상우는 대답도 하지 못하고 계속 진우의 등뒤를 가리켰다.

"제 뒤에 뭐가 있다는 겁니까? 흐음."

상우가 가리키는 쪽으로 고개를 돌린 진우는 눈을 가늘게 떴다.

푸르스름한 음영을 후광처럼 드리운 채 싸늘한 눈빛을 보내고 있는 여인. 공교롭게도 고개를 돌리자마자 여인과 눈이 마주쳤지만 진우는 별로 놀라는 기색도 없이 무심한 표정으로 그녀를 바라봤다.

그녀는 분명 살아있는 사람은 아니었다. 반투명하게 보이는 모습이 그것을 반증하고 있었다. 붉게 충혈 된 원망어린 눈초리, 창백한 얼굴이나 푸르게 바래버린 입술은 충분히 공포감을 불러일으킬만한 요소였지만 진우에게는 통용되지 않는 듯했다.

"당신이었습니까? 산 자와 죽은 자의 경계를 무시하고 이승의 사람과 연을 맺으려고 했던 영(靈)이. 다 부질 없는 짓입니다. 어떤 한 맺힘이 있는지는 모르겠지만 이곳은 당신이 머무를 데가 못됩니다. 그만 미련을 버리시고 떠나세요."

진우가 점잖은 말투로 타일렀지만 여인의 영은 힘차게 고개를 저으며 완강하게 거부 의사를 나타냈다. 그러자 진우는 눈을 부릅뜨며 다시 한번 강한 어조로 말했다.

"어허, 당신이 머무를 곳이 아니래두요. 이렇게 고집을 피우시면 곤란합니다."

진우가 다가서려하자 여인의 영이 고개를 세차게 흔들며 소리 없는 비명을 질렀고 동시에 공중전화부스의 유리창에 균열이 생겨났다. 지진이 일어난 것처럼 공중전화부스가 흔들렸다. 균열이 점점 심해지고 '쩍!' 소리와 함께 유리창이 깨지면서 파편들이 날아들었다.

"이런!"

진우가 혀를 차며 상우를 낚아채더니 덩치가 무색할 만큼 민첩한 움직임으로 날아드는 파편들로부터 멀찌감치 달아났다. 그러나 상우까지 피신시키느라 빈틈이 생겼는지 몇 개의 유리파편이 팔뚝에 박혔다.

"난 대화를 하려고 했는데 이거 너무하는걸. 이래서야 원만한 해결을 할 수가 없잖아."

단숨에 차가 있는 곳까지 달아난 진우는 상우를 내려놓고는 여인의 영을 바라보며 혼잣말로 투덜거렸다. 진우가 돌아보자 여인의 영은 긴 머리카락을 나부끼며 공중전화부스 위로 천천히 상승했다.

—그아아아아아아!

고개가 아파서 쳐다보기 힘들 정도로 높이 상승한 여인의 영은 싸늘한 눈초리로 진우를 내려다보더니 입을 벌리며 소리 없는 파장을 내쏘았다. 그것은 인간의 가청영역을 넘어선 고주파로 주변의 사물에 강한 영향력을 발휘했다. 가로등들이 휘어지고 철제빔으로 이루어진 공중전화부스가 형태를 알아보기 힘들 정도로 찌그러졌다. 흉하게 뼈대만 남아있던 건물들도 그 진동에 못 이겨 와르르 무너져 내렸다. 진우 주변의 보드블록들도 일제히 일어나며 사방으로 날렸다. 육중한 체구를 지닌 랜드 쿠루저마저 들썩거리며 금방이라도 뒤집어질 기세였다. 차 뒤로 몸을 숨긴 상우의 비명이 들려온다. 이 아비규환 속에서 오직 진우만이 꼿꼿하게 서서 여인의 영을 노려보고 있었다.

"이렇게까지 강렬한 영파(靈波)를 내쏘는 걸 보면 꽤 한이 깊은 모양인걸. 정화를 시키려면 쉽지가 않겠어. 후우, 이거 아무래도 제비뽑기를 잘못 뽑은 거 같은데. 한 맺힌 여귀(女鬼)는 내 전공이 아니잖아."

걱정스런 말투와 달리 진우의 표정은 지나칠 정도로 느긋했다.

"그렇다고 감당하지 못할 수준은 아니군. 그래도 조금은 귀찮겠지만."

그렇게 말하며 바닥에 가부좌를 틀고 앉은 진우는 지필묵을 꺼내더니 선우의 아파트에서처럼 화선지를 펼쳤다. 화선지가 여인의 영이 내쏘는 영파에 의해 요동을 치며 나부끼자 용(龍)모양의 문진으로 단단히 고정시켰다. 그러자 미칠 듯이 펄럭거리던 화선지가 영파의 영향력에서 벗어나버렸다.

"그럼 이 아가씨의 성깔을 좀 눌러볼까."

진우는 조용히 웃으며 붓을 들었다.

처음 진우가 쓴 한자는 입 구(口)였다. 이어 다시 붓을 놀리더니 그 안에 계집 여(女)를 써넣었다. 그리고는 빙그레 웃음 짓는 진우.

"입 구자에 계집 여를 넣으면 '아이 입'이 되지. 아무리 한이 맺힌 영혼이라도 아이처럼 순수한 마음으로 돌아가면 얌전해지는 법."

그 순간 여인의 영이 단말마의 비명을 남기며 강한 인력에 이끌리듯 찌그러진 공중전화부스 안으로 빨려들어 갔다. 여인의 영이 다시 나오려고 발버둥을 쳤지만 무슨 이유에선지 공중전화부스에서 벗어날 수가 없었다.

"우리가 쓰고 읽고 부르는 말과 글자에는 신기한 힘이 담겨져 있지요. 가장 원초적인 주술이랄까요? 나의 문령(文靈)에 봉인된 이상, 당신이 빠져나올 수 있는 가능성은 매우 희박합니다. 그만 포기하세요."

진우의 충고를 들은 것일까, 아니면 공중전화부스에 갇힌 형상인 아이 입이란 한자의 의미처럼 온순해진 것인지 명확한 이유는 알 수 없었지만 여인의 영은 더 이상 난동을 부리지 않고 무릎을 끌어안은 채 쪼그리고 앉아서 슬픈 눈으로 진우를 바라봤다. 그 모습이 안쓰러웠는지 진우는 씁쓸하게 웃었다.

"이제 다 끝난 겁니까?"

차 뒤로 몸을 숨겼던 상우가 다가와 조심스럽게 물었다. 두려운 요소가 사라지니 슬그머니 호기심이 생긴 모양이다. 제법 용기를 내어 공중전화부스에 가까이 접근했다. 상우가 다가오자 여인은 뭐가를 말하고 싶은지 눈빛이 흔들렸다.

"아직 완전히 끝난 건 아니고 마무리를 할 단계에 온 거죠. 그 전에 이 아가씨와 대화를 나눠야겠습니다."

"귀신과 대화를 하실 수 있습니까?"

상우의 물음에 진우는 멋쩍게 웃었다.

"제 능력으로는 직접적인 대화를 할 수는 없습니다만 매개체가 있으면 가능하지요. 혹시 휴대폰 좀 빌릴 수 있습니까?"

"휴대폰을요?"

상우는 고개를 갸웃하며 주머니에서 휴대폰을 꺼냈다.

"이게 무슨 도움이 될지……."

"두고 보시면 알게 됩니다."

진우는 애매모호한 말을 하고는 상우의 휴대폰을 건네받았다. 그 순간 익숙한 멜로디가 울리며 전화가 걸려왔다. 액정화면의 발신자 정보는 익명으로 뜨고 있었다. 상우는 놀란 눈을 하며 휴대폰과 공중전화부스의 여인을 번갈아봤다.

"영매나 트랜스 능력을 지닌 사람들은 영적인 존재와 직접적인 대화를 나눌 수 있지만 불행히도 대부분의 사람들에겐 그런 능력이 없지요. 하지만 그렇다고 의사소통이 전혀 불가능한 것은 아닙니다. 영적인 존재는 때때로 다양한 방법으로 자신의 의사를 전달하기 위해 노력합니다. 이를테면 가장 흔한 예로 폴터가이스트 현상을 들 수 있겠군요. 그 외에도 자동서기라든가 위자보드를 통해서도 가능합니다. 그리고 이런 휴대폰과 같은 현대과학 문명의 산물도 촉매로 이용되기도 합니다. 바로 지금처럼 말이죠.”

진우가 부드러운 미소를 지으며 휴대폰 폴더를 열었다. 그러자 수화기에서 희미하게 누군가의 목소리가 들려왔다. 처음에는 너무 작아서 주의를 기울이지 않으면 제대로 알아들을 수 없을 정도였지만 차츰 집중을 하고 있으니 그 목소리가 또렷하게 들렸다.

—가지 마. 함께 있고 싶어. 부탁이야. 가지 말아줘.

매일 밤. 상우에게 걸려왔던 전화속의 목소리다. 여자도 남자도 아닌 애매모한 중성적인 느낌의 목소리. 틀림없었다. 상우는 순간 숨을 크게 들이쉬며 긴장을 했지만 이상하게도 진우가 곁에 있기 때문인지 시간이 흐를수록 안정을 찾았다. 그리고 목소리가 하는 말에 귀를 기울일 수가 있었다.

—가지 말아줘. 더 이상 혼자 있는 건 싫어. 부탁이야. 가지 말아줘.

무섭다기보다는 애처로움이 느껴지는 목소리였다. 왠지 모를 서글픔이 배어있었다. 상우는 다소 의외라는 표정으로 진우를 돌아봤다.

“이 여인, 꽤 외로웠던 모양입니다. 하긴 본래 이승을 떠도는 영들은 다 외로운 존재죠. 자신의 죽음을 자각하지 못한 채, 기억이 깃든 장소에서 언제까지나 머무르려고 하니까요."

"그렇습니까?"

진우의 설명을 들은 상우는 다시 한번 공중전화부스 안에 갇힌 여자의 영을 봤다. 이번에는 아까처럼 두렵지가 않았다. 오히려 여인의 영이 측은하게 여겨졌다. 가녀린 어깨를 감싸며 눈물짓는 모습을 보고 있으니 자신의 두 팔로 보듬어지고 싶다는 충동마저 느꼈다. 그리고 그 순간, 여인의 영이 눈부신 빛을 발하며 공중전화부스에서 걸어 나왔다. 그러나 더 이상 공포감을 자아내는 그런 모습이 아니었다. 조금은 가냘프지만 남자라면 누구나 한번쯤 사귀고 싶은 청순한 외모의 여인이 상우에게 걸어왔다.

"이제 혼자는 싫어. 날 버려두지 마. 부탁이야. 나와 함께 있어 줘."

여인의 애원에 상우는 고개를 끄덕이며 두 팔을 벌려 살며시 안았다. 분명 실체를 지니지 않은 영임에도 상우는 그녀의 존재감을 느낄 수 있었다. 그것은 외로움, 기다림, 한 사람을 향한 애절한 마음, 그런 감정들의 편린이었다. 상우는 그 감정들에 동화되어 자신도 모르게 나직이 속삭였다.

"그래, 알았어. 널 혼자 두지 않을게."

자신이 왜 이런 말을 하는지도 몰랐다. 그냥 하고 싶었고 꼭 해줘야 될 것 같은 기분이 들었다. 상우는 그녀를 더욱 세

　　　　　　　　　무서운 이야기 2

게 끌어안으며 몇 번이고 다짐했다.

"걱정 하지 마. 널 혼자 두지 않을 거야. 두 번 다시는……."

그리고 바로 그 순간, 상우의 품에 안겨있던 여인의 영은 환한 미소와 함께 희미해지더니 마치 반디불이와 같은 빛의 입자들로 산화되어 하늘로 올라가기 시작했다. 한 겨울에 내리는 눈이 역행하여 하늘로 되돌아가듯, 여인의 영을 구성하던 빛의 입자들은 한없이 위로 올라가고 있었다.

점점 위로, 위로…….

상우의 손에 남은 마지막 빛의 입자가 작별인사라도 하려는 듯, 상우의 주위를 맴돌다가 역시 하늘 높이 올라갔다. 상우는 고개를 들어 그 빛이 사라질 때까지 눈을 떼지 않고 지켜봤다.

"이것으로 일단락이 지어진 것 같군요. 이젠 두 번 다시 전화가 걸려오는 일은 없을 겁니다. 여인의 영은 올바르게 천도되었으니까요."

"그 여자는 무슨 사연이 있어서 이곳에 머물렀을까요? 그리고 밤마다 제게 전화를 걸었던 이유는 무엇일까요."

"글쎄요. 지박령은 어느 특정 장소에 강한 집착을 하거나, 떨쳐버릴 수 없는 추억이 있는 경우가 많거든요. 아마 그 여인이 살아있을 적에 추억이 많았던 장소인 것 같습니다. 자세한 사연은 저도 잘 모르겠어요. 불행히도 저는 잔류사념을 읽는 능력이 없어서요."

진우는 미안하다는 듯 머리를 긁적이며 다시 천천히 말을 이었다.

"그리고 상우 씨에게 전화를 걸었던 것도 그 추억과 관련된 건지도 모릅니다."

"추억이요?"

"네. 어쩌면 그 여인이 사랑했던 남자와 많이 닮았을 지도 모르지요. 기억이란 그런 거잖습니까. 살아있는 동안 기억의 속박에서 벗어날 수 있는 사람은 그리 많지 않을 겁니다. 물론 죽어서도 벗어날 수 있다는 보장은 없지만."

문득 진우의 목소리에 서글픔이 배어있다고 느낀 상우는 슬쩍 고개를 돌려 진우를 바라봤다. 그러나 사람 좋은 웃음을 짓고 있는 진우의 얼굴에서 슬픈 기색을 읽을 수가 없었다. 쓸데없는 기우라고 생각한 상우는 다시 고개를 들어 여인이 사라진 하늘을 올려다봤다.

"그런 걸까요. 내가 과거의 남자와 닮아서……."

"그게 아니면 아마 관심을 가져줬기 때문일지도 모릅니다. 보통 이런 소문이 나면 사람들은 호기심을 가져도 이런 외진 곳까지 찾아와서 상우 씨처럼 수화기를 들어보는 일은 하지 않거든요. 혹시 모를 일말의 가능성이 두려워서 말입니다."

"그럼 제가 그 전화를 받아서 자신에게 관심을 가져줬다고 생각한 거란 말입니까.”

“네. 영들은 외로운 존재들이라 끊임없이 자기를 알리려고 하지만 좀처럼 그것을 이해하는 사람은 나타나지 않거든요. 사실 늘 우리들 주위를 배회하고 있지만 말입니다. 그래서 누군가 자신을 알아봐주면 그에게 집착을 하게 되죠.”

“왠지 오싹하면서도 서글픈 이야기군요.”

“아무튼 이것으로 상우 씨의 의뢰는 해결되었습니다. 이제 그믐누리의 어둠에서 휩싸이는 일은 없을 겁니다. 하지만 조심하는 것은 나쁘지 않죠. 한번그믐누리에 발을 들여놓은 사람들은 이쪽 세계의 존재를 알아버렸기 때문에 언제 다시 인연을 맺을지도 모르니까요.”

상우는 진우의 말을 못 들었는지 계속해서 하늘을 쳐다보았다. 진우는 그런 상우를 방해하지 않으려는 듯 발소리를 내지 않고 조용히 움직여 먼저 차에 올라탔다. 그리고 상우가 여인에게 작별인사를 끝마칠 때까지 묵묵히 기다려주었다. 의뢰인을 무사히 집까지 데려다 주고 나서야 비로소 진우가 맡은 일이 끝나는 것이므로.

“꽤 걸릴 것 같은데. 음악이나 들어볼까.”

＊　　　＊　　　＊

"후우, 정말 다 끝난 거겠지."

상우는 나직한 한숨과 함께 천천히 차에서 내렸다.

모처럼만에 일찍 귀가를 했지만 막상 아파트 지하주차장까지 오자, 아직 가시지 않은 일말의 두려움 때문에 한동안 주저하고 있었다. 그러다보니 자신도 모르게 차안에서 무려 1시간을 넘게 보내버리고 말았다. 상우는 손목시계를 보고는 실소를 머금으며 다시 한번 마음을 다잡았다.

"그래, 이제 모두 끝났을 거야. 어제 그 진우라는 사람도 그랬잖아. 모든 것이 해결되었으니 아무 문제도 없을 거라고."

상우는 자기 자신을 안심시키며 씩씩하게 주차장을 나섰다.

그렇게 아파트 현관까지 걸어가는 동안, 지난 일주일 내내 느꼈던 두려움은 전혀 느낄 수가 없었다. 스스로 생각해도 놀라울 정도였다.

"허이구, 이제 오십니까?"

오늘따라 웬일인지 경비도 자리를 지키고 있었다. 경비실에 틀어박혀서 부채질을 하던 경비원 박 씨가 상우를 보더니 아는 척을 했다. 지난 일주일 내내 코빼기도 안 보이더니…….

"네, 안녕하세요. 수고 많으십니다."

상우는 지극히 상식적인 인사를 건네고는 엘리베이터에 올라탔다.

역시 혼자 타고 올라가는 데도 두려움 따위는 생기지 않았
다. 확실히 달라졌다. 상우는 묘한 해방감을 느끼며 빙그레
미소 지었다.

잠시 후, 엘리베이터 문이 열리자 환한 복도가 상우를 맞
이했다.

수명이 다해 부산하게 깜빡거리던 형광등도 새것으로 교
체되어 있었고 음습한 기운을 자아내던 복도는 대낮처럼 밝
아서 혹시 다른 층이 아닌가 하는 기분이 들 정도였다. 이만
하면 만족스러웠다. 모든 것이 정상으로 돌아온 것이다.

상우는 기분이 좋아졌는지 콧노래를 부르며 경쾌하게 걸
음을 내딛었다. 너무도 당연하겠지만 이 즐거운 기분은 현관
문을 열고 침실에 들어갈 때까지 고스란히 유지되었다. 다시
평범한 일상으로 돌아온 상우는 오랜만에 손수 요리를 해서
저녁을 차려먹고 개운하게 샤워를 한 뒤에 냉동실에 살짝 얼
려둔 맥주를 마시며 며칠간 누리지 못한 행복감을 만끽했다.
그러다가 맥주를 마신 탓인지 슬슬 취기가 올라오자 그냥 소
파에서 잠들어버렸다.

그렇게 한 시간 정도 잤을까, 불현듯 전화벨이 울렸고 단
잠에 빠졌던 상우는 화들짝 놀라며 자리에서 일어났다. 그리
고 반사적으로 시간을 확인하기 위해 시계를 봤다. 순간 상
우는 온몸에 소름이 돋는 느낌이 들었다.

정각 12시! 1초도 모자라지 않는 정확한 자정이었다.

또 다시 시작되려는가? 상우는 두려움 가득한 시선으로 요란하게 울어대는 전화기를 바라봤다. 분명 모든 것이 끝났다고 했는데…….

상우는 선뜻 전화를 받을 수가 없었다.

지난 일주일동안 고스란히 몸으로 느꼈던 두려움의 감각이 전화 받는 것을 거부하고 있었다. 마른침을 삼키며 가까스로 손을 뻗어 수화기를 쥐어보지만 차마 들어올릴 수는 없었다.

그 사이에도 전화벨은 계속해서 울려댔다. 마치 빨리 받지 않은 상우를 채근하는 것처럼 느껴졌다. 긴장한 탓인지 입술이 바싹 타들어갔다. 심장박동도 몇 배나 빨라졌다. 수화기를 쥔 손에서 땀이 배어나와 미끄러지려 한다.

"받아야 하나, 아니면 받지 말까."

상우는 전화기를 뚫어지게 쳐다봤다. 그리고 긴 한숨을 내쉬더니 입술을 지그시 깨물고 아주 천천히 수화기를 들어 귀로 가져갔다.

"여……여보세요?"

두려움 때문에 목소리가 갈라져서 나왔다.

―여보세요? 거기 야식집이죠? 지금 배달됩니까?

순간 긴장이 탁 풀리고 말았다. 잘못 걸려온 전화였다. 역시나 기우였던 것이다. 상우는 안도의 한숨을 내쉬고는 자신

  무서운 이야기 2

을 놀라게 한 대가로 상대방에게 질펀한 욕설을 퍼부어줬다. 수화기를 내려놓는 상우의 표정은 한결 부드러워졌다.

이젠 정말 안심이 되었다.

마음이 놓이자 다시 졸음이 몰려왔다. 상우는 늘어지게 하품을 하며 침실로 들어갔다. 내일은 조금 지각을 하는 한이 있어도 늦잠을 잘 생각이다. 그래야 전부는 아니더라도 그동안 밀린 잠을 조금이라도 보충할 수 있을 테니까.

상우가 콧노래를 흥얼거리며 침실로 들어간 뒤다. 무언가에 의해 베란다의 커튼이 젖혀지며 거뭇한 실루엣이 나타났다. 에어컨을 장시간 틀어놓아서 습기를 잔뜩 머금은 창문이라 그 실루엣의 정체가 무엇인지 분간하기 어려웠다. 그리고 잠시 후, 베란다 밖에 서있던 실루엣은 소리 없이 사라지고 유리창 위에는 손가락으로 쓴 듯한 글귀가 남아있었다.

'고마워요.'라는 누군가의 인사말이.

*　　　*　　　*

"이제 보니 아가씨에게서 느껴지는 것이었군요. 이 강렬한 그믐누리의 향취는."

소위 작업을 거는 멘트치고는 특이하다 싶어, 정혜는 고개를 돌려 그 느끼한 목소리의 주인공을 봤다.

확실히 여느 남자들과는 차별되는 독특한 분위기가 느껴지는 남자였다.

얼추 30대 초반이나 중반쯤으로 추정되는 외모와 복고 스타일의 중절모, 보기 드문 카이저 콧수염에 건강미 넘치는 구릿빛 피부는 이색적인 매력으로 다가왔다. 게다가 적당히 균형 잡힌 체격에 역시나 고풍스러운 고급정장을 걸치고 있는 것을 보니, 금전적인 능력도 고루 갖추고 있는 듯싶었다.

크게 흠잡을 데가 없는 외모와 두둑한 지갑.

이만하면 하룻밤 데이트 상대로서 손색이 없을 거라 판단한 정혜는 우호적인 표정을 지으며 조용히 말했다.

"그믐누리의 향취라고요? 접근하는 방식이 참 독특하네요. 나름대로 신선한 맛이 있는걸요."

정혜의 말에 남자가 피식 웃는다. 정말 반해버릴 정도로 매력적인 미소였다. 정혜는 가슴이 두근거리는 것을 느끼며 애써 차분한 목소리로 물었다.

"왜 웃으시죠? 제 얼굴에 뭐가 묻었나요? 아니면 제가 한 말이 웃겼어요?"

남자가 다시 웃었다.

"아닙니다. 다만 어떤 오해가 있으신 것 같아서……."

"오해요? 무슨 뜻이죠?"

"아무래도 제 소개를 먼저 해야겠군요. 인사드리겠습니다.

저는 모수라고 합니다. 보통은 모수 선생이라고 불리죠."

그랬다. 정혜가 호기심을 느낀 남자는 다름 아닌 모수였다.

"모수?"

정혜가 이해 못하겠다는 듯 고개를 갸웃하자 모수는 소매를 걷어 자신의 손을 보여주었다. 순간 정혜는 모수의 손등에 털이 지나치다 싶을 정도로 많이 나있을 것을 보고 자신도 모르게 흠칫거리며 놀라는 표정을 지었다. 그리고 이내 실례라는 것을 깨닫고 얼굴을 붉히며 고개를 숙였다.

"뭐, 괜찮습니다. 익숙한 반응이라 별로 개의치 않는답니다. 그보다 이야기를 마저 해야겠군요. 전 말하자면 일종의 브로커라고 할 수 있지요."

"네? 브로커요?"

모수는 야릇한 미소를 띠우며 담배를 꺼내 물었다.

"그렇습니다. 혹시 알고 계실지 모르지만 세상에는 두 개의 세상이 존재하고 있습니다. 하나는 아가씨가 살고 있는 이 세상, 이든누리이고, 또 다른 하나는 그 세상의 이면에 감춰져 있는 그믐누리가 있지요. 후후후……."

END

| DIRECTOR |

생존에 대한 욕망을 치밀하게 그려낸 극한의 공포!
조난괴담 〈절벽〉 _ 김성호 감독

지난 2003년 영화 〈거울 속으로〉의 연출을 시작으로 영화〈검은 집〉의 각색을 맡으며 공포 스토리텔링의 귀재로 자리매김한 김성호 감독. 의문의 화재사건 후 재 개장을 앞둔 한 백화점에서 일어나는 기괴한 연쇄살인사건을 담은 데뷔작 〈거울 속으로〉에서 탁월한 심리 묘사와 섬세한 표현력으로 평단과 관객의 호평을 받은 그는 〈검은 집〉을 통해 인간의 본능에 내재된 두려움을 감각적인 공포로 그려내며 한국 공포 영화계의 귀재로 인정받았다.

〈무서운 이야기2〉 중 〈절벽〉 에피소드를 연출한 김성호 감독은 등산 중 당한 조난으로 생사의 기로에 놓인 두 친구 동욱(성준)과 성균(이수혁)의 갈등을 통해 생존을 향한 인간의 이기심을 치밀하고 예리하게 그려내 극한의 공포를 선사할 예정이다.

Filmography
〈가족시네마 – 인 굿 컴퍼니〉(2012/각본, 연출), 〈검은 집〉(2007/각색),
〈거울 속으로〉(2003/각본,연출) 외 다수.

Awards
제1회 서강데뷔작 영화제 알바트로스상 〈거울 속으로〉
제2회 시네마디지털서울 무비꼴라쥬상 〈가족시네마 – 인 굿 컴퍼니〉

| DIRECTOR |

손에 땀을 쥐게 하는 긴장감! 심장을 옥죄여오는 공포!

여행괴담 〈사고〉 _ 김휘 감독

2012년 개봉한 영화 〈이웃 사람〉에서 시종일관 손에 땀을 쥐게 하는 긴장감 넘치는 전개로 이웃사람들의 심리적인 불안감과 갈등을 섬뜩하게 그려내어 발군의 연출력을 인정받았던 김휘 감독이 다시 한 번 공포 영화에 도전한다.

〈무서운 이야기2〉에서 김휘 감독이 연출한 에피소드 〈사고〉는 즉흥 여행을 떠난 세 친구(백진희, 김슬기, 정인선)가 교통사고를 당한 후 겪게 되는 기괴한 이야기를 담고 있다. 이승과 저승 사이의 기묘한 공간에 갇히게 된 세 친구의 긴박한 상황을 숨막히는 공포로 담아낸 김휘 감독은 '귀천신당'이라는 동양적인 공간을 통해 독특한 사후세계를 그려냈다.

Filmography

〈이웃사람〉(2012/각색, 연출), 〈시체가 돌아왔다〉(2012/각색),
〈심야의 FM〉(2010/각본), 〈하모니〉(2010/각색), 〈해운대〉(2009/각본) 외 다수.

Awards

제18회 부일영화상 각본상 〈해운대〉

| DIRECTOR |

엘리베이터 괴담 〈탈출〉 _ 정범식 감독

1942년 경성의 안생병원을 배경으로 벌어지는 기이한 이야기 〈기담〉의 각본과 연출을 맡아 관객과 평단 모두를 사로잡은 정범식 감독. 인간 내면의 공포심을 자극하는 예리한 시선으로 관객들의 오감을 자극하며 '감성공포' 라는 신조어를 탄생시킨 정범식 감독은 〈무서운 이야기〉의 첫 번째 에피소드인 〈해와 달〉에서 늦은 밤 빈 집에 남겨진 오누이의 불안과 공포를 보여줘 진보된 면모를 드러낸 바 있다.

그리고 2013년, 〈무서운 이야기2〉로 다시 돌아온 정범식 감독은 에피소드 〈탈출〉에서 또 한 번 기발한 상상력과 감각적인 연출력의 절정을 보여주며 전무후무한 공포 영화를 선보인다. 여고생(김지원)이 알려준 괴담을 따라 하다가 지옥에 갇혀버린 교생(고경표)의 이야기 〈탈출〉의 연출을 맡은 정범식 감독은 사람이 일상에서 가장 공푸감을 느끼는 장소 중 한 곳인 엘리베이디를 통해 다른 세상으로 가게 된다는 독특한 설정과 예측불허의 이야기를 감각적인 미장센으로 풀어내어 새로운 공포 영화를 탄생시켰다.

Filmography
〈무서운 이야기〉(2012/각본,연출), 〈미쓰GO〉(2012/각본),
〈기담〉(2007/각본,연출)

Awards
제18회 부일영화상 각본상 〈해운대제10회 디렉터스 컷 시상식 올해의 신인감독상 〈기담〉
제27회 한국영화평론가협회상 신인감독상 〈기담〉
제8회 부산영화평론가협회상 신인감독상 〈기담〉

| DIRECTOR |

궁금증을 유발하는 흥미로운 전개로 세편의 에피소드를 아우르다!
죽음을 부르는 숫자 〈444〉 _ 민규동 감독

1999년 〈여고괴담 두 번째 이야기〉에서 섬세한 심리묘사와 공포영화에 대한 독특한 해석으로 스타일리쉬한 공포영화를 선보였던 민규동 감독. 이후 〈내 생애 가장 아름다운 일주일〉과 〈내 아내의 모든 것〉으로 충무로 흥행 감독의 입지를 굳힌 민규동 감독은 2012년 〈무서운 이야기〉에서 브릿지 에피소드를 맡아 공포 영화의 변주를 선보이며 강렬한 임팩트를 선사했다.

2013년 〈여고괴담〉과 〈고사〉시리즈를 잇는 한국형 공포 시리즈 〈무서운 이야기2〉에서 민규동 감독은 브릿지 에피소드 〈444〉를 통해 독창적인 공포의 세계를 풀어낸다. 세 개의 에피소드를 아우르며 영화의 작품성을 높이는 동시에 개별적인 공포 영화의 완성도를 갖춘 〈444〉는 민규동 감독 특유의 감각적이면서도 스타일리쉬한 영상으로 〈무서운 이야기2〉의 공포를 극대화 시킨다.

Filmography

〈끝과 시작〉(2013/각본,연출), 〈무서운 이야기〉(2012/각본,연출), 〈내 아내의 모든 것〉(2012/각본,연출), 〈세상에서 가장 아름다운 이별〉(2011/각본,연출), 〈오감도〉(1999/각본,연출), 〈서양골동양과자점 앤티크〉(2008/각본,연출), 〈내 생애 가장 아름다운 일주일〉(2005/각본,연출), 〈여고괴담 두 번째 이야기〉(1999/각본,연출) 외 다수

Awards

제36회 백상예술대상 신인감독상 〈여고괴담 두 번째 이야기〉
제10회 베르자우베르트영화제 최우수작품상 〈여고괴담 두 번째 이야기〉
제7회 슬램댄스영화제 최우수 촬영상 〈여고괴담 두 번째 이야기〉
제13회 춘사영화제 심사위원특별상, 각본상 〈내 생애 가장 아름다운 일주일〉
2008년 문화체육관광부 주최 '오늘의 젊은 예술가상' 영화 부분상

1판 1쇄 인쇄 2013년 7월 16일
1판 1쇄 발행 2013년 7월 20일

각본 김성호, 김휘, 정범식, 민규동
소설 이상민

발행인 김성룡
펴낸곳 도서출판 가연
주 소 서울시 금천구 가산동 37-50 에이스하이앤드 3차 1407호
구입문의 02-858-2217
팩 스 02-858-2219

ISBN 978-89-6897-001-6 13810